Emily Bold

Wenn Liebe Cowboystiefel trägt

Montlake
Romance

Das Buch

Als Avery Davis nach acht Jahren und einem schweren Kampf gegen den Krebs in ihren Heimatort Littletree zurückkehrt, steht sie vor den Trümmern ihres Lebens. Ohne Job, ohne Partner – und ohne Haare. Doch ihr unfreiwilliger Neuanfang wird noch verkompliziert, als sie dort ausgerechnet ihrer Jugendliebe Mason King in die Arme läuft. Der draufgängerische Rodeo-Reiter und Lokalheld rüttelt Avery mit seinen Sprüchen ganz schön auf und weckt längst vergessene Erinnerungen. Doch ein Mann, der seine Gesundheit bei jedem Ritt aufs Spiel setzt, wird nie verstehen, wie hart sie um ihr Leben gekämpft hat. Auf so einen Mann kann sie sich nicht einlassen – egal, was ihr Herz sagt.

Die Autorin

Emily Bold lebt mit ihrer Familie in einem idyllischen Ort in Bayern mit Blick auf Wald und Wiesen – äußerst ruhig und inspirierend. Sie schreibt Liebesromane für Jugendliche und Erwachsene.

EMILY BOLD

Wenn Liebe Cowboystiefel trägt

Roman

Montlake Romance

Deutsche Erstveröffentlichung bei
Montlake Romance, Amazon Media EU S.à r.l.
5 Rue Plaetis, L-2338 Luxembourg
März 2017

Umschlaggestaltung: semper smile, München, www.sempersmile.de
Umschlagmotiv: © Strannik_fox / Shutterstock; © little birdie / Shutterstock; © xpixel / Shutterstock; © Photomaxx / Shutterstock
Lektorat: Karla Schmidt
Korrektorat: Manuela Tiller/DRSVS
Printed in Germany
By Amazon Distribution GmbH
Amazonstraße 1
04347 Leipzig, Germany

ISBN: 978-1-477-82463-4

www.amazon.de/montlakeromance

Prolog

Die Menge jubelte ihm zu. Stolz stieg Mason King auf die Streben der schmalen Paddocks und hob seinen Hut. Der Applaus donnerte in seinen Ohren und die Stimme des Stadionsprechers, die blechern über den Circuit schallte, verschmolz mit den eindringlichen Anweisungen seines Freundes und Agenten Cody Morris. Der glaubte wie immer besser zu wissen, wie man einen Bullen ritt.

Die euphorischen Schreie des Publikums trieben Masons Puls an. Die große Digitaluhr, die in der Mitte über dem Rodeo-Circuit hing, zeigte, dass ihm noch zwei Minuten blieben. Zwei Minuten für die Bullfighter im Circuit, um die Zuschauer mit Scherzen anzuheizen. Zwei Minuten für ihn, um sich auf die beinahe tausend Kilo pure, wütende Muskelmasse unter sich vorzubereiten.

Sein Blick glitt über die aufgeheizte Menge zu der einzigen Person, die ihm unter all den Menschen ins Auge fiel. Zu der einzigen Person, die nicht jubelte. Ihr versteinertes Gesicht, ihre grünen, vor Angst geweiteten Augen und ihre bebenden Lippen standen im krassen Gegensatz zu allen anderen Besuchern. Ihre Blicke trafen sich und Mason zwang sich zur Ruhe. Er tippte sich an den Hut, dann wandte er sich ab.

Eine Minute und siebenundzwanzig Sekunden vor seinem Ritt war Ablenkung das Letzte, was er brauchen konnte.

Cody schien das genauso zu sehen, denn er rüttelte Mason am Arm.

»Steig auf, Mann!«, verlangte er ungeduldig und reichte ihm das Bullrope, den Strick, der dem Bullen um den Bauch geschlungen war. Mason zögerte. Sein Blick suchte noch einmal nach den grünen Augen, aber sie waren verschwunden. Ein blau-weißes Pittys-Beer-Banner wurde dort nun für Masons Rivalen geschwenkt.

»Mason! Verdammt! Setz deinen Arsch endlich auf das Vieh! Der Sportmarketing-Chef von Wrangler steht da oben bei den Preisrichtern und beobachtet dich!«

Cody boxte ihm an die Schulter und drückte ihm energisch das Rope in die Hand. Mason stieß ihn beiseite.

»Lass mich in Ruhe!«, brummte er, stieg aber widerwillig auf die nächsttiefere Stahlstrebe. Der Bulle unter ihm hieß Tornado, und Mason wusste genau, warum. Kein anderer der preisgekrönten Rodeo-Bullen tobte wie er durch den Circuit. Kein anderes Tier hatte eine vergleichbare Zerstörungswut. Und nur dieser eine Bulle hatte Mason tatsächlich schon einmal auf die Hörner genommen.

Unbewusst fasste Mason sich an die Schulter, wo ihm das Horn durch den Rücken ins Fleisch gedrungen war. Fast spürte er wieder, wie er aufgespießt worden war. Fast hörte er wieder das Geräusch, als seine Knochen brachen und seine Haut durchbohrt wurde. Genauso wie das Trampeln der Hufe, tödlich dicht an seinem Ohr. Das Krachen, als er beim Abgang auf den Boden schlug. Aber nicht nur er hatte Spuren davongetragen. Nach dem Vorfall waren Tornados Hörner beschnitten worden und stellten deshalb heute längst nicht mehr so eine große Gefahr dar. Ihr letztes Zusammentreffen war nicht gut ausgegangen – und hatte beide gezeichnet.

Doch so etwas war Alltag in diesem Sport. Nichts, worüber er viel nachdachte. Nur in den wenigen Sekunden vor einem Ritt kamen diese schmerzhaften Erinnerungen hoch.

Mason blinzelte und versuchte, sich auf seinen Herzschlag zu konzentrieren, als er sich Stück für Stück auf Tornados Rücken hinabließ. Seine Hände in den ledernen Handschuhen schwitzten, genau wie der schnaubende Bulle. Seine Hitze durchdrang Masons Jeans und staute sich unter den ledernen Caps. Es war, als verschmolz er mit dem Tier.

Entschlossen, einen guten Ritt hinzulegen, schlang er sich das Rope einmal fest um die Hand. Er riss probehalber daran und wickelte es neu. Dieser Ritt war entscheidend. Es ging um alles.

»Du musst dieses gottverdammte Vieh heute kleinkriegen! Diesmal zeigst du ihm, wer sein verdammter Meister ist! Ich hab tausend Dollar auf dich gesetzt, mein Freund! Tausend Dollar!«

Cody redete auf ihn ein, aber Mason blendete alles aus. Es gab nur noch ihn und das Tier. Ihn und Tornado. Den starken Nacken des Bullen vor Augen probierte er erneut, ob er genug Halt fand. Zufrieden damit rutschte er so nahe er konnte an das Rope. Er presste sich regelrecht an den Bullen, versuchte, so viel Haftfläche wie möglich zu finden, grub seine Fersen in dessen Flanken. Cody trat zurück und Mason warf einen Blick auf die Anzeige der Uhr.

Noch sieben Sekunden. Er hörte den Stadionsprecher seinen Namen aufrufen. Hörte wie aus weiter Ferne zu, als der ihn den Titelverteidiger nannte. Den Bullenbezwinger, den Mann, der für Morris Mechanics in den Sattel stieg.

Cody neben ihm klatschte, als der großzügige Sponsor genannt wurde, und feuerte seinen Freund lauthals an.

Vier Sekunden.

Kaum ein Augenblick – und doch viel zu viel Zeit, wenn ein zorniger Bulle unter einem tänzelte. Das Tier spürte die

Spannung, genau wie Mason. Er konnte fühlen, wie die Muskeln des Bullen hart wurden. Wie er den Kopf senkte und die Flanken anspannte. Die beiden Kerle am Gatter nickten ihm zu und Mason hob die Hand.

Er war bereit.

Die Uhr zählte herunter und sein Herzschlag verlangsamte sich. Er hielt die Luft an. Ihn beherrschte nur noch ein Gedanke: der Gedanke an die Frau mit den grünen Augen.

Kapitel 1

Avery Davis beugte sich über das Lenkrad ihres alten Hondas, als sie die schnurgerade Mainroad von Littletree entlangfuhr. Ihr Blick schweifte über die hübschen Fassaden, die kleinen Lädchen und Geschäfte. Grannys Bäckerei an der Ecke, das Diner gegenüber, der Blumenladen mit den bunten Sträußen unter der Markise auf dem Gehweg. Selbst das rostige Ladenschild über der Eisenwarenhandlung quietschte noch die gleiche alte Melodie. Es war der Klang der Eintönigkeit. Sie ließ den Wagen langsamer über die mit Schlaglöchern übersäte Hauptstraße rollen und atmete tief durch. Ein betagtes Pärchen saß auf der Bank vor dem Zeitschriftenladen und beobachtete das unspektakuläre Treiben. Avery senkte den Blick und glitt tiefer in ihren Sitz. Sie schüttelte frustriert den Kopf. Nichts hatte sich verändert. Vor acht Jahren war sie von Littletree nach Seattle gezogen. Hatte gedacht, diesem kleinen verschlafenen Nest für immer den Rücken gekehrt zu haben …

Und doch war sie jetzt wieder hier. In diesem Ort, in dem die Zeit stillzustehen schien. In dem die letzten acht Jahre scheinbar keine Spuren hinterlassen hatten. Anders als in ihr. Das Leben hatte sie gezeichnet. Hatte nur allzu deutlich seine Spuren hinterlassen.

Wie immer, wenn sie an die hinter ihr liegende schwere Zeit zurückdachte, ließ sie die Finger unwillkürlich durch ihre viel zu kurzen Haare gleiten.

Sie wollte sich die unfreiwillige Heimkehr nicht noch schwerer machen, also drehte sie das Radio an, bog von der Hauptstraße ab und trat aufs Gas. Auf der letzten Meile wieder hinaus aus Littletree verdrängte sie die belastenden Gedanken an die vergangenen Monate. Sie wollte sie hinter sich lassen! Wie sie alles andere auch hinter sich gelassen hatte.

Rechts von ihr erstreckte sich die schier endlose Weite bis zum Horizont, wo die Rocky Mountains mit ihren schneebedeckten Gipfeln in den sonnigen Himmel ragten. Sie gab es nur ungern zu, aber der Anblick des Glacier National Parks hatte ihr gefehlt.

In der Auffahrt zum Haus ihrer Eltern ließ sie den Wagen langsam ausrollen. Sie war wieder hier. Sie war zurück. Und sie lebte noch.

Und doch fühlte sie sich wie der große Verlierer.

Ihr blieb keine Zeit, sich zu bemitleiden, denn ihre Ankunft war nicht unbemerkt geblieben.

»Avery!« Ihr Vater Flynn kam freudestrahlend und mit ausgebreiteten Armen aus der Haustür gestürmt. »Mein Gott, Mädchen, was hast du uns gefehlt!«, rief er und riss die Fahrertür auf.

»Dad!«, japste Avery lachend, als er sie euphorisch aus dem Auto zog und fest umarmte. »Ich habe nicht die lange Fahrt überstanden, um mich jetzt von dir zerquetschen zu lassen«, erklärte sie und wand sich, bis er sie widerwillig freigab. Freude lag in seinen sanften Augen, und sein Mund verzog sich unter seinem gepflegten Vollbart zu einem glücklichen Lächeln.

»Richtig. Aber es tut so gut, dich zu sehen, meine Große!«

Er ging in Richtung Haustür. »Komm rein, du musst erschöpft sein! Mum ist auch gleich wieder hier. Sie holt Carrie von der Schule ab.«

»Ist sie gar nicht im Café?«

»Nein, sie hat heute Rosie die Verantwortung übertragen. Sie wollte da sein, wenn du ankommst.«

Avery stutzte. Das kleine Straßencafé am Marktplatz war der ganze Stolz ihrer Mutter Sue. Es war ihr Leben. Sie hatte nicht erwartet, dass ihre Mutter extra alles stehen und liegen lassen würde, nur um sie zu begrüßen. Schließlich hatte sie ja nicht vor, so schnell wieder zu verschwinden. Etwas wehmütig bei diesem Gedanken öffnete Avery den Kofferraum.

»Warte, ich könnte Hilfe mit dem Gepäck gebrauchen.«

Sie sah mit zusammengepressten Lippen auf die beiden aufeinandergestapelten Pappkartons und den dunkelbraunen, abgewetzten Lederkoffer. Das waren die spärlichen Überreste ihres Lebens. Alles, was ihr noch geblieben war. Dieses bisschen Zeug …

Es war deprimierend, aber trotzdem nicht zu ändern.

Voller Tatendrang wuchtete ihr Vater die Kartons aus dem Auto, und Avery konnte sich ein Schmunzeln nicht verkneifen. Trotz seiner Bandscheibenprobleme war er noch immer ein kräftiger Mann, und es war nicht zu übersehen, wie dankbar er schon für diese kleine Aufgabe war. Averys Mutter beschwerte sich am Telefon seit Monaten, dass ihr Mann sich unerträglich langweilte, weil er wegen seiner Rückenbeschwerden nicht mehr arbeiten konnte.

»Wo ist dein restlicher Kram?«, brummte Flynn. »Du hast diesem Phil doch hoffentlich nicht alles überlassen?«

»*Diesem Phil?*« Avery grinste ihren Vater amüsiert an. Seit Phil die Beziehung mit Avery beendet hatte, war er bei Flynn untendurch. Und das hörte man.

»Ja, genau! *Dieser Phil!* Dieser Feigling! Du hast ihm doch wohl nichts von deinen Sachen gelassen, oder?«

Sie schüttelte den Kopf. Sie konnte die unverhohlene Wut ihres Vaters sehr gut nachempfinden. Phil hatte ihr wehgetan.

Und zwar richtig! Gerade, als sie ihn und seine Unterstützung so dringend gebraucht hatte.

»Ich hab alles verkauft, was nicht in den Kofferraum gepasst hat.« Avery strich sich unbewusst über die kurzen Haare. »Phil und ich … wir sind quitt. Das Thema ist erledigt.« Sie folgte ihrem Vater ins Haus und schnupperte. »Sag mir lieber, was es heute zu essen gibt.«

Es duftete köstlich nach Rinderbraten und Kohl.

Vollkommen unerwartet trieb dieser Geruch Avery die Tränen in die Augen. Die aufgestaute Anspannung der letzten Monate fiel von ihr ab, als der Duft ihrer Lieblingsspeise sie umfing. Sie war zu Hause. Sie war wieder hier und sie war am Leben. Sie würde noch einmal ganz neu anfangen. Noch einmal so unbeschwert und glücklich sein wie vor der Krankheit. Sie musste ihre Heimkehr einfach als neue Chance sehen und dem Leben, um das sie so bitter gekämpft hatte, die Türen öffnen. Und darin war kein Platz mehr für Seattle, Phil und ungenutzte Tage.

»Geht es dir nicht gut?« Flynn stellte die Koffer neben der Tür ab und fasste seine Tochter zaghaft am Arm.

»Nein, nein. Alles bestens.« Avery atmete tief durch und schenkte ihrem Vater ein Lächeln. »Es tut nur so gut, wieder hier zu sein.« Sie sah verlegen zu ihm auf. »Im Auto dachte ich eben noch, wie gut es sich damals angefühlt hatte, aus diesem verschlafenen Nest zu verschwinden. Und jetzt … jetzt fühlt es sich irrwitzigerweise sogar noch viel besser an, wieder zu Hause zu sein.«

Als wäre dies das Stichwort gewesen, schlug die Haustür krachend gegen die Wand und ein feuerrotes Etwas stürzte sich auf Avery. Sie wurde schwungvoll bis ins Wohnzimmer geschoben und kippte nach Luft japsend über die Armlehne des Sessels, ein wildes Kreischen im Ohr. Die senffarbenen Vorhänge und die braun gemusterte Tapete verschwanden aus ihrem

Blick, als das rote Etwas ihr die Arme um den Hals schlang.

»Avery!!!! Gott sei Dank, dass du wieder hier bist! Ich bin fast verrückt geworden, so allein mit Mum und Dad!«

Avery schob ihre kleine Schwester lachend von sich und sah in ihr glückliches Gesicht.

»Was ist mit deinen Haaren passiert?«, fragte Avery und zupfte an Carries beinahe orange leuchtenden Locken.

»Cool, oder?« Sie setzte sich auf und fasste ihre Mähne zum Pferdeschwanz zusammen. »Aber mit deinen Haaren müssen wir unbedingt etwas machen.«

Avery fuhr sich verlegen durch die kurzen blonden Strähnen. Es war ein gutes Gefühl, sie nach der Chemo endlich wieder nachwachsen zu spüren, auch wenn sie von einer echten Frisur noch weit entfernt war.

»Sehr viele Möglichkeiten sehe ich da leider im Moment nicht, Schwesterherz. Aber es kann ja nur besser werden.«

Carrie lachte, und ihre grünen Augen, die Averys so ähnlich waren, sprühten Funken.

»Farbe. Du könntest Farbe versuchen – oder einen Hut!«, schlug sie vor und drückte einen weiteren Kuss auf die Wange ihrer großen Schwester.

»Nein danke!«, sagte Avery energisch und wand sich unter Carrie aus dem Sessel. »Die Leute glotzen so schon genug.«

»Lass dir von deiner Schwester bloß keinen Unsinn einreden«, sagte Sue. Sie hatte Carries stürmischen Willkommensgruß von der Tür aus beobachtet. »Du siehst gut aus, mein Herz.«

»Mum!« Avery umarmte ihre Mutter glücklich und tat dabei so, als bemerkte sie die Tränen in deren Augen nicht.

»Wie geht es dir?« Sue schob ihre Tochter auf Armeslänge von sich und musterte sie gründlich. »Was sagen die Ärzte?«

»Es geht mir gut, Mum. Wirklich! Ich bin krebsfrei und es sieht echt vielversprechend aus.«

Es war klar, dass ihre Mutter sich Sorgen machte, denn Avery hatte ihre Familie während der belastenden Chemotherapie bewusst gemieden. Sie wollte niemandem zeigen, wie schwach sie war. Sie wollte in den Augen ihrer Familie nicht für den Rest ihres Lebens diejenige sein, die aus eigener Kraft kaum gehen konnte. Ihr Kampf gegen den Krebs war ihr ganz persönliches Ding gewesen.

»Es liegt in der Natur deiner Mutter, sich immer Sorgen zu machen«, erklärte Flynn und fasste nach der Hand seiner Frau. »Dass sie uns dabei alle wahnsinnig macht, ist ihr egal.«

»Ich mache euch überhaupt nicht wahnsinnig. Das seid ihr schon ganz von allein!«

Carrie rappelte sich im Sessel auf und setzte sich lässig auf die geblümte Armlehne.

»Da siehst du's! Das ist ein echtes Irrenhaus!«

Avery lächelte und deutete in Richtung Küche.

»Ich hoffe, in diesem Irrenhaus gibt es bald etwas zu essen. Mir hängt der Magen schon seit Stunden in den Kniekehlen.«

Sue nickte. »Während Carrie die Kartoffeln stampft, kannst du deine Sachen hochschaffen. Dann essen wir und feiern deine Heimkehr.«

»Ich?« Carrie sah nicht gerade begeistert aus. »Ich bin eben erst aus der Schule gekommen!«

Avery folgte ihrem Vater die Treppe hinauf und hörte Carrie noch immer diskutieren, als er ihr schließlich den Koffer aufs Bett legte.

»Willkommen zu Hause, mein Schatz!«, wiederholte er, bevor er leise die Tür hinter sich schloss.

Dann stand sie allein da. In ihrem Kinderzimmer mit den Postern ihrer ehemaligen Lieblingsbands an den Wänden und den Fotos ihrer Jugendfreunde am Spiegel. Der Teppich hatte an Farbkraft verloren, aber die Vorhänge sahen aus wie frisch gewaschen. Sie schob das Fenster nach oben und ließ ihren Blick in die Ferne schweifen. Sie konnte die Häuser von Littletree in der Mittagssonne sehen und dahinter erhoben sich die Berge. Der spätsommerliche Lufthauch trug schon den Duft von Äpfeln und Heu mit sich. Die Rocky Mountains schimmerten rostfarben; die Flechten an den Felsen kündigten den Herbst an. Bald würden die Temperaturen sinken, auch wenn Avery jetzt hier am sonnigen Fenster unter ihrer Jeansjacke schwitzte.

Wenn sie hinaus aufs Dach steigen würde, dann könnte sie Richtung Norden bis zur Ranch der Kings schauen. Das hatte sie früher oft getan. Heute verbot sie sich den Blick in den Norden und strich stattdessen mit den Fingerspitzen übers Bett. Der rosafarbene Spitzenüberwurf wirkte wie aus einer anderen Ära, und es kam ihr vor, als läge ein ganzes Leben zwischen heute und damals, als sie zuletzt unter diesen Decken geschlafen hatte.

Nach dem Essen machte sich Carrie an ihre Hausaufgaben, Sue musste zurück ins Café und Flynn hatte seinem Freund Robert versprochen, ihm bei Ausbesserungsarbeiten am Scheunendach zu helfen. Das war Avery alles mehr als recht, denn die lange Autofahrt und das stürmische Wiedersehen waren doch etwas viel für sie gewesen und ihr Schädel pochte. Sie zog sich in ihr Zimmer zurück, legte die Beine hoch, ignorierte die ungeöffneten Umzugskartons und schloss für einen Moment die Augen.

Aus Carries Zimmer drang Musik und vor dem Haus fuhr ein Lastwagen vorbei, sodass die Scheiben leise klirrten. Es waren vertraute Geräusche, und Avery wischte sich eine Träne aus dem Augenwinkel.

Sie hatte Glück, diese gewöhnlichen Dinge des Lebens überhaupt noch erfahren zu dürfen. Jeder Atemzug war ein Wunder. Jeder weitere Tag ein Geschenk. Das wusste sie, und doch konnte sie einfach nicht nach vorne blicken, denn jedes Mal, wenn sie die Augen schloss, kehrte der Albtraum zurück.

Sie stand am Fenster der Klinik und sah hinaus auf den Parkplatz. Regen prasselte hart gegen die Scheibe, Tränen rannen ihre Wangen hinab, die Welt versank im abendlichen Grau.

Avery fühlte sich schwach und verloren. Ihre Beine zitterten und ihre Kehle brannte von den unzähligen Malen, die sie ihren Mageninhalt in die Kloschüssel erbrochen hatte. Selbst als es schon nichts mehr zu erbrechen gegeben hatte, versuchte ihr Magen noch immer, das Gift der Chemotherapie loszuwerden.

Zitternd schloss sich ihre Hand um den Ständer mit der Infusion, die verhinderte, dass sie bei dieser Tortur dehydrierte.

Und doch tat nichts so weh wie das, was sie gerade gesehen hatte.

Aus dem Flur hörte sie Schritte näher kommen, dann das zaghafte Klopfen an der Tür, so wie man in Krankenhäusern eben klopfte. Nur niemanden stören, nur keine Aufmerksamkeit erregen …

»Hallo Schatz!« Phil trat ein, und Avery beobachtete sein Spiegelbild in der nassen Scheibe. Er hatte Blumen dabei. Schon wieder. Auf dem Fensterbrett vor ihr standen bereits mehrere Sträuße.

»Ich habe euch gesehen, Phil!«, flüsterte sie, ohne sich zu ihm umzudrehen. Enttäuschung und Wut fraßen sich in ihr Herz. Die Lichter der Autos vor der Klinik spiegelten sich in den regennassen Straßen, und es sah aus, als hätte jemand gelbe Wasserfarbe verschüttet. Sie schloss die Augen. Sie wollte ihren Freund nicht ansehen. Wollte seine Lügen nicht hören!

»Wovon sprichst du?« Er legte den Strauß auf den Rollwagen neben ihrem Krankenbett und kam näher.

Er streckte seine Hand nach ihr aus.

Avery schreckte aus dem Schlaf auf. Da war es wieder: der Schmerz in ihrer Brust, das Zittern ihrer Knie und die Gewissheit, dass nie mehr etwas so sein würde wie zuvor. Wie in Zeitlupe lief dieser Moment vor ihrem geistigen Auge ab, bis sie mit einem lauten Schluchzen der Dunkelheit entkam.

Zitternd und mit stechenden Kopfschmerzen saß sie in ihrem Bett. Sie tastete nach der Lampe auf dem Nachttisch, und erst, als der Raum hell erleuchtet war, verlor der Traum langsam seinen Schrecken. Sie suchte ihren Arm nach dem intravenösen Zugang ab. Er war fort. Es war vorbei. Sie war in Sicherheit. Der Schmerz und die Finsternis lagen hinter ihr. Wie ihr Leben mit Phil.

Avery rieb sich mit den Händen übers Gesicht, um die Bilder zu vertreiben. Sie strich sich über den Kopf, schluckte die bitteren Erinnerungen hinunter und ließ ihre Hand auf ihren Bauch gleiten.

Würde sie je ihren Körper berühren können, ohne daran zu denken, wie nah sie dem Tod gewesen war? Würde sie je wieder schlafen können ohne diese Träume? Ohne diese schmerzhafte Erinnerung?

Sie stand auf und trat ans Fenster. Die Nacht war sternenklar und trug eine herbstliche Kälte mit sich. Avery schlang sich die Decke um die Schultern und stieg hinaus aufs Dach. Sie fröstelte, aber die frische Luft vertrieb ihre trüben Gedanken. Sie atmete durch und spürte, wie sich die bösen Träume mit jedem Atemzug verflüchtigten. Sie setzte sich und zog die Knie an, wie sie es früher immer gemacht hatte. Das hier war ihr Platz. Ihr Ort für Wünsche und Hoffnungen. Hier war alles möglich – vielleicht sogar ein Neuanfang.

Wie von selbst wanderte ihr Blick in den Norden. Dort, genau unter dem hellsten Stern, zeichneten sich die dunklen Umrisse der Kings-Farm vor den grauen Schatten der Rocky Mountains ab.

Ein Kribbeln durchlief ihren Körper und sie fragte sich, ob ihr hier womöglich wirklich ein Neuanfang vergönnt war.

Kapitel 2

Am nächsten Morgen wurde Avery von einem lärmenden Röhren vor dem Fenster aus ihrem ohnehin leichten Schlaf gerissen.

»Was zur Hölle …?« Sie war erst in den frühen Morgenstunden endlich eingeschlafen und erwachte jetzt mit schmerzenden Gliedern. Wie immer seit der Chemo.

Sie trat ans Fenster und schüttelte den Kopf, als sie sah, dass ihr Vater den Rasen mähte. Um acht Uhr morgens. So was ging auch nur hier, außerhalb des Ortes. In der Stadt würden ihm die Nachbarn vermutlich die Polizei auf den Hals hetzen, und Avery war gewillt, genau dies zu tun. Sie wühlte sich im Bad durch ihre Tabletten und hoffte, dass der Schmerz bald nachlassen würde. Dann kroch sie zurück ins Bett und zog sich die Decke noch mal bis unters Kinn. Aber an Schlaf war nicht mehr zu denken.

Trotzdem genoss sie die behagliche Wärme unter ihrer Decke und ließ ihren Blick mit einem Lächeln durch ihr Zimmer schweifen. Es hatte etwas Verjüngendes, wieder in seinem Jugendzimmer zu schlafen. Es war beinahe so, als wäre sie nie weggegangen. Als hätte sie nie in einer der renommiertesten Investmentfirmen Seattles gearbeitet, als wäre sie nie mit Phil zusammen gewesen …

Energisch verbot sie sich auch nur den kleinsten Anflug von Traurigkeit. Das war vorbei! Sie hatte dieses Kapitel ihres Lebens mit einem schmerzhaften Knall zugeschlagen, und das war gut so!

Sie würde das Beste aus ihrer Situation machen. Und damit würde sie jetzt sofort anfangen. Enthusiastisch schwang sie die Beine aus dem Bett. Sie hatte zwar keine Ahnung, was sie tun sollte, aber irgendetwas würde sich schon finden. Vielleicht ein Spaziergang, um den Kopf freizubekommen. Oder ein kurzer Abstecher ins Café …

Tatsächlich tat die frische Morgenluft gut, als Avery nach einer ausgiebigen Dusche und einem ebenso ausgiebigen Frühstück aus dem Haus ging. Eingewickelt in Mantel, Schal und Mütze trat sie in den Garten. Die Sonnenblumen ließen ihre goldenen Blüten unter dem Gewicht der Körner hängen. Das Laub der Büsche färbte sich allmählich herbstlich. Auf dem Gras hing noch der Morgentau. Ihr Vater hatte seine Mäharbeiten bereits beendet und klopfte jetzt mit einem Gummihammer einen losen Pflasterstein zurück in seine Bettung. Charly, der rostrote Kater, saß neben ihm, als führte er die Bauaufsicht.

Er hob nur kurz mit einem Maunzen den Kopf, als Avery an ihm vorbeiging. Ihr Vater war so vertieft in seine Arbeit, dass sie ihn nicht stören wollte. Sie wollte überhaupt nicht reden. Nach der einsamen Zeit im Krankenhaus tat sie sich manchmal schwer, die richtigen Worte zu finden.

Etwas unschlüssig, wohin sie sich wenden sollte, stand sie auf dem Gehweg vor ihrem Elternhaus. Die Gipfel des Glacier Parks im Norden lockten mit ihrem wilden, unvergleichlichen Charme. Doch das war nicht das Einzige, was sie in diese Richtung zog, und das wusste sie. Trotzdem beschloss sie, diesem Drang nachzugeben, ehe sie Sue im Café besuchen würde. Die

Straße war von Schlaglöchern übersät, weil so viele Viehtransporter auf ihrem Weg zur Ranch der Kings hier entlangfuhren. Die Ranch zählte zu den namhaftesten Rinderfarmen der Gegend, und noch ehe Avery überhaupt die Ländereien erreicht hatte, drang ihr schon der Geruch der Tiere in die Nase. Es war kein unangenehmer Geruch, sondern der vertraute Duft ihrer Heimat.

Das große, dunkelrote Farmhaus mit der umlaufenden Veranda und dem geschnitzten Rind am Giebel hatte sich genau wie der Rest von Littletree nicht verändert. Nur war sie nicht mehr das junge Mädchen, das hierherkam, um die Pferde in den Paddocks zu striegeln oder heimlich Mason dabei zuzusehen, wie er für das nächste Rodeo trainierte. Heute fragte sie sich, warum dieser Idiot jemals so eine Faszination auf sie ausgeübt hatte.

Wobei – etwas hatte sich doch verändert. Hinter dem Farmhaus seiner Eltern hatte sich Mason inzwischen eine geräumige Blockhütte errichtet. Sue hatte ihr erzählt, dass er die Siegprämien seiner ersten großen Rodeos dafür verwendet hatte.

Sie wendete den Blick ab, um nicht weiter über Mason nachdenken zu müssen, verließ den Weg, der am Haus vorbeiführte, und folgte dem Zaun zu den Viehweiden. Staub hing in der Luft und das Trampeln von Hufen ließ den Boden beben, als zwei der Viehtreiber der Kings auf ihren Pferden eine Herde Rinder in die Koppel trieben. Es mussten mindestens fünfzig Tiere sein, deren dunkles Fell in der Morgensonne glänzte.

Avery fühlte sich lebendig in der Nähe dieser kraftstrotzenden Tiere. Die Energie der Hufschläge verursachte ihr eine Gänsehaut und das Schnauben war wie der kraftvolle Donner eines Gewitters.

Einer der Cowboys hob zum Gruß seinen Hut. Avery

winkte zaghaft zurück. Sie glaubte nicht, dass man sie wiedererkannte. Sie hatte Gewicht verloren und die schönen, schulterlangen Haare, die ihr in ihrer Jugend die Bewunderung der Jungs eingebracht hatten.

Das war eine Ewigkeit her.

Verschämt rückte sie sich die Mütze zurecht und trat den Weg in die Stadt an. Es war gut eine Meile, aber die kühle Morgenluft war einer milden Brise gewichen und es versprach ein angenehmer Tag zu werden. Tatsächlich war ihr ordentlich warm geworden, als sie die ersten Häuser von Littletree erreichte. Sie war noch nicht wieder in körperlicher Höchstform und bereits diese kleine Anstrengung hatte ihr zugesetzt. Atemlos und mit zitternden Knien trat sie ins Café.

»Hi Mom«, grüßte sie und setzte sich erschöpft an den Tresen mit den Torten und Küchlein in der Auslage.

»Avery, wie schön, dass du herkommst! Hast du gefrühstückt? Wir wollten dich gestern zum Abendessen nicht wecken, du warst so müde …« Ihre Mutter sah sie besorgt an.

»Schon okay, Mum. Der Tag war einfach etwas viel für mich. Aber mir geht es gut.« Sie lächelte. »Allerdings müssen wir Dad den Rasenmäher abnehmen. Ich dachte, wir werden von Aliens angegriffen, als er damit unter meinem Fenster herumgefahren ist.«

»Nimm ihm seinen Mäher ab, dann findet er was anderes, mit dem er uns zur Weißglut treiben kann.«

Avery lachte und ließ ihren Blick über die Kuchen wandern. Beim Duft des Gebäcks lief ihr das Wasser im Mund zusammen.

»Willst du den Mantel und die Mütze nicht ablegen? Iss einen Kuchen, du hast doch bestimmt noch nicht gefrühstückt.« Sue goss ihrer Tochter eine Tasse Kaffee ein, aber Avery hob unschlüssig die Schultern. Sie sah hinüber zu den Gästen an den Tischen. »Nein danke. Ich bleib nicht lange. Ich wollte mich nur mal umsehen. Außerdem hatte ich heute Morgen so einen Heißhunger, dass ich den halben Kühlschrank leer gefuttert habe.«

Sue schob ihr den Kaffee hin und schnappte sich Stift und Zettel neben der Kasse. »Jetzt trink erst mal in Ruhe deine Tasse aus. Und keine Sorge, der geht auf mich.«

Sie kam um den Tresen und nahm die Bestellung von zwei älteren Damen auf, die am Fenster saßen und in ein angeregtes Gespräch vertieft waren.

Noch immer unentschlossen öffnete Avery ihren Mantel und nippte an dem Kaffee. Ihr war warm unter der Mütze, aber sie hatte Hemmungen, sie abzusetzen. Dabei war die schlimmste Phase, die Zeit ganz ohne Haare, doch längst überstanden. Ihre Augenbrauen waren nachgewachsen, und es gab Millionen Frauen, die mit einer Kurzhaarfrisur super aussahen. Nur zählte sie in ihren Augen leider nicht dazu.

»Was hast du heute noch vor?«, fragte Sue, die zurückkam und zwei Teller auf dem Tablett anrichtete.

Avery zuckte mit den Schultern. »Keine Ahnung. Ich … ich sollte vielleicht mal mein Zeug auspacken.«

»Wie lange willst du denn eigentlich bleiben?« Sue goss Tee in eine Tasse und legte einen Keks an den Rand der Untertasse.

»Ich weiß nicht so genau, Mom. Eine Weile. Bis ich weiß, wie es weitergeht. Ich brauche einen Job. Und eine Wohnung. Aber vorerst …«

»Vorerst bist du bei uns gut aufgehoben. Und wenn du willst … ich könnte hier nachmittags Hilfe gebrauchen.«

»Arbeitet Rosie etwa nicht mehr für dich?«, fragte Avery erstaunt. Rosie arbeitete seit Jahren in Sues Café.

»Doch, natürlich! Aber seit ihre Tochter nach der Geburt der Kinder wieder arbeiten geht, kümmert sie sich nachmittags um die Zwillinge. Ich könnte also gut noch zwei Hände mehr gebrauchen.«

Sue balancierte das Tablett leichthändig zu den Gästen und verwickelte diese in einen Plausch übers Wetter.

Avery bewunderte, wie selbstverständlich ihre Mutter mit ihren Gästen ein Gespräch beginnen konnte. Sie selbst war schon immer zurückhaltend gewesen, und besonders jetzt, wo sie sich in ihrem eigenen Körper so fremd vorkam, tat sie sich schwer, auf Menschen zuzugehen.

Sie würde Sue hier keine große Hilfe sein, wenn sie sich aus Angst vor mitleidigen Blicken nur hinter dem Tresen verstecken würde. Und damit war zu rechnen, denn Avery kannte diese Blicke nur zu gut. Jeder, der sie ansah, erkannte sofort, dass sie krank gewesen war. Und dann kam der Moment, in dem sich die Leute fragten, ob sie sich womöglich bei ihr anstecken würden. Und danach kam das Mitleid – oft gefolgt von irgendeiner dummen und doch viel zu intimen Frage …

Nein, so weit war sie noch nicht. Vielleicht hatte Carrie ja recht und sie sollte sich einfach einen Hut kaufen. Sie zupfte sich einige kurze Haare unter der Mütze hervor in die Stirn und grübelte weiter. Es war so verrückt, dass diese Kleinigkeit – diese reine Äußerlichkeit – so wichtig für sie war, dass sie sich davon isolieren ließ. Und das, obwohl sie jeden Tag ihres Lebens genießen sollte.

Stattdessen schlich sich schon wieder ein Moment aus der Vergangenheit in ihre Erinnerung. Sie konnte nichts dagegen tun.

»Na komm schon, Avery!« Phil war laut geworden. »Du musst das doch verstehen!«

Die Ledercouch unter ihren Händen hatte sich kalt angefühlt. Sie wischte sich die Tränen ab. Phil stand über ihr wie ihr Gegner und hatte die Hände vor der Brust verschränkt, als wollte er ganz bewusst eine Wand zwischen ihnen errichten.

»Nein, Phil! Ich kann das nicht verstehen! Du … du willst beinahe sieben Jahre Beziehung wegwerfen? Das soll es jetzt gewesen sein? Einfach so?«

Er ging vor der Couch auf und ab, ohne sie anzusehen. Ohne eine Regung im Gesicht.

»Es ist nicht einfach so!«, beharrte er. »Sieh dich doch um! Wir leben in einer Krankenstation!«

»Ich *bin* krank! Und ich hab mir das nicht ausgesucht.« Ihre Stimme war schwach, dieser Streit raubte ihr die letzte Kraft. »Du hast gesagt, wir schaffen das. Du hast gesagt, du liebst mich. Du hast gesagt, dass alles gut wird! Waren das alles nur Lügen?«

Nun hob er doch den Kopf. Mitleid lag in seinem Blick. Es hatte etwas Endgültiges. Avery wusste, die Frau, die er einst in ihr gesehen hatte, würde er nie wieder in ihr sehen können. Nicht nach alledem.

Sein Atem klang laut in der plötzlichen Stille.

»Du bist kahlköpfig.«

Es war kein Vorwurf. Es war eine Feststellung. Eine Feststellung, die von den Lippen des Mannes, den sie liebte, wie Gift in ihr Herz tropfte.

»Das weiß ich«, flüsterte sie kaum hörbar. Wie konnte sie es auch vergessen, wenn sie doch jedes Mal selbst erschrak, wenn sie irgendwo ihr Spiegelbild erblickte.

»Herrgott, Avery!«, hatte er gesagt. »Das alles wird mir zu viel! Es ist ja nicht so, als hätte ich dich nicht gern. Es ist nur … ich bin jung. Ich habe eine Vorstellung vom Leben!«

Niedergeschlagen zog Avery sich die Mütze vom Kopf und trank einen Schluck Kaffee. Wenn sie noch Kraft übrig gehabt hätte, wäre sie an jenem Tag vielleicht auf ihn losgegangen.

Sie hatte ihm wehtun wollen. Weil er sie gern gehabt hatte! Und weil in seiner Vorstellung vom Leben kein Platz für eine imperfekte Frau gewesen war.

»Was meinst du, Avery?« Sue riss sie aus ihren trüben Gedanken. »Wäre das nicht was für dich? Nur, bis du etwas findest, das dir gefällt.«

Die Tasse in Averys Händen zitterte, und sie wagte es nicht, sich nach den beiden Frauen umzudrehen, um zu sehen, ob die sie anglotzten.

Nein, sie war noch nicht so weit.

Kapitel 3

»Herrgott noch mal! Flynn!«

Avery war noch nicht mal die Treppe hinunter, als sie bereits das Geschrei ihrer Mutter hörte. Sie war jetzt seit gut einer Woche wieder in Littletree, und die üblichen Krisen hatten längst wieder ihren Lauf genommen. Flynns Langeweile führte tagtäglich zu heftigen Debatten.

Sue kam mit schnellen Schritten auf sie zu.

»Was hat er denn schon wieder angestellt?«, fragte Avery verschlafen und warf einen kurzen Blick durchs Fenster auf den Hof. Es nieselte und der Himmel war wolkenverhangen.

»Er treibt mich zur Verzweiflung!« Sue hatte einen Einkaufskorb um den Arm hängen und den Autoschlüssel in der Hand. Ihre Wangen waren rot vor Ärger und ihre für gewöhnlich in sorgfältige Reihen gelegte Dauerwelle war in Unordnung geraten. »Er weiß genau, dass ich heute etliches zu erledigen habe, und er schraubt trotzdem den Auspuff ab!«

Avery kicherte überrascht.

»Er tut was? Den Auspuff abschrauben?«

Sue stemmte die Hände in die Hüften und wippte ungeduldig mit dem Fuß.

»Ich sag dir eines: Mit dem Auspuff war bis gestern noch

alles in allerbester Ordnung – und jetzt soll angeblich ein Loch drin sein! Es würde mich ja nicht wundern, wenn dein werter Vater dieses ominöse Loch selbst reingemacht hätte, nur um irgendwas zu tun zu haben!«

Avery folgte ihrer Mutter ergeben in die Küche, denn es war offensichtlich, dass sie noch nicht fertig war mit ihrem Ausbruch. Müde goss Avery sich einen Kaffee ein. Zwei Stückchen Würfelzucker und ein großer Schwapp Milch brachten die Tasse fast zum Überlaufen. Vorsichtig schlürfte sie einige Schlucke herunter und balancierte sie bis zum Tisch. Gleich fühlte sie sich wacher, war aber immer noch meilenweit davon entfernt, sich in den Streit um den Auspuff einzumischen. Sie kannte das Gefühl, zur Untätigkeit verdammt zu sein, und hatte Nachsicht mit ihrem Vater.

»Du musst mich in die Stadt fahren!«, sagte Sue. »Ich muss zur Reinigung, auf dem Markt Mehl und Äpfel für die Kuchen kaufen und die Steaks bei den Kings drüben abholen.«

»Nimm doch den Honda«, schlug Avery vor. Sie setzte sich an den Küchentisch und zog die Tageszeitung zu sich herüber.

»Nichts da! Du kannst mich ruhig begleiten. Das hier ist kein Hotel, meine Liebe. Du hast seit deiner Ankunft das Haus kaum verlassen, und das kann und wird so nicht weitergehen.« Noch immer wippte Sues Fuß ungeduldig, und sie hatte einen strengen Blick aufgesetzt. »Du wolltest hier noch mal neu anfangen, hast du gesagt. Dann mach das auch, und verkriech dich nicht nur in diesen vier Wänden.«

Avery klappte genervt die Zeitung wieder zu. Ein ruhiger Morgen war ihr offenbar nicht vergönnt.

»Die letzten Monate waren schwer für mich, Mum. Ich brauche dringend eine Pause. Ich muss erst mal durchatmen und mir überlegen, wie es weitergehen soll.« Sie zuckte mit den Schultern. »Weißt du, ich hatte nicht vor, mit sechsundzwanzig noch mal bei null anzufangen. Ohne Job, ohne einen Mann an meiner Seite und ohne Haare! Das war ganz bestimmt nicht mein Plan!«

Sues Wangen färbten sich rot in einer Mischung aus Verlegenheit und Wut. Sie beugte sich zu ihrer Tochter hinunter. »Das weiß ich.« Sie klang versöhnlicher. »Diese teuflische Krankheit hat dich viel gekostet, mein Schatz. Aber du musst auch irgendwann damit anfangen, wieder nach vorne zu blicken. Vergiss das Büro in Seattle. Denk doch nur mal an all die Nächte. An all die Überstunden und den Stress. Du hast zwar nie geklagt, aber glücklich warst du auch nicht. Und Phil … mal ehrlich, Süße! Du solltest froh sein, ihn los zu sein. Ein Mann, der seine Freundin verlässt, weil sie krank ist, ist nicht der Richtige!«

Ehe ihre Mutter noch weiter in ihrem Leben herumanalysieren konnte, schob Avery den Stuhl zurück und goss den letzten Schluck Kaffee in die Spüle.

»Schon gut, Mum! Du hast gewonnen. Ich fahre dich, wenn du endlich aufhörst, über Phil zu reden.« Sie fuhr sich durch die kurzen Haare und zupfte sie so gut es ging in Form. »Aber ich steige nicht aus dem Auto«, murrte sie.

Ihre Mutter schmunzelte. »Das ist immerhin ein Anfang!«

Geschäftig verschwand Sue nach draußen. Mit einem frustrierten Blick in den Spiegel folgte Avery ihr unwillig. Sie kniff verärgert die Lippen zusammen, denn sie vermutete, dass in Wahrheit ihre Mutter das Loch in den Auspuff gemacht hatte, nur um ihren Frieden zu stören.

Averys Finger trommelten im Takt des Schlagzeugs auf dem Lenkrad, während sie darauf wartete, dass Sue aus der Reinigung kam. Sie war schon eine ganze Weile da drin und Avery wurde langsam ungeduldig. Im Auto war es warm, also kurbelte sie die Scheiben herunter.

Ihr Blick glitt ziellos über die Fassaden der Häuser. Es war wirklich, als wäre sie nie weggewesen. Sogar der Hund der Jacksons saß noch angekettet wie immer in deren Vorgarten. Nur das Fell um die Nase herum war deutlich grauer geworden. Am windschiefen Gartenzaun der Handersons war ein Plakat befestigt, das ihre Aufmerksamkeit auf sich zog:

Mason King verteidigt seinen Titel! Lasst uns unseren Lokalhelden gebührend zu Hause empfangen! Bei der 2. King-Rodeo-Barbecue-Nacht, las sie ungläubig.

Ungewollt schlug ihr Herz schneller und sie konnte den Blick nicht von dem Plakat abwenden. Ein Foto von Mason King, der siegessicher auf einem sich aufbäumenden schwarzen Hengst saß und in die Kamera lächelte. Dieses Lächeln! Avery hatte es seit acht Jahren nicht mehr gesehen. Trotzdem beschleunigte es ihren Puls.

»Lokalheld«, murmelte sie abfällig und schüttelte den Kopf. »Wohl eher Lokal-Idiot!«

Mason King war ein rotes Tuch für Avery und sie zwang sich energisch, dem Poster keine Beachtung mehr zu schenken. Doch obwohl sie ihre Augen geradeaus auf die Straße richtete, sah sie im Geiste noch immer dieses unvergessliche Lächeln vor sich.

»Du siehst heute Abend wunderschön aus«, hatte er geflüstert und ihr die Tür seines Trucks aufgehalten. Ihr Herz hatte wild in der Brust geklopft, und die Freude über sein Kompliment trieb ihr das Blut in die Wangen.

»Du auch«, gab sie zurück. Und sie meinte es auch so.

Er trug zwar nur ausgewaschene Jeans mit schwarzem Ledergürtel und großer silberner Gürtelschnalle und ein grau meliertes T-Shirt, aber er erzielte mit dieser Einfachheit eine unglaubliche Wirkung. Und das nicht nur auf sie. Mit seinem verstrubbelten sommerblonden Haar, der sportlichen Figur und den Grübchen beim Lachen war Mason natürlich ein Frauenschwarm. Und ein echter Weiberheld. Ein Typ, auf den sie normalerweise nicht hereinfallen würde. Schließlich war Avery mit ihrem schulterlangen, blonden Haar und den strahlend grünen Augen bei den Jungs auch recht beliebt und es deshalb gewohnt, dass sie ihr nachsahen und sie anflirteten. Sie gab normalerweise nicht viel auf den Unsinn, den ihre pubertierenden Mitschüler von sich gaben. Und auch Masons Sprüche klangen eher auswendig gelernt als ehrlich gemeint. Trotzdem hatten sie zusammen mit dem Funkeln in seinen bernsteinfarbenen Augen ihre Wirkung nicht verfehlt …

»Entschuldige, dass es so lange gedauert hat!« Sue ließ sich in den Wagen fallen und schlug die Tür zu. Ein voluminöser Kleidersack blähte sich vor der Windschutzscheibe und Sue versuchte vergeblich, Platz zu schaffen. »Elvira hat mir gerade erzählt, dass Rosie sich heute Morgen beim Ausleeren des Mülleimers das Kniegelenk verletzt hat. Ihre Tochter ist sogar mit ihr ins Krankenhaus gefahren! Das arme Ding! Schreckliche Schmerzen müssen das sein!«

Ohne ihren Redeschwall zu unterbrechen, bedeutete sie Avery mit einem Nicken, doch endlich loszufahren.

»Jedenfalls wird sie eine ganze Weile ausfallen! Das ist furchtbar! Wenn das stimmt, dann kann ich das Café auch gleich schließen!«

»Warum denn schließen? Du kannst doch …«

Sue redete unbeirrt weiter: »Da hilft nur eines: Du musst mir helfen!«

Avery trat auf die Bremse. Der Wagen kam am Straßenrand zum Stehen und sie wandte sich dem Kleidersack zu, hinter dem sich ihre Mutter versteckt hielt.

»Was?«

Sue schob den Sack beiseite und hielt dem Blick ihrer Tochter stand. »Ich habe gesagt, dass du für Rosie einspringen musst«, wiederholte sie geduldig.

»Ich habe dir gesagt, dass ich das nicht machen will, Mom. Ich habe keine Lust, mich von allen hier anglotzen zu lassen!«

»So ein Unsinn! Keiner wird dich anglotzen! Du bist doch nicht die Einzige auf der Welt, die mit einer fragwürdigen Frisur herumläuft. Dein Haar ist kurz, aber du bist deswegen nicht weniger hübsch. Und es ist an der Zeit, dass du dein Schneckenhaus verlässt und dich um dein Leben kümmerst. Du hast doch nichts anderes zu tun. Also, wirst du mir helfen?«

Avery schnaubte. Klar! Sie hatte Zeit. Aber sie hatte sich doch noch nicht mal entschieden, ob sie überhaupt in Littletree bleiben wollte. Die Heimkehr war doch nur eine Zwischenstation gewesen. Ein Ort zwischen Flucht vor der Vergangenheit und dem Ort, in dem sie ihre Zukunft sah. Jetzt hier im Café zu arbeiten, das war unsinnig, denn ihre Zukunft lag ganz sicher nicht in diesem verschlafenen Nest. Sie musste schließlich Bewerbungen schreiben und Vorstellungsgespräche führen … bei Gelegenheit.

Da Avery schwieg, hakte Sue nach: »Du musst nicht schmollen wie ein kleines Kind! Ich würde dich nicht bitten, wenn ich eine andere Wahl hätte.«

»Mum! Ich ärgere mich ja auch nicht über die Tatsache, dass ich aushelfen soll. Sondern nur darüber, dass du zu wissen meinst, was gut für mich ist. Vielleicht wäre es gut für mich, dich nicht durch die Gegend zu fahren und stattdessen lieber in meinem Bett zu liegen und ein Buch zu lesen. Vielleicht bin ich noch nicht wieder kräftig genug, mir eine Aufgabe zu suchen.«

Sue sah sie unvermindert streng an. »Vielleicht hast du aber auch nur Angst, wieder nach dem Leben zu greifen, weil dich der Krebs so plötzlich aus allem herausgerissen hat. Weil du mitten im Leben plötzlich mit dem Tod konfrontiert warst. Aber du hattest Glück! Du bist unbeschadet davongekommen.« Sie lächelte und legte ihrer Tochter versöhnlich die Hand auf den Oberschenkel. »Und jetzt ärgere dich bitte nicht, sondern sei so gut und hilf mir in den nächsten Tagen einfach ein bisschen aus. Wenn es dir zu viel wird, suche ich eine Aushilfe, ja? Aber vielleicht gefällt es dir ja sogar.«

Avery schwieg. Ihre Mutter hatte nicht ganz unrecht. Sie hatte Angst, wieder nach dem Leben zu greifen. Sie hatte Angst, weiterzumachen, denn sie war eben NICHT einfach unbeschadet davongekommen. Im Grunde hatte sie alles verloren.

Und ganz sicher würde es ihr nicht gefallen, im Café zu arbeiten. Aber es stimmte schon: Wenn sie nicht noch mehr Lebenszeit vergeuden wollte, musste sie ihren Arsch wieder hochbekommen – wie ihr Vater das ausgedrückt hätte. Sie gab sich geschlagen.

»Na schön, Mom, aber das ist nur vorübergehend!« Langsam fuhr sie wieder an.

»Warte!«, sagte Sue. »Könntest du nicht für mich die Steaks abholen, damit ich ins Café komme? Da steht bestimmt schon alles kopf ohne Rosie.«

Avery schnaufte genervt und verdrehte die Augen. Das war doch ein Scherz? Ein abgekartetes Spiel! Erst sollte sie im Café mitarbeiten und jetzt auch noch zu den Kings rausfahren?

»Oh Mom! Muss das sein? Der letzte Mensch, dem ich begegnen will, ist Mason King!«

Sue hob überrascht die Augenbrauen und schmunzelte. »Sag bloß, dein Vater hatte recht?« Sie schüttelte den Kopf. »Er hat vor Jahren mal gedacht, dass es zwischen euch beiden gefunkt hätte«, erinnerte sie sich.

Avery schnaubte. »Unsinn! Mason King ist ein großmäuliger Idiot mit Testosteronüberschuss. Zwischen uns hat es nie gefunkt!«

Sue schmunzelte immer noch. »Na, dann kannst du doch die Steaks besorgen.« Sie öffnete die Beifahrertür. »Außerdem ist Mason zurzeit überhaupt nicht in der Stadt.«

Damit stieg sie aus und Avery schlug wütend mit den Händen aufs Lenkrad.

Was für ein beschissener Tag!

Und warum zum Teufel konnte es hier in Littletree keinen einzigen Tag geben, an dem sie nicht an Mason erinnert wurde? Das war echt schrecklich! So war es schon immer gewesen und anscheinend hatte sich daran auch nichts geändert. Ihr wurde so langsam klar, warum sie diesen Ort vor acht Jahren in Wahrheit verlassen hatte.

Kapitel 4

»Guten Morgen, Misses Sutter«, grüßte Avery die alte Dame, die jeden Nachmittag ins Café kam. »Wie geht es Ihnen heute?«

Misses Sutter winkte ab und ging schwer über ihren Gehstock gebeugt zu dem Tisch in der Ecke. Da saß sie immer.

»Ach, Kindchen! Fragen Sie lieber nicht«, seufzte sie und rieb sich den schmerzenden Rücken. »Ich spüre, dass sich das Wetter ändern wird. Jetzt kommt die Kälte – sie sitzt mir schon in den Knochen.«

Avery kniff bedauernd ihre Lippen zusammen.

»Es war sehr mild in den letzten Tagen, aber in den Nächten merkt man schon, dass der Sommer vorbei ist«, mischte sich Sue von hinter dem Tresen ein. Sie war gerade dabei, die Kaffeemaschine auseinanderzubauen.

Misses Sutter nickte und nahm mit zitternden Händen ihr Kopftuch ab. Die Haut an ihren Händen sah aus wie gegerbtes Leder, und unwillkürlich fragte sich Avery, ob sie jemals so alt werden würde.

»Dasselbe wie immer, Misses Sutter?«, fragte sie geduldig, als die alte Dame gemächlich ihr Tuch faltete und in ihrer Handtasche verstaute.

»Ja, bitte. Dasselbe wie immer.«

»Kommt sofort.« Avery lächelte und schlenderte zurück an den Tresen. Zwei Bauarbeiter an einem der Tische lachten laut über irgendwas und Avery hob ihren Blick.

Die Sonne schien in breiten goldenen Bahnen durchs Fenster und machte das kleine Café noch behaglicher. Draußen jagte der Wind das erste Herbstlaub über den Gehweg, aber hier drinnen war es angenehm warm. Der Duft von frisch gebrühtem Kaffee und warmen Brownies hing in der Luft. Avery fühlte sich so wohl, dass sie sich am liebsten hingesetzt und ein kleines Schläfchen gehalten hätte.

Wären da nur nicht die Gäste und Sue. Mit der eigenen Mutter zusammenzuarbeiten war nicht gerade das, wovon sie immer geträumt hatte.

Doch in einem hatte Sue recht gehabt: Zumindest hatte sie etwas von der Scheu wegen ihres kurzen Haars verloren. Tatsächlich wurde sie nur ganz selten darauf angesprochen. Heute hatte sie sich die Strähnen frech in die Stirn gezupft und fand das Ergebnis noch nicht mal so schlecht. Vielleicht lag es auch daran, dass sie endlich wieder einige Kilos zugenommen hatte. Ihre Mutter kochte und backte einfach viel besser als sie selbst. Und dann noch die viele frische Luft – sie sah wieder gesünder aus als bei ihrer Ankunft vor wenigen Wochen. Und sie fühlte sich auch besser. Stärker und wieder mehr wie der Mensch, der sie einst gewesen war. Und mit jedem Tag, den sie hier aushalf, fühlte sie sich weniger einsam. Der flüchtige Kontakt zu den Gästen vermittelte ihr tatsächlich das Gefühl, wieder Teil der Gesellschaft zu sein. Sie war nicht länger die Aussätzige, für die sie sich in den letzten Monaten gehalten hatte. Und doch, etwas fehlte. Noch immer gab es niemanden, mit dem sie wirklich über ihre Erfahrungen sprechen wollte.

Mit einem kurzen Blick auf Misses Sutter, die sich ein Rätselheft mitgebracht hatte und nun nachdenklich mit ihrem Bleistift auf die Tischplatte tippte, griff sie nach den frisch gebackenen, noch warmen Küchlein. Eins mit Himbeerfüllung und eins mit Schokoladencreme. Dazu eine große Tasse Milchkaffee. Mehr Milch als Kaffee, denn sonst konnte Misses Sutter in der Nacht nicht schlafen.

Avery schmunzelte über die Tatsache, dass sie das überhaupt wusste.

»Reich mir mal den Schraubenzieher«, bat Sue und wischte sich mit dem Ärmel ihrer lachsfarbenen Bluse über die Stirn.

»Soll ich nicht lieber einen Handwerker rufen?«

»Nein! Du sollst mir den Schraubenzieher geben.«

»Aber du machst schon seit einer Stunde an dem Ding rum«, gab Avery zu bedenken.

Sue ließ die Schultern sinken und drehte sich zu ihrer Tochter um.

»Richtig, und wenn ich den Fehler nicht bald finde, können wir den Rest des Tages schließen.« Sie entfernte den Behälter für die Bohnen.

Avery sah ihrer Mutter, die nun am Wasseranschluss herumdrehte, skeptisch zu. Der letzte Kaffee aus der Kanne reichte gerade noch für Misses Sutter. Und schon kamen die nächsten Gäste herein.

Avery bedeutete ihnen, sich einfach einen Platz auszusuchen. Dann balancierte sie das Tablett an den Tisch der alten Dame.

»Danke, Kindchen. Hast du denn etwas Neues von Rosie gehört? Wie geht es denn ihrem Knie?«

Avery schüttelte den Kopf. »Nein, ich weiß auch nicht mehr als gestern. Sie wird wohl mindestens noch zwei Wochen ausfallen.«

»Jemand sollte sie besuchen!«, murmelte Misses Sutter und vertiefte sich wieder in ihr Rätsel.

Avery nahm die Bestellung der beiden Neuankömmlinge auf, als Carrie und ein Junge zusammen ins Café kamen.

»Hi Avery!«, rief Carrie und zog ihren Begleiter an den Tresen, wo Sue beim Anblick der beiden Turteltauben missbilligend die Lippen zusammenpresste.

»Hast du deine Hausaufgaben schon gemacht?«, fragte sie streng und wischte sich die Hände an einem Lappen ab.

Carrie zuckte mit den Schultern. »Wir haben heute nichts auf.«

»Du könntest trotzdem etwas lernen.«

Carrie überging das und wandte sich zu Avery um.

»Hey Schwesterherz! Ich wollte dir Aaron vorstellen«, erklärte sie und legte dem Jungen den Arm um die Hüften.

Avery verkniff sich ein Schmunzeln. Die Augen ihrer Schwester strahlten vor Verliebtheit – was Sue offenbar nicht ganz so gefiel, denn die wandte sich wieder der Kaffeemaschine zu.

»Hi Aaron«, grüßte Avery und musterte die schlaksige Gestalt vor sich. Sie wusste sofort, wer er war, denn die Ähnlichkeit mit seinem Bruder war deutlich zu erkennen. Die gleichen breiten Schultern, die gleichen goldbraunen Augen und das gleiche entwaffnende Lächeln. Dieser Herzensbrecher trat geradewegs in die Fußstapfen seines großen Bruders – Mason King. Avery verstand nur zu gut, was Carrie an ihm fand. Trotzdem beunruhigte sie diese Schwärmerei etwas. Sie erinnerte sich schaudernd an ihre eigenen Erfahrungen mit einem der King-Brüder. Trotzdem zwang sie sich zu einem Lächeln.

»Schön, dich kennenzulernen. Ich hoffe, du passt gut auf meine kleine Schwester auf«, scherzte sie und erntete dafür von Carrie einen bösen Blick.

»Ich brauch keinen Aufpasser!«, verteidigte sie sich lachend und streckte Avery die Zunge heraus.

»Keine Sorge. Carrie ist bei mir in guten Händen«, versicherte Aaron und knutschte Carrie grinsend ab.

Sue schnaubte empört und Avery verstellte ihrer Mutter schnell die Sicht.

»Das sehe ich«, sagte sie.

»Was wollt ihr hier?«, fragte Sue verärgert und deutete auf die Gäste. »Ihr bringt ganz schöne Unruhe herein.«

»Ich wollte fragen, ob ich am Freitag zu dem Barbecue gehen darf«, erklärte Carrie und fuhr sich durch die roten Strähnen. Sie sah ihre Mutter an wie ein Hundewelpe, der am Highway ausgesetzt wurde.

»Das Barbecue bei den Kings?«, hakte Sue nach.

»Ja. Mason hat seinen Titel verteidigt und das wird gefeiert. Aaron hat mich eingeladen, aber im Grunde kommen doch fast alle aus Littletree. Bitte, Mom!«

»Ich werde das nicht allein entscheiden. Hast du deinen Vater schon gefragt?«

»Nein, aber du weißt, dass er mich nicht gehen lässt. Und dabei ist es doch gleich nebenan.«

Carrie bettelte und Avery verspürte Mitleid mit ihr. Zum Glück war sie dem Alter entwachsen, in dem man so von Gefühlen geleitet oftmals nur Dummheiten im Kopf hatte.

»Ich bin auch nicht begeistert«, gab Sue zu und musterte Aaron streng. »Du schreibst nächste Woche eine wichtige Arbeit. Du solltest dich darauf konzentrieren.«

Carrie verschränkte wütend die Arme vor der Brust. »Ach komm! Das Barbecue beginnt ja erst am Nachmittag. Ich kann vorher lernen!«

»Das stimmt, Mom«, warf Avery ein. »Als würde sie abends noch was lernen – auch wenn sie zu Hause wäre.«

Sue hieb Avery den Ellbogen in die Rippen und warf ihr einen warnenden Blick zu.

»Na komm schon, Mom!«, bettelte Carrie weiter. »Und wenn Avery mitkommt? Würdest du es dann erlauben?«

Avery zuckte zusammen. »Ich komme auf keinen Fall mit!«

»Oh bitte, Avery!« Carrie griff nach ihrem Arm und flehte: »Bitte, bitte, bitte!«

Sue schmunzelte und Avery hob abwehrend die Hände. »Das könnt ihr vergessen! Ich geh da nicht hin.«

»So schlecht ist die Idee nicht«, stimmte Sue überraschend zu. »Du kämst mal wieder unter Leute.«

Avery wandte sich um und deutete auf die Gäste im Café. »Ich bin unter Leuten, Mom! Mehr brauch ich wirklich nicht!«

»Na komm schon!« Carries jammernder Ton verursachte Avery beinahe Kopfschmerzen, und auch Aaron – so cool er sich gab – sah sie mit großen Hundeaugen an.

»Ich habe Nein gesagt!«, beharrte Avery. Obwohl sie zugeben musste, dass sie ein merkwürdiges Kribbeln empfand, seit sie wusste, dass Mason bald wieder hier sein würde. Und sie würde ihm unweigerlich über den Weg laufen, wenn sie auf dieses dämliche Fest zu seinen Ehren gehen würde. Dabei war ihn zu ehren das Letzte, was sie tun wollte.

Carrie sah sie unter ihren rot leuchtenden Haaren hervor noch immer an. »Bitte, Avery!«, flehte sie leise.

Sie konnte es nicht glauben, dass sie wirklich hier war! Auf der Farm der Kings – auf einer Party für Mason!

Möglichst unauffällig schlenderte Avery von Baum zu Baum und versuchte durch schiere Willenskraft mit der Nacht zu verschmelzen. Sie mied die Nähe des großen Lagerfeuers in der Hofmitte und hielt sich abseits in den Schatten. Sie wünschte, sie wäre unsichtbar!

Und obwohl sie das wünschte, hatte sie zu ihrem eigenen Verdruss sehr viel Zeit vor dem Spiegel im Bad verbracht, ehe sie hergekommen war.

Sie strich sich über die Haare und verschränkte dann die Arme vor der Brust. Es war beinahe wie früher. Da hatte sie auch immer dieses Kribbeln gespürt, sobald sie nur den Namen Mason King irgendwo gehört hatte. Dabei war sie doch längst über diese Jugendschwärmerei hinweg. Sie hatte sieben Jahre lang eine liebevolle Beziehung mit Phil geführt. Sie hatte Phil geliebt und nicht einen Gedanken an den Draufgänger aus ihrer Schulzeit verschwendet. Also warum ging ihr die Erinnerung an diese goldbraunen Augen jetzt nicht mehr aus dem Sinn?

Sie schlenderte zum Buffet und nahm sich einen Maiskolben und eine Scheibe geröstetes Brot, ehe sie ihren Blick vorsichtig über die Menge schweifen ließ. Carrie war gleich, nachdem sie angekommen waren, mit Aaron verschwunden, und sie wollte besser nicht wissen, was die beiden so trieben. Die Party war in vollem Gange. Die Musik, die leuchtenden Fackeln rund um die Farm und der sternklare Nachthimmel würden bei hormongesteuerten Teenies vermutlich etliche Hemmungen zu Fall bringen. Wenn Aaron nach seinem Bruder kam – und davon war auszugehen –, dann sollte sie sich vielleicht doch besser auf die Suche nach den beiden machen.

Sie biss in den Maiskolben, und die heiße Kräuterbutter lief ihr über die Finger. Es schmeckte köstlich, und Avery leckte sich genüsslich die Fingerspitzen ab.

»Avery?«

Sie drehte sich um und lachte. »Lee-Anne!«

Ihre alte Schulfreundin kam näher, und Avery erwiderte ihre Umarmung, was nicht so einfach war, denn Lee-Anne hatte einen kleinen Jungen auf dem Arm.

Lee-Anne sprudelte drauflos und wippte dabei das Kind auf ihrem Arm: »Wir haben uns ja ewig nicht mehr gesehen! Ich hätte dich fast nicht erkannt! Du hast dich echt verändert!«

Avery überging das. »Und du? Ist das dein Sohn?«

Lee-Anne strahlte und drückte dem Kind einen Kuss auf die Wange. »Ja. Mein dritter. Er heißt Stanley und wird im Januar schon drei Jahre alt. Seine Brüder sind fünf und sechs. Sie kommen alle ganz nach ihrem Vater.« Sie lächelte stolz. »Du erinnerst dich doch noch an Anthony?«

Avery nickte. »Natürlich. Ihr wart schon zu Schulzeiten ein Paar!«

Avery konnte es nicht fassen. Lee-Anne sah glücklich aus. Sie verspürte einen Stich der Eifersucht auf ihre langjährige Freundin.

»Wir haben im Jahr nach dem Abschluss geheiratet. Gleich darauf kam der kleine Brandon auf die Welt. Anthony hat inzwischen die Zimmerei seines Vaters übernommen und wir wohnen jetzt in der Woodlane.«

»Das ist ja fantastisch!« Avery wusste nicht, was sie sagen sollte. Wäre sie mit Lee-Annes Leben glücklich? Hätte sie gerne drei Kinder und einen bodenständigen Mann? Sie wusste, dass es sinnlos war, überhaupt darüber nachzudenken, denn sie hatte eine andere Wahl getroffen. Hatte andere Pläne gehabt. Sie hatte Karriere machen wollen. Aber was war jetzt davon noch übrig?

»Ach Gott, Avery! Ich rede ja die ganze Zeit nur von mir! Wie geht es dir denn? Ich habe gehört, dass du …«

»Mir geht es gut. Alles bestens«, unterbrach Avery sie. Sie wollte ihre Krankheit hier nicht vor all diesen Leuten zum Thema machen. »Ich hab gedacht, ich komme mal wieder eine Weile nach Hause. Seattle ist anstrengend, wenn man nicht fit genug ist, das Tempo der Stadt mitzugehen. Aber das ist nur vorübergehend.«

Lee-Anne nickte verständnisvoll und strich Stanley über den Kopf. Avery konnte sehen, dass ihre Freundin keine Ahnung hatte, wovon sie sprach. Vermutlich war Lee-Anne noch nie aus Littletree hinausgekommen. Wozu auch? Sie hatte hier ja alles, was sie für ihr Glück brauchte.

»Hast du denn deinen Freund auch mitgebracht? Deine Mutter hat immer so von ihm geschwärmt. Ist er nicht auch in der Finanzwelt tätig?«

Avery sah sich Hilfe suchend um. Konnte denn nicht ein Meteorit auf sie stürzen, um dieses furchtbare Gespräch zu beenden?

Nicht, dass sie sich nicht freute, Lee-Anne wiedergetroffen zu haben, aber deren Glück im selben Gespräch wie ihr Scheitern – das war einfach zu viel!

Der kleine Stanley steckte sich eine der dicken schulterlangen Haarsträhnen seiner Mutter in den Mund und Avery kniff die Lippen zusammen.

»Nein, also, Phil und ich …«

»Oh, sieh nur!« Lee-Anne reckte sich aufgeregt und deutete auf die Veranda der Ranch.

Unter dem Applaus der Gäste trat Mason King aus der Tür und ließ sich mit erhobenen Armen bejubeln. Er warf den Cowboyhut in die Luft und trat mit stolzgeschwellter Brust in die Menge seiner Fans. Sein hellbraunes Haar glänzte im Schein der Laternen und ein Bartschatten auf seinen Wangen ließ ihn verwegen aussehen. Er schüttelte Hände, nahm Glückwünsche entgegen, und Avery sah das Spiel seiner Muskeln unter dem Shirt. Sie musste zugeben, dass er so auf den ersten Blick nichts von seiner Attraktivität verloren hatte. An seiner Seite war eine vor Begeisterung hüpfende Blondine in Cowboystiefeln, Jeansshorts und bauchfreiem Häkeltop, die ihm schließlich die Arme um den Hals schlang. Das Girlie war höchstens zwanzig!

Der angebissene Maiskolben fiel Avery aus der Hand und sie wischte sich achtlos die fettigen Finger an der Hose ab.

»Ist es nicht Wahnsinn, dass er den Titel wieder verteidigt hat?«, rief Lee-Anne angesteckt von der jubelnden Menge.

»Ja … wahnsinnig dumm, wenn du mich fragst. Ich hab nie verstanden, warum er das macht.«

Lee-Anne sah sie verwundert an. »Was meinst du?«

Avery zuckte die Schultern und zog sich etwas weiter hinter den Baumstamm zurück, ohne jedoch den Blick von Mason zu lassen. Er tat so, als säße er auf einem Bullen, den er zu bändigen versuchte. Alle lachten mit ihm.

»Ach nichts. Vergiss es. Ich … ich muss jetzt auch leider los. Ich muss Carrie suchen.«

Lee-Anne hörte schon nicht mehr richtig zu. Sie drängte sich mit nach vorne, um den Lokalhelden gebührend zu feiern.

»Du musst uns unbedingt mal besuchen!«, rief sie Avery noch zu und hob den kleinen Stanley auf ihre Schultern, damit er den großen Rodeo-Meister besser sehen konnte.

Mit einem letzten Blick auf Mason wandte sich Avery um und verschwand in der Dunkelheit. Sie wollte nach Hause, aber da sie Carrie noch nicht gefunden hatte, konnte sie nicht gehen. Also schlenderte sie zwischen den quadratisch angelegten Koppeln entlang, bis die Musik nur noch leise zu hören war und die Lichter der Party sie schon lange nicht mehr erreichten.

Die Nachtluft war kühl und sie hatte keine Jacke dabei. Sie hatte nicht vorgehabt, den wärmenden Kreis des Lagerfeuers auf dem Hof zu verlassen.

Sie schlang die Arme um sich und versuchte zu ergründen, warum ihr Herz noch immer so schnell schlug. Als wäre sie gerannt. Mit möglichst ruhigen und gleichmäßigen Atemzügen versuchte sie sich zu beruhigen, während sie weiter an den Weidezäunen entlangging. Nur das gelegentliche Schnauben eines Rindes störte die ansonsten vollkommene Stille. Sie merkte kaum, wie weit sie sich von der Party entfernte. Das Funkeln der Sterne lockte sie, den Kopf in den Nacken zu legen und sich weit weg zu träumen. Weit weg von dem Ort, an dem eine Cowboy-Barbie sich Mason King an den Hals warf!

»Warte, Aaron … nicht so schnell!«

Avery blieb stehen und lauschte. Die Stimme war von rechts gekommen.

»Was, wenn uns jemand sieht?«

Eine Baumgruppe schuf Schatten selbst in der Schwärze der Nacht. Es war unmöglich, etwas zu erkennen.

»Schon okay, Babe! Hier sind nur du … und ich.«

Avery schnaubte. Dieser Aaron kam echt ganz nach seinem Bruder.

Mit laut stampfenden Schritten versuchte sie das Paar auf sich aufmerksam zu machen.

»Warte! Da kommt jemand!«

Avery grinste. Ganz richtig, Schwesterherz, das heimliche Stelldichein ist beendet!

»Carrie?«, rief sie und versuchte die Dunkelheit mit den Augen zu durchdringen. »Ich weiß, dass du hier bist.«

»Avery?« Kam die erschrockene Antwort aus den Büschen. »Schleichst du mir etwa nach?«

Es war nicht zu überhören, dass Carrie wütend war. Sie stampfte wie ein Wildschwein durchs Gras auf Avery zu. Dicht gefolgt von Arons dunkler Gestalt.

»Ich schleich dir doch nicht nach. Ich such dich, weil wir jetzt nach Hause gehen.«

»Es ist viel zu früh!«, widersprach Carrie, als sie ihre Schwester erreichte. Blätter hingen in ihrem Haar und sie war noch damit beschäftigt, sich die Klamotten zu richten.

Avery musterte sie scharf. »Ganz im Gegenteil. Ich denke, es ist allerhöchste Zeit!«

Jetzt kam auch Aaron angeschlurft. »Hi!« Er zündete sich eine Zigarette an, und einen Moment lang erhellte das Feuerzeug sein Gesicht. Er sah ziemlich genervt aus. »Warum gehst du nicht schon mal vor und ich bring Carrie dann heim?«, fragte er und paffte an seinem Glimmstängel.

Avery richtete sich zu ihrer vollen Größe auf und hielt seinem spöttischen Blick stand. »Warum gehst du nicht zurück auf die Party? Du findest sicher schnell Ersatz für Carrie.«

»Avery!«, kreischte Carrie und stieß ihre Schwester von sich. »Was ist denn los mit dir? Seit wann bist du so uncool?«

Avery atmete tief durch. Vielleicht sollte sie Lee-Anne doch nicht um ihre Kinder beneiden.

»Ich bin nicht uncool, aber was immer ihr hier treibt – hat sich ausgetrieben. Du wärst gar nicht hier, wenn ich nicht mitgekommen wäre, also mach jetzt kein Theater.«

»Oh doch! Du bist saumäßig uncool! Das ist echt so scheiße!«

»Lass gut sein, Babe«, sagte Aaron und legte Carrie als Zeichen seelischen Beistands die Hand auf die Schulter. »Bring ruhig deine Schwester ins Bett. Du weißt ja, sie ist nicht mehr die Jüngste.«

Avery schloss genervt die Augen. So ein Sprücheklopfer – genau wie sein Bruder!

»Aber was … was wird aus …« Carrie flüsterte ihm ins Ohr und er zwinkerte Avery dabei spöttisch zu.

»Schon okay, Babe.« Er küsste sie, fuhr sich lässig mit der Hand durchs Haar und tätschelte Carrie dann provozierend den Hintern. »Das holen wir nach.«

Kapitel 5

»Er ist also wieder da.« Sue versuchte zum wiederholten Mal, das Gespräch auf den vergangenen Abend zu lenken.

»Ja«, sagte Avery, wischte den Tisch ab und kratzte mit dem Fingernagel Kerzenwachs von der Tischplatte.

»Und wie sieht er aus?«

Sue drehte das Geschlossen-Schild im Fenster um und entriegelte die Tür. Sie versuchte nicht einmal, ihre Neugier zu verbergen.

»Wie immer, Mom. Er sieht aus wie immer.« Avery hatte keine Lust auf dieses Kreuzverhör. Nach dem Streit mit Carrie und einer schlaflosen Nacht war ihre Laune sowieso im Keller.

»Sieht er gut genug aus, um dich Phil vergessen zu lassen?«, hakte Sue mit einem verschmitzten Lächeln nach und füllte dabei Kaffeebohnen in die Maschine.

Avery lachte und hörte auf, die Tische abzuwischen. Natürlich sah er gut genug aus, um sie *alles* um sie herum vergessen zu lassen, aber das würde sie ihrer Mutter sicher nicht auf die Nase binden.

»Also echt! Ich glaube kaum, dass dich das was angeht! Und

außerdem habe ich Phil längst vergessen. Dieses Kapitel ist beendet.«

»Gut. Dann kann ich dir ja sagen, dass er gestern Abend angerufen hat. Er wollte dich sprechen, aber dein Vater hat ihm den Marsch geblasen.«

Avery schnaubte. »Ihr könnt euch doch nicht einfach so in meine Angelegenheiten einmischen. Das musst du Dad sagen.« Sie wusch den Lappen aus und wischte sich die Hände an der dunkelblauen Schürze ab, die sie über ihrer Jeans trug. »Was wollte er denn?«

»Er wollte dich sprechen. Mehr weiß ich nicht. Aber dein Vater war der Meinung, dass Phil dazu jedes Recht verspielt hat.«

Avery verdrehte die Augen. »Und wenn es jetzt was Wichtiges war?«

Sue stemmte die Hände in die Hüften und sah ihre Tochter mit aller Strenge an, die sie aufbringen konnte.

»Was könnte es denn zwischen euch noch Wichtiges geben? Vermutlich ist ihm seine neue Flamme davongelaufen und jetzt will er sich bei dir ausheulen. Und das verbiete ich. Da bin ich ausnahmsweise Mal ganz der Meinung deines Vaters.«

»Es ist ja süß, dass ihr mich beschützen wollt, aber ich hab echt schon Schlimmeres überstanden als ein Gespräch mit Phil!«

»Das wissen wir. Du hast wirklich genug durchgemacht. Da braucht's nicht noch so einen Mistkerl obendrauf.«

Avery schüttelte den Kopf und nahm sich ein Stück Kuchen. Sue würde Phil nie verzeihen, dass er sich vom traumhaften Schwiegersohn in einen rückratlosen Fremdgeher verwandelt hatte.

Avery konnte das durchaus verstehen. Selbst heute fiel es ihr schwer zu verstehen, wie Phil alles, was sie gehabt hatten, einfach wegwerfen konnte. Ihre Pläne von einer gemeinsamen

Zukunft. Ihre Beziehung. Ihre Liebe.

Ein großes Stück Kuchen zerging ihr auf der Zunge und nahm ihr etwas von dem Schmerz.

Es war gut so, wie es war. Sie hätte auch nicht mit einem Mann zusammen sein wollen, der seine Gefühle für sie so schnell ablegen konnte. Der so einfach etwas Neues beginnen konnte.

Da würde sie lieber allein alt werden. Und vielleicht war das sowieso das Beste. Männer brachten doch nur Ärger. Das hatte sie ja jetzt mehrfach bitter erfahren müssen.

Mit einem Seufzen ließ sich Avery auf den Hocker am Tresen fallen und kratzte das letzte Stück Kuchen vom Teller.

»Weißt du, Mom, im Grunde bin ich nicht gerne allein. Phil war vielleicht nicht der Richtige, aber ohne ihn … ist es irgendwie kalt. Ich fühl mich kalt. Als hätte mich das Wissen um unsere Beziehung irgendwie gewärmt. Jetzt möchte ich am liebsten einen dicken Pulli anziehen und mich bis zur Nasenspitze darin vergraben.«

Sue kam zu ihr und hauchte ihr einen Kuss auf die Wange. »Du wirst nicht lange allein sein. Das tun nette Mädchen nie.«

Avery lachte spöttisch. »Ich bitte dich, Mom! Sieh mich doch an. Männer stehen auf Barbies mit Haaren bis zu den Hüften. Und nicht auf drei Zentimeter Kurzhaar – das geht höchstens als Zwergpinscher durch!«

»Ach Unsinn, Liebes. Das sieht schick aus.«

Avery verkniff sich eine bittere Erwiderung, denn ihre Mutter meinte es ja nur gut. Und vielleicht mussten Eltern ja in ihren Kindern immer das Schöne sehen …

»Ist ja auch egal, Mom. Denn hier in Littletree gibt es eh keinen Mann für mich.«

Sue neigte den Kopf zur Seite und schmunzelte. »Ich weiß ja nicht. Ich hätte schwören können, dass du früher Mason King ziemlich zugetan warst. Er ist jetzt wieder in der

Stadt … du bist wieder hier … wer weiß schon, was da noch kommt.«

Avery spürte, dass ihr das Blut in die Wangen stieg. Sie stand auf und strich sich die Schürze glatt. Ihre Mutter hatte nicht ganz unrecht – abgesehen davon, dass …

Die Tür ging auf und zwei Frauen traten ein. Sie lachten, als sie sich an den ersten Tisch am Fenster setzten.

… abgesehen davon, dass Mason offenbar eine Freundin hatte. Und diese jetzt gerade direkt am Tisch vor ihr Platz nahm.

»Hallo Alisa!«, grüßte Sue Masons Mutter freundlich. »Wie war denn euer Barbecue gestern?«

Alisa setzte die Brille ab und kramte in ihrer Handtasche nach einem Putztuch. »Ach Sue. Es war so ein schöner Abend. Mason war so glücklich, weil so viele gekommen sind.«

Avery hätte sich am liebsten nach hinten in die kleine Küche des Cafés verkrümelt, aber ihre Mutter stand ihr im Weg.

»Avery und Carrie waren auch da.«

Alisa setzte ihre Brille wieder auf und bekam dann große Augen.

»Ach je, Avery! Dich hätte ich jetzt fast nicht erkannt. Es ist ja wirklich jammerschade, dass du deine wunderschönen Haare verlieren musstest.«

Avery griff sich genervt den Notizblock und trat näher an den Tisch. »Ist eigentlich halb so schlimm, Misses King – wenn man bedenkt, dass ich dafür den Krebs besiegt habe.«

Blondie beobachtete neugierig jede ihrer Bewegungen, tat aber dabei so, als lausche sie nur interessiert dem Gespräch.

»Was für eine gesunde Einstellung!«, lobte Alisa. »Andere würden sich verkriechen – und du gehst nach vorne. Wirklich bewundernswert. Avery, kennst du denn noch Brittany? Sie hat mir sehr geholfen, die Party für Mason zu organisieren. Sie freut sich so, dass er wieder hier ist.«

Avery hätte schreien mögen. Merkte Alisa nicht, dass sie dieses Gespräch nicht führen wollte? Aber Masons Mutter war ja noch nie sonderlich feinfühlig gewesen. Kein Wunder also, dass ihre Söhne oberflächliche Machos waren.

»Sicher, Brittany«, erwiderte sie knapp. »Warst du nicht noch in der Vorschule, als ich nach Seattle gezogen bin?«

Brittany schien den Seitenhieb durchaus zu bemerken, denn sie funkelte Avery böse an und griff ohne zu antworten nach der Karte.

»Hast du mit Mason gesprochen? Als wir von deiner Erkrankung hörten, war er sehr betroffen, musst du wissen«, plapperte Alisa weiter.

Na super! Mason wusste also Bescheid. Das hatte Avery gerade noch gefehlt. »Ich bin ihm gestern nicht begegnet. Er war ja so umringt von Fans …«

»Wie schade.« Alisa rückte sich die Brille auf die Nasenspitze und sah ihre junge Begleiterin über die Gläser hinweg an. »Brittany, du musst Mason unbedingt erzählen, dass Avery wieder in der Stadt ist.« Sie lächelte Avery freundlich an. »Die beiden kennen sich schon seit ihrer Kindheit. Nicht wahr, Sue?«

Sue nickte und lächelte ebenfalls, aber Avery schüttelte entschieden den Kopf.

»Unsinn!« Sie wandte sich ganz bewusst an Barbie. »Das müssen Sie wirklich nicht machen. Wir sind doch alle sehr beschäftigt, und von daher …«

Brittany warf den Kopf zur Seite, sodass die Haare mit einem eleganten Schwung auf ihren Schultern landeten. »Ich werde sehen, was ich tun kann, Avery. Und jetzt hätte ich gerne ein Stück warmen Apfelkuchen und eine Tasse Milchkaffee – aber mit fettarmer Milch.«

»Ich werde sehen, was ich tun kann!«, äffte Avery zwei Tage später noch immer die unverschämte Antwort von Brittany nach.

Sie kniete vor den verblühten Astern und zwickte sie mit der Gartenschere ab. Charly schlich um sie herum, drehte sich dreimal im Kreis und legte sich dann in eine windgeschützte Mulde im Gras.

Es war ein böiger Nachmittag und dicke Wolken wechselten sich mit stellenweise blauem Himmel ab. Die ungewohnte Bewegung trieb Avery den Schweiß auf die Stirn, aber es war zu windig, um die Jacke zu öffnen. Die Kühle der feuchten Erde drang durch ihre Jeans, als sie sich der Staude neben den Astern zuwandte.

Die Arbeit im Garten tat ihren aufgewühlten Nerven gut. Seit dem Fest bei den Kings fühlte sie sich so unruhig. Sie fürchtete ständig, Mason irgendwo über den Weg zu laufen. Mason und dieser Ziege Brittany.

Sie köpfte eine Handvoll verblühten Eisenkrauts.

»Ich werde sehen, was ich tun kann! Als hätte ich einen Termin beim Präsidenten erbeten«, maulte Avery, und der rote Kater maunzte zur Antwort. »Was muss sie denn da sehen? Sie braucht es ihm doch nur zu sagen. Offenbar geht sie ja bei den Kings ein und aus, wie es ihr gefällt.«

Avery schnippte sich einen Käfer von der Jeans und sah Charly nachdenklich an. »Was meinst du? Führen sie und Mason vielleicht keine Beziehung, in der sie viel miteinander reden?«

Der Kater begann seine Pfoten zu lecken und zwischen seinen Krallen zu kauen.

»Du meinst also auch, es geht nur um Sex bei den beiden? Und dass da ansonsten keinerlei Gefühle im Spiel sein können?« Avery nickte zustimmend. »Ich denke, du hast recht. Die einzige Person, die Mason King je etwas bedeutet hat … ist er selbst.«

Avery kraulte Charly den Rücken, und als Dank schnurrte er so laut wie der Rasenmäher ihres Vaters.

»Und weißt du was, Charly? Die beiden haben einander verdient! Und wir zwei …«, sie kraulte ihm das Ohr und er drückte seinen Kopf in ihre Handfläche, »… ja wir zwei Hübschen, wir haben uns verdient!«

»Führst du Selbstgespräche?«

Carries Stimme ließ Avery erschrocken herumfahren.

Ihre Schwester hatte die Schultasche über der Schulter baumeln und einen Ordner unter dem Arm. Sie war stehen geblieben, sah Avery aber vorwurfsvoll an.

»Hey.« Avery stand auf und klopfte sich die Erde von der Hose. »Schon Schule aus?«

Carrie zuckte missmutig mit den Schultern. »Ich wäre sonst ja wohl noch nicht hier.«

»Du bist also immer noch böse auf mich«, sagte Avery nach dieser unfreundlichen Antwort.

Carrie schwieg und betrachtete angestrengt ihre Schuhspitzen.

»Hör zu«, sagte Avery, »das mit der Party tut mir leid. Ich wollte euch nicht stören … aber ich habe es einfach keine Minute länger mehr dort ausgehalten. Du verstehst das vielleicht nicht, aber manchmal wird mir das Normalsein einfach zu viel.«

»Du hättest ohne mich gehen können!«, gab Carrie beleidigt zurück.

»Ich sollte auf dich aufpassen.«

»Wann kapiert ihr endlich, dass ich keinen Aufpasser brauche?«

»Wir wollen nicht, dass Aaron dir wehtut. Du bist verliebt und deshalb vielleicht etwas leichtgläubig – das ist normal, aber …«

»Was wisst ihr schon? Aaron und ich, wir lieben uns. Er wird mir nicht wehtun. Und gerade du brauchst dich nicht so aufzuspielen! Oder warum hast du dich nicht selbst vor Phil beschützt, wenn du so schlau bist und alles weißt?«

Avery zuckte zusammen. Carrie spielte fies. Der Schlag kam unerwartet und ging unter die Gürtellinie, und Avery wusste nicht, was sie sagen sollte. Sie drängte die Tränen zurück, die Carries Worte ihr in die Augen trieben.

»Tu, was du willst, Carrie. Aber glaub mir, du machst einen Fehler, wenn du einem King vertraust!«

Kapitel 6

Am Abend war Averys Unruhe einer tiefen Rastlosigkeit gewichen und sie hatte das Gefühl, von den Wänden ihres Zimmers erdrückt zu werden. So entspannend und heilend die Heimkehr noch vor wenigen Wochen gewesen war, so sehr fühlte sie sich jetzt davon eingeengt.

Sie hatte immerhin in den letzten acht Jahren ihren eigenen Haushalt geführt. Gekocht, geputzt und ihre eigenen Entscheidungen getroffen. Jetzt meinte sie, sich rund um die Uhr nur noch auf Zehenspitzen durch ihr eigenes Leben bewegen zu können, um weder ihren Vater noch ihre Mutter oder gar Carrie zu stören.

Sie hasste es, am Morgen darauf zu warten, dass ihre Schwester das Bad frei machte oder dass ihr Vater nach der Rasur immer seine Stoppeln im Waschbecken hinterließ. Sie glaubte, verrückt zu werden, da sie sowohl zu Hause als auch im Café permanent ihre Mutter und deren Lebensweisheiten ertragen musste.

Um nicht durchzudrehen, war sie geflohen und stapfte nun durch den unaufhörlichen Nieselregen, der dem Tag schon die Farbe ausgewaschen zu haben schien. Alles wirkte grau und trist, da störte es auch schon nicht mehr, dass es bereits dämmerte.

Ihre Schuhe versanken im Matsch, als sie die Straße verließ, um dem Feldweg um die weitläufige Farm der Kings zu folgen. Sie wählte diesen Weg nicht, weil es sie tief in ihrem Unterbewusstsein – oder vielleicht war es ja gar nicht so tief – hierherzog, sondern weil die Alternative der Weg in die Stadt gewesen wäre. Und sie wollte nicht in die Stadt. Wollte niemandem begegnen, sondern allein sein mit ihren Gedanken. Und mit Phil.

Sie hatte es jetzt tagelang vor sich hergeschoben, ihn zurückzurufen, denn wann immer sie an ihn dachte, fühlte sie sich verraten. Und sie hatte wirklich genug davon, sich so elend zu fühlen.

Trotzdem lehnte sie sich jetzt mit dem Rücken an einen der hohen Koppelzäune und nahm das Handy aus der Jackentasche. Die Kälte kroch ihr in den Kragen, aber das war nicht der Grund, warum ihre Finger zitterten, als sie seine Nummer heraussuchte. Das ging schnell, denn sie hatte ihn noch immer nicht aus der Kurzwahlliste gelöscht. Etwas, das sie unbedingt noch machen wollte …

Sie zögerte, ehe sie wirklich wählte. Es war verrückt. Phil hatte ihr unheimlich wehgetan. Und dennoch schmerzte sie die Trennung. Sie wollte nicht mehr mit ihm zusammen sein. Und doch fehlte er ihr. Sie wünschte, es gäbe jemanden, mit dem sie reden konnte. Jemanden, der ihr einfach nur zuhörte, der ihre Hand hielt oder ihr über den Rücken strich, wenn sie wieder einmal nicht schlafen konnte.

Eine eisige Windbö blies ihr Regen ins Gesicht. Sie wählte die Nummer.

»Avery?« Phil nahm das Gespräch schon nach dem zweiten Klingeln an.

»Ja. Du hast versucht, mich zu erreichen?« Avery versuchte gar nicht, den Anschein zu erwecken, als gäbe es die Möglichkeit eines persönlichen Gesprächs. »Was gibt es denn?«

»Hör mal zu. Zuerst mal will ich dir sagen, dass es eine Unverschämtheit ist, wie dein Vater mich angefahren hat. Ich will ja nicht wissen, wie du über mich sprichst, dass er sich derart vergisst!«

»Ich spreche überhaupt nicht über dich. Aber vielleicht haben deine Taten ja eine deutliche Sprache gesprochen?«, schlug sie vor und ärgerte sich sofort, dass sie sich überhaupt die Mühe gemacht hatte, ihn zurückzurufen. Und noch viel mehr ärgerte sie sich darüber, dass sie sich vor ihm rechtfertigte. Das hatte er überhaupt nicht verdient.

»So ein Quatsch! Ich habe mir nie …«

»Warum hast du angerufen, Phil?« Sie wollte wirklich nichts hören. Hatte einfach keine Lust auf Diskussionen, die ohnehin zu nichts führen würden.

»Ich …« Er war es nicht gewohnt, dass Avery ihn abwürgte. »Ich …«

»Du? Sag endlich, was du wolltest. Ich hab nicht ewig Zeit.«

Kurzes Schweigen am Ende der Leitung.

»Phil! Jetzt komm zur Sache, oder ich leg auf.«

»Na schön.« Er räusperte sich und Avery konnte direkt vor sich sehen, wie er sich die Krawatte über der Knopfleiste zurechtrückte.

»Ich habe angerufen, weil du im Büro keine Adresse hinterlassen hast. Die brauchen sie aber, um dir …«, er stockte, »… um dir die Abfindung und den Auflösungsvertrag zuzuschicken.«

Avery atmete durch.

Der Auflösungsvertrag. Das erzwungenermaßen freiwillige Ausscheiden aus ihrem Traumjob.

»Avery? Hörst du? Du musst dich im Büro melden.«

Sie schwieg. Was, wenn sie sich nicht meldete? Wenn sie diesen Vertrag, der diskriminierend und verletzend war, nicht unterzeichnete? Was, wenn sie vor Gericht ging und um ihr Recht auf diesen Job kämpfte?

Es wäre ein aussichtsloser Kampf. Die Prozess- und Anwaltskosten würden ihr die Schuhe ausziehen – das hatten ihr ihre Vorgesetzten versichert. Darum war sie darauf eingegangen. Hatte sich mit einer freundlichen und großzügigen Abfindung rauskatapultieren lassen. Aber was, wenn sie es sich jetzt anders überlegt hatte? Wenn ihre Zukunft nun einfach nicht hier in Littletree lag?

»Bist du noch dran?«

Avery fasste sich an den Kopf, um ihre Gedanken zu sortieren.

»Ja. Bin noch da.«

»Wirst du dich in der Personalabteilung melden?« Jetzt klang beinahe so was wie Sorge durch.

Avery kämpfte gegen den Kloß in ihrem Hals an und hustete, um ihre Stimme zurückzubekommen.

»Ja. Natürlich. Was sollte ich sonst tun? War sonst noch etwas?« Ihre Stimme zitterte und nicht vergossene Tränen brannten ihr in der Kehle.

»Nein.« Phil atmete hörbar ein. »Das war alles, aber …«

»Gut. Dann …«

»Warte!« Phil zögerte. »Leg noch nicht auf. Ich … ich muss wissen, wie es dir geht. Was macht … der Krebs?«

Avery schwieg. Ihr Herz tat so weh. Warum holte er diesen Ton raus? Diesen besorgten Ton, wie damals, als sie diese schwere Erkältung gehabt hatte und er vier Tage lang nicht ins Büro gegangen war, nur um für sie da zu sein?

Wusste er nicht, wie sehr sie ihn in den letzten Monaten gebraucht hätte? Wie sehr sie sich nur einen Tag seiner Fürsorge gewünscht hätte?

»Avery? Sag doch bitte etwas. Ich mache mir Sorgen um dich. Sag mir wenigstens, ob es dir gut geht.«

Avery schluckte wieder. Ihre Kehle war zu eng. Selbst für ihren Atem schien kein Raum zu sein.

»Es geht mir gut, Phil. Du musst dir keine Sorgen um mich machen.«

Sie legte auf und ließ ihren Tränen freien Lauf.

Es tat so weh. Sie hielt sich am Zaun fest und weinte ungehemmt. Es war so schwer, sich wirklich einzugestehen, dass sie alles verloren hatte. Sie hatte sich immer so viel Mühe gegeben, es allen recht zu machen. Hatte im Job wie auch in ihrer Beziehung immer versucht, alle glücklich zu machen. War dabei sogar manchmal selbst auf der Strecke geblieben und hatte doch nie aufgegeben. Und dennoch stand sie jetzt mit leeren Händen da. Verlassen und ohne Perspektive.

Avery war dankbar für die hereinbrechende Dunkelheit, denn sie fürchtete, so elend auszusehen, wie sie sich fühlte.

Eine Gänsehaut überzog ihren Körper und sie putzte sich die Nase. Das Klappern von Hufen ließ sie schließlich den Kopf heben. Sie raffte ihre Jacke am Kragen zusammen, stieß sich vom Zaun ab, steckte die Hände in die Taschen und sah sich um. Scheinwerferlicht erhellte eine Koppel ganz in ihrer Nähe.

»Was ist denn das?«, murmelte sie, runzelte die Stirn und ging näher an das Geschehen heran.

Ein Cowboy samt Hut galoppierte in hohem Tempo auf einem bockenden Hengst über die Koppel. Der Regen hatte den Boden aufgeweicht und der Schlamm spritzte in alle Richtungen.

Avery hörte den schnaubenden Atem des Tieres und das Ächzen des Mannes auf seinem Rücken. Mit gestrecktem Arm versuchte er die Bewegungen des Hengstes auszubalancieren, und sein Rücken bog sich wie eine Sehne.

Es war ein beeindruckender Anblick. Ein Schauspiel purer Kraft und Kontrolle. Es war verrückt, und Avery trat schnell einen Schritt zurück in die Dunkelheit, als Pferd und Reiter in ihre Richtung kamen.

Masons Unterarmmuskel brannte, so fest klammerte er sich an den Strick, der am Halfter des jungen Wallachs befestigt war. Jeder Hufschlag vibrierte in seinen Knochen, und er stemmte sich keuchend in die verkürzten Steigbügel. Die Kälte dieses verregneten Abends weckte seine Lebensgeister – nach dem Kater, den die Party nach sich gezogen hatte. Das Adrenalin klärte wie erhofft seine Gedanken.

Der Bronc, wie man die Pferde bei Rodeos nannte, machte einen Spinn, aber Mason ließ sich nicht abschütteln. Triumph wallte in ihm auf, auch wenn das Tier, das er ritt, für ihn keine besondere Herausforderung darstellte. Der immer ehrgeizige Cody würde ihm vorwerfen, er mache es sich zu leicht, aber Mason ritt heute nicht, um sich selbst zu trainieren, sondern den Wallach. Sein Vater hatte ihn speziell für Rodeos gezüchtet, aber er erfüllte leider noch nicht die Erwartungen. Trotzdem mochte Mason das Tier, denn es kämpfte so, wie er es früher getan hatte: wild und ungestüm – nur leider ohne die nötige Kraft. Aber so, wie er selbst mit jedem Ritt – und jedem Sturz – härter geworden war, würde auch der Hengst immer stärker werden. *Irgendwann …*

Mason keuchte, als die Hinterläufe hoch über den Rumpf des Hengstes stiegen und er fast auf dessen Kopf geschleudert wurde. Ein Lachen entstieg seiner Kehle und das Leben pumpte heiß wie Lava durch seine Adern. »Irgendwann wirfst du mich vielleicht sogar mal ab«, stieß er atemlos hervor und blinzelte gegen das grelle Flutlicht an, als der Hengst sich in der Gegenbewegung vorne aufbäumte. »Irgendwann … aber sicher nicht heute!«

Erst jetzt konnte Avery das Gesicht des Reiters erkennen. Es war Mason. Natürlich war es Mason. Niemand sonst machte beim *Saddle Bronc* so eine gute Figur. Sein Hut landete im Schlamm, und das Pferd riss mit den Hufen tiefe Narben in den Boden. Trotzdem hielt er sich eisern oben.

Als das Pferd langsam ermüdete und weniger wild mit den Hinterläufen aufstieg, atmete Avery zitternd aus. Jetzt erst bemerkte sie, dass sie die Luft angehalten hatte. Es waren nur wenige Sekunden vergangen. Sekunden, die ihr wie Stunden vorgekommen waren, in denen sie heimlich hier im Dunkeln gestanden hatte, um diesen Verrückten zu beobachten.

Adrenalin jagte durch ihren Körper, so sehr hatte sie gefürchtet, ihm könnte etwas zustoßen. Dabei schien er sich ja darum keine Sorgen zu machen.

Entschlossen kehrte Avery dem Kampf zwischen Mann und Tier den Rücken und machte sich auf den Heimweg. Der Regen war inzwischen unangenehm kalt auf ihrer Haut und begann durch ihre Jacke zu dringen. Trotzdem war ihr bei Masons Anblick heiß geworden.

»Ich muss bescheuert sein!«, schalt sie sich selbst für diese unerklärliche Schwäche.

Eine Woche später hatte der Regen endlich aufgehört und der späte Oktober brachte trotz der Kühle noch einige schöne Tage mit sich. Die Sonne leuchtete hell am samtblauen Himmel und die Bewohner von Littletree freuten sich über das passende Wetter zu ihrem alljährlichen Apfelfest.

Die Stimmung bei den Besuchern hätte besser nicht sein können, nur Averys Laune war nicht gerade die Beste.

»Wir sehen total bescheuert aus!« Sie befühlte die Krempe des riesigen Hutes, den sie genau wie die anderen beiden Frauen hinter dem Kuchenstand trug. Ein rotwangiger Apfel thronte auf der blattgrünen Krempe.

»Wir haben diese Hüte jedes Jahr auf!«, erklärte Ginger – die Vorsitzende des Komitees, das am Ende des Festes den schönsten Apfel von ganz Littletree kürte. »Wir tragen Apfelhüte, verkaufen Apfelkuchen … und Apfelschnaps und Gelee. So ist das eben. Alles dreht sich um Äpfel.«

Avery rollte mit den Augen und machte gute Miene zum bösen Spiel.

»Warum machen wird das noch mal?«, flüsterte Avery ihrer Mutter ins Ohr, die unter ihrem Hut kaum mehr zu erkennen war.

»Weil das gute Werbung fürs Café ist!«, murrte Sue genervt zurück und verkaufte mit einem strahlenden Lächeln das nächste Stück Kuchen. »Und jetzt stell dich an deinen Platz und verkauf den Schnaps!«

»Sollte Carrie nicht auch hier stehen und so einen bekloppten Hut tragen?«, fragte Avery mürrisch.

»Ja, das sollte sie.« Sue legte das Geld in die Kassette und stemmte die Hände in die Hüften. »Ich wette, dass sie wieder mit diesem Aaron unterwegs ist.«

»Das passt euch nicht?«

Sue zuckte die Schultern.

»Sie vernachlässigt ihre Pflichten. Das gefällt uns nicht. Außerdem ist sie nicht so wie du. Sie ist leichtsinnig und impulsiv. Um dich haben dein Vater und ich uns nie Sorgen machen müssen. Du hast gewusst, was sich gehört. Aber Carrie …«

Avery spürte, wie ihr das Blut in die Wangen stieg. Jetzt war sie froh um den Hut mit der breiten Krempe. Sie sortierte die Schnapsflaschen und mied es, ihrer Mutter in die Augen zu sehen, denn so unschuldig, wie sie dachte, war Avery nun auch wieder nicht gewesen.

Laute Musik kündigte die Parade an. Sie kam gerade recht, sodass Sue keine Antwort erwartete.

»Da kommen sie!«, jubelte Ginger und deutete in die Mainroad.

Bunt geschmückte Wagen kamen die von Menschen gesäumte Straße herabgefahren. Mädchen tanzten hinter der Musikantengarde her und jonglierten mit Äpfeln. Die Farben Rot und Grün beherrschten das Bild, und die Kinder kicherten, als aus einem riesigen künstlichen Apfel ein Wurm herauskam und Bonbons verteilte.

All dies nahm Avery nur am Rande wahr. Die Worte ihrer Mutter hatten sie wieder in die Vergangenheit versetzt.

»Ich kann nicht glauben, dass wir das tun!«, flüsterte sie ängstlich. Sie spürte noch immer das Zittern in ihren Knien, als Mason sie vom Fahrersitz aus anlächelte und seine Hand auf ihren Oberschenkel legte, während sie aus Littletree hinaus bis zum Fuß der Berge fuhren. Der Himmel war sternenklar und die Lichter der Stadt ein funkelndes Band in der Ferne. Als er schließlich den Wagen parkte und seinen Arm um sie legte, war es so still, dass Avery glaubte, ihr eigenes Herz pochen zu hören.

»Du bist so schön, Avery!« Er beugte sich näher zu ihr. »Du raubst jedem Jungen in der Schule den Verstand, weißt du das?«

»Dir auch?« Ihre Lippen zitterten beim Sprechen, so sehr fieberten sie seinem Kuss entgegen. Das alles war so neu für sie.

Mason lachte über ihre Unsicherheit und seine weißen Zähne glänzten im Mondlicht. Seine Lippen berührten ihre und sein Atem streichelte ihre Haut.

»Rate mal«, murmelte er und vertiefte seinen Kuss. Seine Hand glitt in ihren Nacken und fuhr durch ihr Haar …

Wie von selbst fuhr Averys Hand an ihren Nacken, und die kurzen Fransen, die unter dem Hut hervorlugten, rissen sie aus ihren Tagträumen.

Das war so lange her … und doch hörte sie noch immer seine Stimme.

»Wenn das nicht die kleine Avery Davis ist!«

Avery schloss die Augen und betete, dass das nicht wirklich passierte. Sie lugte unter ihren Wimpern hervor auf die Gestalt von Mason King. Es passierte also doch! Sie atmete einmal tief durch, ergab sich in ihr Schicksal und zwang sich dann zu einem bitteren Lächeln.

Sie sah in sein Gesicht. Sah das Funkeln in seinen goldenen Augen und das warme Leuchten der Herbstsonne, das ihn umgab.

»Ja, und wenn das nicht der dümmste Satz ist, mit dem man jemanden ansprechen kann, dann weiß ich auch nicht«, gab sie schroff zurück und nahm schnell eine Flasche Apfelschnaps in die Hand, damit er nicht bemerkte, wie zittrig sein Anblick sie machte.

Er lachte und hakte lässig seine Daumen in die Gürtelschnalle. Er musterte sie von der Taille aufwärts, und Averys Puls beschleunigte sich.

Es war ja auch echt warm unter diesem dämlichen Hut. Der Hut!

Sie stand ihrem Jugendschwarm gegenüber und trug diesen bescheuerten Apfelhut. Sie riss die Hände in die Luft, schlug sich die Schnapsflasche an die Schläfe und zuckte fluchend zusammen, als der Hut ihr vom Kopf zu rutschen drohte.

Jetzt folgte sein Blick ihren Fingern, die unter der schiefen Krempe ihren Kopf befühlten, und das Lachen blieb ihm im Hals stecken.

Auch Avery erstarrte. Er glotzte sie an. Sein Lächeln und das Leuchten in seinen Augen wichen purem Entsetzen.

Schon lange hatte niemand sie mehr so erschüttert angesehen. Es war fast wie ihre eigene Reaktion, als sie das erste Mal ihren kahlen Kopf im Spiegel betrachtet hatte. Aber das war beinahe ein Jahr her, und es lag ein gewaltiger Unterschied zwischen damals und heute. Sie hatte sogar gedacht, endlich mit ihren kurzen Haaren umgehen zu können. Masons entsetzter Blick bewies ihr das Gegenteil.

Mason rieb sich verlegen das Kinn. Er wusste, er musste etwas sagen, aber ihm fiel absolut nichts ein. Es fühlte sich an, als hätte ihn ein Vorschlaghammer getroffen. Mitleid und Wut vermischten sich mit Wiedersehensfreude und Unsicherheit. Wie lange war es her, dass er Avery zuletzt gesehen hatte? Es kam ihm vor wie eine Ewigkeit. Es *war* eine Ewigkeit! Und nun stand sie vor ihm. Mit diesem lächerlichen Apfelhut. Sie hatte sich kaum verändert – und doch war sie beinahe nicht wiederzuerkennen. Sie war gezeichnet – und er schämte sich, dass ihn das erschreckte. Es tat ihm weh, sie so zerbrechlich vor sich zu sehen. Er wusste von ihrer Krankheit, hatte wie jeder hier in Littletree davon gehört. Hatte davon gehört, aber es wohl irgendwo tief in sich drin nicht geglaubt.

Sie zitterte – wegen ihm. Er wusste, dass sie nur zitterte, weil er sie so anstarrte. Er las die Enttäuschung über seine Reaktion in ihrem Blick. Sah, wie sie einen Schutzwall, gerade mal hoch genug, um eine Schnecke aufzuhalten, hochfuhr. Ein wütendes Funkeln trat in ihre schönen grünen Augen.

Wie gerne hätte er die Hand ausgestreckt, aber …

»Es tut mir leid, du …?«, stotterte er.

Er kam sich bescheuert vor. Er sah ihr ins Gesicht und fühlte sich dumm. Nicht in der Lage, sich richtig zu verhalten. Nichts von dem, was ihm durch den Kopf ging, konnte er aussprechen. Darum wandte er sich um und verschwand in der Menge.

Avery schlug das Herz bis zum Hals. Sie konnte kaum atmen.

War sie wirklich so abstoßend? Sah sie so schlimm aus, dass man sie einfach stehen ließ?

Verstohlen wischte sie sich eine Träne von der Wange und riss sich den Hut vom Kopf. Mit fahrigen Bewegungen strich sie sich die Strähnen glatt und rang um Fassung.

»Was ist denn los?«, fragte Sue und fasste besorgt nach Averys eiskalten Fingern. »Du bist ganz blass.«

Avery schüttelte den Schmerz ab, der ihren ganzen Körper erfasst hatte. Es kostete sie Kraft, ihre Mutter auch nur anzusehen.

»Mir geht es nicht gut. Ich … ich sollte nach Hause gehen.«

Sue wandte sich kurz nach Ginger um, nickte dann aber. »Natürlich. Ich komme hier schon klar. Schick mir Carrie her, falls sie dir über den Weg läuft.«

Avery hörte kaum zu. Sie sortierte ein letztes Mal die Flaschen.

»Soll ich deinem Vater Bescheid sagen, damit er dich fährt? Der muss hier ja irgendwo sein.« Sue fühlte Averys Stirn.

Sie entwand sich dieser Untersuchung. »Nein, schon okay, Mom. Wirklich. Mir ist nur etwas schlecht. Der Spaziergang wird mir guttun.«

Kapitel 7

»Mason King ist ein Arschloch!«

Immer wieder sagte Avery sich das vor, während sie zurück zum Haus ihrer Eltern lief.

»Ein Riesenarschloch!«

Wie gut das tat!

Sie zog sich die Mütze weiter über die Ohren, denn der Wind war trotz des herrlichen Sonnenscheins ziemlich frisch. Zu Hause würde sie die Ruhe im Haus genießen, sich einen Tee kochen und sich weiter Schimpfwörter für Mason überlegen. Das schien das Beste zu sein, was man aus diesem Tag noch machen konnte. Sie hätte bei ihrer überstürzten Flucht vom Markt noch ein Stück Apfelkuchen mitnehmen sollen. Das hätte ihre Laune vielleicht wieder etwas gehoben. Mason King in die Kronjuwelen zu treten würde ihre Laune auch anheben, aber das war ja nun leider nicht möglich!

»Dieser Arsch!«

Es tat wirklich gut, dieses Mantra bei jedem Schritt zu wiederholen.

»Mason King ist ein Vollidiot! Mason King ist ein Arsch! Mason King kann mich mal!«

Sie kam gut voran und knöpfte schon ihren Mantel auf, als ihr Charly zur Begrüßung von der Gartenmauer entgegensprang.

»Hey Charly!«, grüßte Avery den Kater und bückte sich, um ihm über sein rot glänzendes Fell zu streichen. »Weißt du schon das Neueste? Mason King ist ein Arschloch!«, erklärte sie dem Kater. Dann ging sie weiter.

»Mason King ist unerträglich! Mason King ist ein Idiot! Mason King …«

Sie erstarrte in der Bewegung.

»Mason King sitzt auf deiner Veranda«, schlug der Beschimpfte zerknirscht vor und stand von der staubigen Stufe auf, auf der er gesessen hatte.

Avery wurde rot. Er hatte sie gehört.

»Was willst du hier?«, fragte sie schroff und verschränkte die Arme vor der Brust. Sie sah sich um. Seine Barbie war doch nicht hoffentlich auch irgendwo hier in der Nähe.

Mason hob ergeben die Hände. »Ich komme in Frieden. Ich …« Er trat einige Schritte auf sie zu, blieb dann aber unsicher stehen. »Ich wollte mich entschuldigen. Für mein Verhalten gerade. Ich …« Er rieb sich das Kinn und presste die Lippen zusammen. »Ich weiß nicht, was ich mir gedacht habe, dich einfach so stehen zu lassen. Ich war nur so … überrascht.«

»Schön. Jetzt musst du ja nicht mehr überrascht sein, also …«

Avery wollte an ihm vorbei ins Haus, aber er kam ihr nach und berührte sie am Ellbogen.

»Avery, bitte. Warte doch.«

Zornig fuhr sie zu ihm herum. Sie stand nur wenige Zentimeter vor ihm, und das Herz drohte ihr aus der Brust zu springen.

»Was zum Teufel willst du hier, Mason? Wir sind keine Freunde, wir sind keine Kumpels – also was willst du hier? Du hast dich am Kuchenstand danebenbenommen? Okay – ich vergebe dir. Du bist nicht der Einzige, der mich anglotzt. Du bist auch nicht der Erste, der es bequemer findet zu verschwinden. Mach dir also keine Gedanken. Der Lokalheld kann weiterstrahlen. Ich werde niemandem sagen, dass dir der kahle Kopf einer Bekannten Beklemmungen verursacht. Du kannst also gehen.«

Sie drehte sich um und eilte die Stufen hinauf.

»Ich bin hier, weil ich nicht will, dass du diesen Bullshit, den du eben von dir gegeben hast, am Ende selbst glaubst!«, rief er ihr nach.

Sie drehte sich nicht um.

»Du verstehst mein Verhalten falsch«, sprach er weiter. »Und ich weiß auch, dass du das im Grunde nur falsch verstehen kannst. Darum bin ich hergekommen. Um dir zu erklären, was … was ich gedacht habe, als ich dich gesehen hab.«

»Mir ist egal, was du gedacht hast«, sagte Avery, ohne ihn anzusehen. »Ich lege keinen Wert auf deine Meinung, Mason. Es ist mir nicht wichtig!«

»Es war dir aber mal wichtig.«

Avery lachte spöttisch. »Oh Gott! Ist es das?« Jetzt drehte sie sich doch zu ihm um. »Denkst du, weil wir einmal was miteinander hatten, gibt es immer noch etwas zwischen uns? Denkst du, ich könnte nachts nicht schlafen, nur weil du mich heute komisch angeschaut hast? Du irrst dich!«

Mason verstand ihren Zorn, aber es gefiel ihm nicht, wie sie es als belanglos abtat, was früher zwischen ihnen gewesen war. Sie waren abgesehen von ihrer kurzen Beziehung immerhin ihr ganzes Leben Nachbarn gewesen. Hatten sich schon als Kinder gekannt.

»Es war mehr als einmal, Avery!« Er versuchte es mit einem versöhnlichen Lächeln.

»Dann waren es eben zweimal. Das ändert nichts. Ich habe in den letzten acht Jahren nicht einmal an dich gedacht.«

Die Wut färbte ihre Wangen und Mason war sich sicher, dass sie nicht einmal ahnte, wie süß sie aussah. Beinahe so erhitzt wie nach dem Liebesspiel. Er schmunzelte.

»Du weißt, dass es öfter als zweimal war.«

Avery schüttelte ungeduldig den Kopf und funkelte ihn zornig an. »Hör schon auf! Was willst du von mir?«

»Ich will, dass wir uns setzen. Gib mir die Möglichkeit zu erklären, warum ich … warum ich eben einfach gegangen bin.«

Avery schüttelte den Kopf. »Du musst nichts erklären. Das versuche ich dir die ganze Zeit zu sagen!«

»Ich weiß, dass ich das nicht *muss*. Ich *möchte* es aber gerne. Du willst es nicht hören? Schön. Dann geh. Geh ins Haus und denk, was du willst. Halte mich weiterhin für ein Arschloch, einen Vollidioten und was weiß ich noch, aber ich gehe hier nicht weg, ehe du mich angehört hast.«

Damit setzte er sich demonstrativ auf die Mitte der Verandatreppe und sah sie herausfordernd an. Er wusste, wie stur Avery sein konnte, aber auch er hatte einen Dickschädel. Er würde nicht zulassen, dass sie ihn verurteilte, ohne seine Erklärung angehört zu haben.

Er wusste, dass unter ihrer Mütze keine lange Mähne mehr steckte, aber das störte ihn nicht. Er war nicht so oberflächlich, wie Avery dachte. Und das würde er ihr auch sagen.

Avery schnaubte.

Er hatte kein Recht, jetzt ihr den Schwarzen Peter zuzuschieben. Sie musste sich nicht schlecht fühlen, weil sie ihn beschimpft hatte. Im Gegenteil. Er war es doch, der sich furchtbar benommen hatte.

Ohne ein weiteres Wort floh Avery ins Haus. In fünf Minuten wäre er fort und sie hätte wieder ihre Ruhe.

Ihre Finger zitterten zu sehr, als dass sie die Knöpfe ihres Mantels aufbekommen hätte, also stapfte sie so, wie sie war, in die Küche und setzte Teewasser auf. Sie hoffte, dass diese gewöhnliche Aufgabe sie beruhigen würde.

»Dieser Idiot!«, fluchte sie. »Kommt hierher und bildet sich sonst was ein!«

Sie rieb sich die eiskalten Finger und spähte möglichst unauffällig durchs Fenster auf die Veranda.

Er saß tatsächlich immer noch da!

Na schön, sie war ja auch eben erst reingegangen. Sicher würde er nicht mehr lange auf sie warten. Und sie würde garantiert nicht noch mal zu ihm hinausgehen! Niemals!

Avery ging unruhig in der Küche auf und ab. Im Haus war es ungewohnt still, und das zerrte an ihren Nerven. Warum konnte Mason nicht einfach verschwinden?

Der Wasserkessel fing an zu dampfen und Avery versuchte, den Mann auf der Veranda aus ihren Gedanken zu verbannen. Sie nahm eine Tasse aus der Vitrine und überlegte, wonach ihr der Sinn stand: Pfefferminze oder Schwarztee? Ihre Hand schwebte über den Teebeuteln und sie konnte sich nicht entscheiden.

Herrgott, nicht mal so eine banale Entscheidung konnte sie treffen, nur weil dieser Kerl da draußen meinte, sich ihr erklären zu müssen. Als würde es sie interessieren, was er zu sagen hatte! Entschlossen packte sie den Pfefferminztee und gab ihn in die Tasse. Der Kessel bollerte und dichter Dampf entwich durch den klappernden Deckel.

Noch einmal spähte Avery durch die Vorhänge.

Dieser Sturkopf! Er hatte sich keinen Millimeter bewegt.

Das war doch verrückt! Er würde hier doch nicht den ganzen Tag sitzen. Sicher hatte er Besseres zu tun. Sich um seine Freundin zu kümmern, zum Beispiel …

Der Gedanke an dieses blonde Gift ließ Avery die Hände zu Fäusten ballen. Und dabei war sie normalerweise nicht so missgünstig. Aber diese Tussi hatte all das, was sie verloren hatte.

Schönes Haar, einen tollen Mann – na gut, vielleicht keinen sooo tollen Mann, verbesserte sie sich, denn Mason war ja wohl wirklich nicht gerade der beste Fang. Auch wenn er natürlich unbestreitbar heiß war. Aber das war ja nicht alles, auf das es bei einem Mann ankam. Nur warum musste Avery sich das ständig in Erinnerung rufen? Warum wollten ihr Masons strahlende Augen einfach nicht aus dem Kopf gehen? Und warum hatte sie immer noch ihren Mantel an, wenn sie doch überhaupt nicht vorhatte, noch einmal zu ihm hinauszugehen?

Als ihr die Erkenntnis dämmerte, kniff sie verärgert die Lippen zusammen und stampfte mit dem Fuß auf.

Ein Blick durch die Scheibe zeigte ihr, dass sich ihr Problem wohl von selbst nicht lösen würde.

Der Teekessel pfiff schrill wie eine Alarmglocke und Avery drehte schnaubend die Platte aus. Sie blickte auf ihre Tasse und den kochend heißen Kessel.

»Herrgott noch mal!«, fluchte sie und nahm eine zweite Tasse aus dem Schrank. »Ich sollte ihn damit übergießen, anstatt ihm auch noch einen Tee zu machen!« Zerknirscht gab sie ein Stück Würfelzucker in beide Tassen. Dann goss sie das sprudelnde Wasser darüber und beobachtete resigniert, wie sich das Teearoma in dunklen Schlieren in der Tasse verteilte.

So stand sie eine ganze Weile und wartete, dass der Tee zog. Sie sah in die Tassen, als könnte sie darin eine Antwort auf all ihre Fragen finden. Und dabei wusste sie, dass die Antworten draußen vor der Tür auf sie warteten.

Aber war sie in der Verfassung, Mason noch einmal gegenüberzutreten?

»Ich lege keinen Wert auf deine Meinung, Mason. Es ist mir nicht wichtig!«

»Es war dir aber mal wichtig.«

Die Worte wollten ihr einfach nicht aus dem Kopf gehen. Er hatte recht. Es hatte eine Zeit gegeben, da wäre es ihr wichtig gewesen. Da war *er* ihr wichtig gewesen. Doch so würde es nie wieder werden, das wusste sie.

Der Tee hatte eine grünbraune Färbung angenommen und Avery zog die Teebeutel aus den Tassen. Mit einem schmatzenden Geräusch landeten sie im Spülbecken. Avery atmete durch. Dann rückte sie sich die Mütze zurecht und nahm die Tassen.

Sie trat auf die Veranda und Mason wandte sich zu ihr um. Er war immerhin so klug, seinen Triumph nicht zu zeigen, als er aufstand und ihr entgegenkam.

»Ich hab Tee gemacht!«, erklärte Avery schroff und reichte ihm eine Tasse. Er lächelte. Es war ein freundliches Lächeln, das sie noch nicht sehr oft bei ihm gesehen hatte. Für gewöhnlich grinste er nur spöttisch oder lachte überheblich. Jetzt wirkte er fast dankbar.

»Ich dachte schon, du lässt mich hier versauern«, gestand er und lehnte sich gegen einen Verandapfosten.

»Das wollte ich auch!«

Er grinste über ihre Offenheit. »Was hat dich dazu bewogen, deine Meinung zu ändern?«

»Ich hatte Angst, dein erfrorener Kadaver würde hier den ganzen Winter vor sich hin faulen«, gab sie zurück, konnte sich aber selbst ein Grinsen nicht verkneifen.

Mason lachte. »Wie gnädig von dir. Und wie gut für meinen Kadaver!«

Avery war nicht zum Scherzen aufgelegt. Sie nickte und trank einen Schluck aus der dampfenden Tasse. Dann setzte sie sich auf die Stufe, auf der Mason eben noch gesessen hatte. Sie lehnte sich ans Geländer und legte den Kopf in den Nacken, um den Mann neben sich anzusehen.

»Willst du nicht endlich sagen, warum du dir diese ganze Mühe machst? Was willst du hier, Mason, und warum …« – sie machte eine allumfassende Handbewegung – »warum dieser Aufstand?«

Mason legte den Kopf schief. Er wusste nicht, wo er anfangen sollte. Avery würde nicht viel Geduld mit ihm haben, das wusste er. Und er wollte diese Chance, ihr alles zu erklären, nicht vertun.

Zögernd setzte er sich neben sie und sah in ihr Gesicht. Die Tasse zwischen seinen Händen wärmte seine Finger.

»Ich hab mich erschrocken, als ich dich gesehen habe«, gestand er leise und sah ihr dabei direkt in die Augen. »Es … war ein Schock.«

Avery wollte anscheinend etwas sagen, aber er stellte die Tasse ab und berührte sachte ihren Arm.

»Ich hatte ja davon gehört. Mein Vater hat es irgendwann im letzten Jahr erwähnt – dass du krank bist.« Er rieb sich das Kinn und zögerte. »Aber es zu hören – und dich dann so zu sehen … es hat mich wie ein Schlag getroffen.«

Avery senkte den Blick. Sie sah traurig aus. Verletzt. Missverstanden. Vermutlich war sie solche Reaktionen gewöhnt.

»So geht es vielen. Du bist also nur einer von vielen, Mason. Du musst dir keine Gedanken machen.«

»Nein. Die Sache ist die …« Er holte tief Atem. »Ich hab dich gesehen und mir vorgestellt, wie schlecht es dir ergangen sein muss. Wie du gelitten haben musst – wie schwer es für dich gewesen sein muss. Und ich habe mich gefragt, warum ich mich nie bei dir gemeldet habe. Warum ich dich das einfach habe allein durchstehen lassen, obwohl ich es wusste!«

»Du bist mir nichts schuldig. Du kannst dir dein Mitleid sparen. Wir waren nie …«

»Was? Ein Liebespaar? Zusammen?« Masons Blick verdüsterte sich. »Wir standen uns nahe.« Er wollte, dass sie das zugab.

»Wir standen uns nicht nahe! Du hast doch nie etwas für mich empfunden! Es war nur eine Wette, Mason.«

Sie klang wütend, aber er schüttelte den Kopf, als hätte das keine Bedeutung. »Vergiss die Wette! Du warst mir nie gleichgültig. Und es ist kein Mitleid, das ich für dich empfinde. Trotzdem habe ich mich nie gefragt, ob ich wohl etwas für dich hätte tun können. Und das tut mir unheimlich leid, Avery. Dafür habe ich mich geschämt.« Er hob ihr Gesicht an, damit sie ihn ansehen musste. »Und deshalb bin ich gegangen.«

Avery wich seiner Berührung aus. »Das ist doch Unsinn. Ich war in Seattle. Du warst sonst wo und hast sonst was getrieben. Wie hättest du mir schon helfen können?«

»Ich weiß nicht. Sicher hätte ich nicht viel für dich tun können. Aber ich habe dich ja nicht mal gefragt. Dafür wollte ich mich entschuldigen.«

Avery wusste nicht, was sie davon halten sollte. Er klang aufrichtig, aber sie hatte ja immer jedes seiner Worte für bare Münze genommen. Sie dummes Ding!

»Schön. Dann … dann nehme ich deine Entschuldigung an.« Sie leerte ihre Tasse und stand auf. Es war Zeit, dieses Gespräch zu beenden. Der Zucker vom Boden der Tasse löste sich süß auf ihrer Zunge, als versuche er die Bitterkeit, die Avery empfand, zu überdecken.

Mason erhob sich ebenfalls und verstellte ihr den Weg. »Warum bist du dann immer noch so abweisend?«

In einer hilflosen Geste hob Avery die Hände. »Mein Gott, was erwartest du denn? Ich verstehe nicht, was du willst?«

Er wandte sich ab und sah über die Felder. »Das weiß ich auch nicht.«

Hinter den Rocky Mountains ging gerade die Sonne unter und ein strahlender Herbsttag neigte sich mit einem schillernden Himmel dem Ende.

Ratlos starrte Avery auf Masons breiten Rücken. Das hellbraune Haar in seinem Nacken war kurz, wie damals, und sie meinte fast, es noch unter ihren Fingern zu spüren.

»Du solltest gehen«, sagte sie schwach. Doch insgeheim wollte sie nicht wieder allein sein. So komisch sie sich in Masons

Nähe fühlte, so schön war es doch gewesen, mit jemandem zu sprechen, der nicht mit ihr verwandt war.

Mason sah sie an und steckte die Daumen hinter seine Gürtelschnalle. Der übliche selbstgefällige Ausdruck kehrte in sein Gesicht zurück, und er schnalzte zustimmend mit der Zunge.

»Jep. Du hast recht. Ich sollte gehen.« Er machte einen Schritt auf sie zu, entsann sich dann aber eines Besseren.

»Mach's gut, Avery. Willkommen zurück.«

Kapitel 8

Der Antrag aus der Personalabteilung der Investmentfirma in Seattle bereitete Avery schon die ganze letzte Woche lang schlechte Laune, und sie fürchtete, dass ihr abendlicher Spaziergang ins Wasser fallen würde, wenn sie nicht bald damit fertig wurde. Sie verstand überhaupt nicht, warum sie einen zwölfseitigen Antrag ausfüllen sollte – nur um in gütlicher Einigung entlassen zu werden! Schließlich wollte sie ja überhaupt nicht entlassen werden.

Sie klopfte mit dem Kugelschreiber auf die Tischplatte.

»Verzichtserklärung, Schweigepflicht, Firmen-Interna …«, murmelte sie kopfschüttelnd, als sie sich die kommenden Seiten ansah. »Bla, bla, Bockmist!«

Sie warf einen Blick aus dem Fenster. Es dämmerte bereits und sie war noch nicht einmal losgegangen! Falls Mason trainieren würde, dann sicher nicht erst wieder in der Finsternis …

Verärgert über diesen Gedanken feuerte sie den Kugelschreiber über den Schreibtisch und lehnte sich zurück. »Vergiss diesen Kerl!«, ermahnte sie sich und starrte auf die Papiere. Der Antrag lag vor ihr wie eine unüberwindbare Hürde.

Sie atmete tief durch und stand dann auf. Es war kein Wunder, dass sie versuchte, der schwer zu ertragenden Realität zu entkommen, indem sie sich in Gedanken an Mason flüchtete.

Sie schob das Fenster auf und stieg hinaus aufs Vordach. Sie atmete die frische Bergluft ein und genoss die Aussicht.

Ohne sich selbst etwas vorzumachen, suchte sie den Horizont im Norden ab. Die Ranch der Kings war gut zu sehen, ebenso wie die nahe gelegenen Koppeln. Viele davon waren noch leer, denn ein Teil der Rinder war während des Sommers auf den Bergweiden. Erst wenn der erste Frost einsetzte, würden die Männer die Tiere den Bergausläufer heruntertreiben und die Koppeln füllen.

Sie verbot es sich, enttäuscht zu sein, als sie feststellte, dass dort alles still und verlassen aussah.

Vielleicht war das ein Zeichen. Sie sollte wieder hineingehen und ihren Papierkram erledigen, vielleicht sogar endlich eine Bewerbung schreiben – und nicht irgendwelchen dummen Fantasien hinterherhängen.

Gerade als sie aufstehen wollte, klingelte ihr Handy. Es lag auf dem Schreibtisch und Avery kroch schnell durchs Fenster zurück.

Das Display zeigte Carries Nummer an.

»Hi Carrie.«

»Avery?«

Eine Männerstimme ertönte.

»Ja … äh … wer …?«

»Aaron. Hier ist Aaron. Wir haben ein Problem!«

»Ein Problem?« Avery war verwirrt und sah noch einmal auf die Nummer. Sie irrte sich nicht. Der Anruf kam von Carries Handy. »Was ist denn los?«

»Kannst du herkommen?«, flehte Aaron, und von dem Spott, der für gewöhnlich in seiner Stimme mitschwang, war nichts zu hören.

Zehn Minuten später sprang Avery vom Fahrrad ihrer Mutter

und eilte die dunklen Stufen zum Haus der Kings hinauf. In ihrer Eile hatte sie weder Mütze noch Schal angezogen und sie fror. Ungeduldig hämmerte sie gegen die Tür, die sofort geöffnet wurde.

»Wo ist sie?«, fragte Avery und drängte sich an Aaron vorbei in den finsteren Flur. »Warum machst du kein Licht an?«

Aaron drückte sie gegen die Wand und presste ihr die Hand auf den Mund.

»Verdammt, sei leise!«, flüsterte er.

Avery staunte über seine Kraft, als sie sich aus seinem Griff zu befreien versuchte. Wie sein Bruder, dachte sie, und längst vergangene Bilder tanzten vor ihren Augen.

»Komm!«, hatte Mason gerufen und ihr die Hand entgegengestreckt. Das Pferd hatte getänzelt, als sie zögernd nach seiner Hand gegriffen hatte.

Als wöge sie nicht mehr als eine Feder, zog er sie zu sich aufs Pferd und setzte sie vor sich. Seine Arme umfingen sie wie die Lehnen eines Sessels, und genauso behaglich schmiegte sie sich an seine starke Brust.

»Wohin reiten wir?«, wollte Avery wissen, aber Mason grinste nur verführerisch, als er das Pferd antrieb.

»Ich will mit dir allein sein«, raunte er ihr ins Ohr und rückte näher an sie heran. Sein Atem kitzelte an ihrer Schulter und seine Lippen wanderten über ihren Hals.

»Kommst du jetzt?!« Aaron riss an ihrem Arm und ihre Erinnerung verblasste.

»Was?«

»Ich hab Carrie in den Stall geschafft, damit keiner etwas mitbekommt«, erklärte er und zog Avery hinter sich aus dem Haus.

»Du sagst mir jetzt auf der Stelle, was passiert ist, oder …«

»Halt doch mal die Klappe! Mein Vater sitzt vor dem Fernseher, und ich will echt nicht, dass er das mitbekommt!«

Avery bebte vor Zorn. »Das ist doch nicht mein Problem!«

Aaron rannte über den Hof, ohne auf Avery zu warten. Sie hatte Mühe, dem jungen Mann hinterherzukommen. Erst an der Stalltür holte sie ihn wieder ein.

»Hier lang.« Er wies ihr den Weg zwischen den Pferdeboxen hindurch. Es war finster im Stall, doch ein paar Meter weiter konnte Avery wieder etwas sehen, denn aus einer der hintersten Boxen drang Licht. Sie beschleunigte ihre Schritte, als sie ein leises Wimmern vernahm.

»Verflucht, Carrie!«, schimpfte sie, als sie ihre Schwester im Stroh am Boden kauern sah, den Kopf über einen Eimer gebeugt. Ein Schwall Erbrochenes kam ihrer Schwester aus Mund und Nase und Aaron wich angewidert einen Schritt zurück.

»Sie ist total dicht!«

»Ach, wirklich?«, ätzte Avery, denn das war offensichtlich. »Und warum ist sie das?«

Sie kniete sich neben ihre Schwester und rieb ihr den Rücken. Carrie wandte sich ihr zu. Die Augen blutunterlaufen, die Haut aschfahl.

»Avery?«, lallte sie und würgte wieder. »Was … machst du denn hier?«

Avery schnaubte. »Das frage ich mich auch!« Sie wischte Carrie die verklebten Haarsträhnen aus dem Gesicht und funkelte sie böse an. »Was hast du dir nur dabei gedacht?«

Carrie sank wieder über den Eimer und Aaron kam vorsichtig näher.

»Sie kann hier nicht bleiben«, erklärte er. »Mein Vater flippt aus, wenn er sie in dem Zustand findet.«

Wütend wischte sich Avery die Hände an der Jeans ab.

»Ach wirklich? Warum ist sie überhaupt so betrunken? Du

machst auf mich einen halbwegs nüchternen Eindruck!«

Aaron wippte von einem Fuß auf den anderen und strich sich verlegen durchs Haar.

»Wir haben ein kleines Spielchen gespielt. Ich hatte ja keine Ahnung, dass … dass sie so wenig verträgt«, gab er kleinlaut zu und zuckte mit den Schultern.

Avery schüttelte fassungslos den Kopf.

»Du Idiot! Sie ist nicht mal siebzehn! Sieht sie für dich aus, als würde sie schon ihr Frühstück mit Schnaps hinunterspülen?«, rief sie und hätte dem Kerl am liebsten den Hals umgedreht.

»Sie hätte ja aufhören können! Warum hat sie nicht einfach aufgehört?«

»Weil sie dich beeindrucken will!«, fauchte Avery und überlegte, wie sie Carrie von hier wegschaffen konnte.

»Bring ein Glas Wasser«, forderte sie Aaron auf. Solange Carrie nicht zu sich kam, konnte sie nichts machen.

Offensichtlich erleichtert, etwas tun zu können, wandte Aaron sich um – und rannte direkt seinem Bruder in die Arme.

»Was ist denn hier los?«, fragte Mason, und sein Blick heftete sich auf die unglückliche Szene.

Hinter ihm reckten Brittany, ein Kerl, den Avery auf Masons Party gesehen hatte, und noch eine weitere kaum den Windeln entwachsene Tussi ihre Köpfe in die Box und glotzten. Brittany sog erschrocken die Luft ein.

»Kotzt die?«, fragte sie schrill und hielt sich die Hand vor die Nase.

»Nein, sie pflückt Blumen!«, gab Avery zurück und stellte sich vor Carrie, um sie gegen die neugierigen Blicke abzuschirmen. Sie verschränkte die Hände vor der Brust und sah Mason herausfordernd an. Das Letzte, was sie jetzt gebrauchen konnte, war einer seiner Sprüche.

»Was ist hier los, Aaron?«, wiederholte Mason schroff und packte seinen Bruder am Kragen.

»Nichts, ich … wir haben ein kleines Trinkspiel gemacht – ganz harmlos! Und plötzlich fängt sie an, sich die Seele aus dem Leib zu kotzen! Ich kann echt nix dafür!«

»Natürlich nicht!«, mischte sich Avery wütend ein. »Was bist du nur für ein toller Kerl, der seine Freundin so zurichtet«, sagte sie bitter und kniete sich wieder neben ihre Schwester.

Die hatte zwar endlich aufgehört, ihren Mageninhalt von sich zu geben, heulte jetzt aber leise vor sich hin.

»Wird das heute noch was mit dem Wasser?«, fragte Avery, ohne sich nach den anderen umzudrehen. »Ist gut, Carrie. Ich bring dich jetzt nach Hause.« Ihr Mitleid für die würgende Schwester hielt sich in Grenzen, denn sie verstand wirklich nicht, wie die so leichtfertig mit ihrer Gesundheit umgehen konnte. Doch ihr jetzt Vorwürfe zu machen, würde an der Situation auch nichts mehr ändern.

»Geh schon! Bring dem Mädchen was zu trinken!« Mason stieß seinen Bruder an seinen Freunden vorbei durch den Boxengang. Seine beiden Begleiterinnen wichen an die gegenüberliegende Stallwand zurück.

»Das geht uns nichts an, Mason. Wir sollten jetzt fahren – sonst fängt der Film ohne uns an«, sagte Brittany und legte Mason zaghaft die Hand auf den Arm.

Auch sein Kumpel schien die Idee gut zu finden. Er legte der anderen Tussi die Hand um die Hüften und nickte in Masons Richtung. »Auf geht's. Jünger wird der Abend nicht mehr – und die Mädels auch nicht!«, scherzte er.

Avery hasste solche Sprüche, und es wunderte sie nicht, dass Mason solche Kumpels hatte.

»Cody, warum fährst du nicht mit den beiden schon mal vor?«, schlug er vor. »Wir können das Kind ja hier schließlich nicht so liegen lassen.«

»Ihr könnt gehen! Ich komme klar«, mischte sich Avery ein. Sie fühlte sich in Masons Nähe unwohl. Und der geringschätzige Blick seiner Tussi war auch nicht gerade hilfreich.

»Unsinn! Wie willst du sie allein bis zu euch schaffen? Sie kann doch keinen Schritt gehen!«

Mason kniete sich neben Avery und griff nach Carries Gesicht. Er drehte es so, dass sie ihn ansehen musste.

»Ich hoffe, sie lernt wenigstens was draus«, murrte er.

»Mason«, drängelte Brittany. »Was wird nun aus dem Kino? Du hast sie doch gehört. Sie schafft das schon.«

»Vielleicht verschieben wir das Kino. Der Film läuft ja gerade erst an«, wandte Mason sich an Cody. »Bring doch die Mädels zurück in die Stadt – oder macht euch einen netten Abend.« Er trat näher an Averys Seite. »Ich muss ihr helfen, die Kleine nach Hause zu schaffen.«

»Das musst du nicht!«, beharrte Avery und sah Mason böse an.

Das schien der einzige Blick zu sein, den sie für ihn übrighatte. Und zugleich war es dieser Blick, der ihn dazu brachte, ihren Schutzwall aus Wut und Zorn einreißen zu wollen. Er grinste.

»Du sagst mir ja in letzter Zeit ziemlich oft, was ich nicht muss! Und Avery …« Er suchte ihren Blick. »Ich weiß, dass ich das nicht *muss*. Aber ich *möchte* es.«

»Und ich sage dir: Ich möchte das nicht!«, wiedersprach sie und zog Carrie von dem Eimer weg und auf die Beine. Wankend krachte sie gegen die Boxenwand, und die Pferde im Stall wieherten unruhig.

Alle Blicke ruhten auf ihr, und Mason wusste, dass sie sich unwohl fühlte. Auch er sah ihr kopfschüttelnd zu. Sollte sie ruhig mal sehen, wie weit sie es allein schaffte.

»Komm schon!«, brummte Avery und versuchte ihre Schwester zu stützen.

Brittany machte ihr bereitwillig Platz und eilte an Masons Seite. Sie klammerte sich an seinen Arm und versuchte, ihn aus dem Stall zu ziehen.

»Siehst du. Sie will deine Hilfe nicht. Wenn wir jetzt fahren, schaffen wir es noch.«

Mason stöhnte genervt. Seine Abendpläne hatten sich geändert, seit er Avery über ihre Schwester gebeugt vorgefunden hatte. Allerdings musste er das seinen Freunden wohl deutlicher klarmachen. Er gab Brittany einen Klaps auf den Hintern und dirigierte sie den Boxengang entlang.

»Avery macht es sich gern unnötig schwer«, erklärte er ihr und zwinkerte Avery dabei zu.

Brittany verzog das Gesicht. Es schien ihr nicht zu gefallen, dass Mason so vertraut über seine Nachbarin sprach. Und Avery gefiel das offenbar auch nicht. Zornige Blitze schossen ihm aus ihrem Blick entgegen.

Kurz fragte er sich, warum er sich überhaupt die Mühe machte, sich mit dem weiblichen Geschlecht abzugeben. Warum setzte er sich nicht einfach zu seinem Vater vor den Fernseher? Oder trainierte eines der Rodeo-Pferde?

»Aber …!« Brittany wandte sich mit einem Hilfe suchenden Blick an Cody und legte besitzergreifend eine Hand auf Masons Po. Unerklärlicherweise war ihm das jetzt etwas unangenehm.

»Cody!«, rief er seinen Kumpel zu sich. »Du übernimmst ab jetzt. Tut mir leid, Brittany. Ich ruf dich morgen an, okay?« Er gab ihr einen flüchtigen Kuss und schob sie aus dem Stall.

Avery beobachtete, wie die Barbie zornig Masons Hände wegschlug und vor den anderen beiden her davonstampfte.

Obwohl Avery ganz andere Sorgen hatte, konnte sie sich ein Grinsen nicht verkneifen, als Mason leicht zerknirscht zu ihr zurückkam.

»Na los, schaffen wir sie nach Hause«, brummte er und kam

Avery zu Hilfe. Er legte sich Carries Arm über die Schulter und gemeinsam schafften sie es, sie zwischen sich aufrecht zu halten.

»Sie stinkt ja fürchterlich!«, murrte Mason und Avery konnte dem nur zustimmen.

Dennoch konnte sie es nicht lassen, ihn zu fragen: »Warum gehst du nicht ins Kino mit deiner Tussi – mit deiner Gefolgschaft«, korrigierte sie sich. »Warum bist du so scharf drauf, meine stinkende Schwester rumzuschleppen?«

Mason lachte, und in seinen Augen blitzte es amüsiert. »Du klingst eifersüchtig!«, stellte er fest und zwinkerte schelmisch. »Und wenn es einer betrunkenen Schwester bedarf, damit ich mit dir endlich ein normales Gespräch führen kann, dann fülle ich die Kleine das nächste Mal höchstpersönlich ab.«

»Idiot! Ich bin überhaupt nicht eifersüchtig! Und wir führen auch kein Gespräch.«

»Wird es je wieder einen Tag geben, an dem du mich nicht mit einem Schimpfwort bedenkst?«

Avery sah ihn über Carries roten Schopf hinweg an. Sie verkniff sich ein Schmunzeln. »Ziemlich unwahrscheinlich. Sobald ich an dich denke, drängen sich mir diese Schimpfwörter einfach auf. Da kann man nichts machen.«

Masons Grinsen wurde breiter. »Du denkst also an mich! Ich wusste es!«

Ehe Avery darauf etwas erwidern konnte, kam Aaron mit dem geforderten Wasser zurück.

Er übernahm Averys Stelle und stützte Carrie, damit die ihrer Schwester etwas Wasser einflößen konnte.

Carrie hustete, öffnete aber die Augen.

»Mir ist so schlecht«, jammerte sie, aber Avery schüttelte mitleidlos den Kopf.

»Das hoffe ich doch! Du siehst aus wie ein Zombie an Halloween! Und du stinkst wie ein toter Iltis! Dad wird dich umbringen, das weißt du, oder?«

Carrie riss die Augen auf und packte nach Averys Shirt. »Du darfst es ihm nicht sagen!«, quiekte sie so laut, dass die Pferde mit den Hufen stampften.

»Schhht!«, mahnte Aaron und hielt ihr den Mund zu.

»Lass mich!« Carrie schlug um sich und wäre beinahe zu Boden gestürzt, wenn Mason sie nicht gehalten hätte.

»Schluss jetzt!«, befahl er. »Es reicht! Ich zwei habt für heute schon genug angerichtet.« Mit strengem Blick befahl er: »Geh ins Haus, Aaron. Du stehst hier nur im Weg. Und du, Lady«, wandte er sich an Carrie, »solltest froh sein, dass wir dich nur zu deinen Eltern und nicht zur Ausnüchterung ins Krankenhaus bringen.«

Eine Stunde später hörten Avery und Mason den lautstarken Streit zwischen Carrie und ihren Eltern durch die Haustür bis auf die Veranda.

Avery zitterte vor Kälte, nun, da die Anspannung von ihr abfiel. Sie schlang sich die Arme um den Oberkörper und legte den Kopf in den Nacken, damit sie den Mann neben sich nicht ansehen musste.

»Danke«, flüsterte sie und sah in den Himmel. Es war eine kalte klare Nacht und Millionen Sterne waren zu sehen.

»Kein Ding.« Er trat hinter sie, ohne sie zu berühren.

Ob er auch in die Sterne blickte? Avery wagte nicht, sich nach ihm umzudrehen, um es herauszufinden. Ein Knistern lag in der Luft, und sie traute sich kaum zu atmen.

»Es ist ungewohnt, dich mit kurzem Haar zu sehen«, gestand Mason, und erst jetzt wurde Avery bewusst, dass sie sich darum den ganzen Abend keine Gedanken gemacht hatte. Verlegen hob sie die Hand an die kurzen Fransen in ihrem Nacken.

»Das … das wird hoffentlich wieder«, gab sie kleinlaut zurück.

»Es steht dir gar nicht mal so schlecht.«

»Ach komm! Spar dir diese Lügen! Es sieht furchtbar aus.«

Mason trat neben sie und betrachtete ihr Profil.

»Na schön. Es ist echt was anderes als früher. Aber es tut deiner Schönheit keinen Abbruch, Avery. Und es zeigt, dass du den Kampf gewonnen hast, oder nicht? Wenn es noch ein Stückchen länger wird, dann wirst du noch schöner sein als je zuvor. Denn du hast so ein inneres Strahlen, das du früher nicht hattest.«

Avery lachte. »Inneres Strahlen? Das muss von der Strahlentherapie kommen!« Sie drehte sich zu Mason um. Er sah umwerfend aus – wie immer. Sein Blick ruhte auf ihr, aber zum ersten Mal verunsicherte sie das nicht. Schon lange hatte sie niemand mehr so angesehen. So normal. Er schwieg, und die Sekunden verstrichen, ohne dass jemand etwas sagte. Sie sahen sich nur an.

»Eine Sternschnuppe«, brach Mason schließlich das Schweigen und deutete in den Himmel.

Avery löste sich bedauernd aus ihrer Starre und wandte sich um.

»Was wünschst du dir?«, fragte sie.

Masons Blick hing an ihren Lippen und Averys Mund wurde ganz trocken.

»Wenn ich es dir sage, geht es nicht in Erfüllung.«

Avery grinste. »Ich kann es mir denken. Du wünschst dir, deinen Titel noch einmal zu verteidigen«, riet sie und sah ihn fragend an, aber Mason schüttelte den Kopf.

»Dafür würde ich keinen Wunsch verschwenden – das tue ich sowieso.«

»Ah, ja! Natürlich! Wie dumm von mir.« Avery runzelte die Stirn, als dächte sie angestrengt nach. »Dann hast du dir bestimmt gewünscht, dass Brittany dir verzeiht, dass du sie heute versetzt hast. Eigentlich müsste sie dich für deine heldenhafte Tat entlohnen.«

Wieder schüttelte Mason den Kopf und kam ein Stück näher. Er berührte sie fast.

»Falsch. Dafür würde ich erst recht keinen Wunsch verschwenden, denn das tut sie sowieso.«

Eine Gänsehaut breitete sich auf Averys Körper aus, als sein heißer Atem ihr über die Haut strich. Sie hätte sich am liebsten an ihn gelehnt.

»Hätte ich mir ja denken können«, gab sie zu. »Sie himmelt dich regelrecht an.«

Mason zuckte mit den Schultern und legte den Kopf schief. »Außerdem hatte ich gehofft, dass *du* mich für meinen Einsatz heute Abend belohnst«, raunte er und legte seine Hände zaghaft an ihre Hüften. Es war eine sanfte Berührung, die Averys sämtliche Sinne ansprach und die so köstlich war, dass sie sich selbst dafür hasste, sich ihr zu entwinden. Aber sie tat es.

»Wir sind nicht mehr achtzehn, Mason«, erinnerte sie ihn und trat einen großen Schritt zurück. Zur Sicherheit lehnte sie sich mit dem Rücken an die Haustür, um schnell den Rückzug antreten zu können. Mason King war gefährlich. So gefährlich wie in ihrer Jugend. Er würde ihr das Herz noch einmal brechen, wenn sie sich nicht vor ihm in Acht nahm. Aber wie sollte sie sich der Wirkung entziehen, die er auf sie hatte, wenn er sie mit so einem intensiven Blick musterte? Er schien sie mit den Augen auszuziehen.

»Und wenn ich mir nun gewünscht habe, noch einmal achtzehn zu sein? Und mit dir in die Berge zu reiten?« Seine Stimme war so rau wie seine Hände, die nun nach ihren griffen.

»Mason, bitte …«, flehte sie. Sie spürte ihren Widerstand dahinschmelzen, als er wieder auf sie zutrat. Die Tür in ihrem Rücken bot nicht länger Schutz. Sie war zur Falle geworden.

»Hast du einen Freund?«, fragte er unvermittelt und sah ihr dabei tief in die Augen.

»Du hast eine Freundin«, erinnerte sie ihn.

Mason schmunzelte. »Habe ich das? Aber was ist mit dir? Wem gehört *dein* Herz, kleine Avery?«

Sie schluckte. Seine Stimme war die reinste Verführung, und sie musste sich aus seinem Bann befreien, sonst würde sie ihn in der nächsten Sekunde küssen. Was definitiv keine gute Idee wäre!

Sie stemmte die Hände gegen seine Brust – was auch keine gute Idee war, denn die Wärme seines Körpers rieselte durch ihre kalten Finger und sandte ein Kribbeln bis in Averys Magen.

»Ich kann im Moment keinen Mann in meinem Leben gebrauchen«, erklärte sie möglichst überzeugend, auch wenn sie sich nichts sehnlicher wünschte, als sich in der warmen und tröstlichen Umarmung von Mason zu verlieren.

»Dann ist da keiner, der in Seattle vor Sehnsucht vergeht? Sind die alle blind in Seattle?«

Avery lachte bitter.

»Weißt du, Mason … es ist nicht gerade so, dass Frauen, die haarlos um ihr Überleben kämpfen, sonderlich gefragt sind.« Sie sah in die Ferne. »Nicht mal bei ihren Partnern.«

Sie dachte an Phil und seine Sekretärin. Es tat weh. Wie leicht wäre es, sich einfach in Masons Armen Trost zu holen. Sich nur für einen kurzen Moment die Nähe zu holen, die sie so schmerzlich vermisste.

Aber Avery wusste, das würde nur kurzzeitig Linderung verschaffen. Nur für den Moment. Danach würde sie sich dumm vorkommen.

»Was meinst du damit?«, fragte Mason und sein Blick versprach den Trost, den sie so nötig hatte. Hätte ihr in diesem Moment ein anderer Mann gegenübergestanden, hätte Avery vielleicht ihre Scheu über Bord geworfen und sich diesen Trost genommen. Aber der Mann, der hier war, war ihr schon einmal viel zu nahe gekommen. Mason King würde ihr nie das geben können, was sie brauchte. Er würde sie nur noch weiter verletzen. Sie musste ihn loswerden.

Zitternd atmete sie durch. »Nichts. Das alles geht dich nichts an. Du … du solltest jetzt besser gehen.«

Mason strich sich durchs Haar und trat resigniert einen Schritt zurück.

»Du bist immer noch böse auf mich, oder?«

Avery seufzte. »Ich bin nicht mehr böse, Mason! Das ist doch alles Jahre her. Ich will das nur nicht wiederholen.«

»Davon habe ich nicht gesprochen. Wie du sagst, sind wir keine achtzehn mehr. Ich mache keine Wetten mehr auf Mädchen. Und es geht auch nicht um Sex.«

»Es geht immer um Sex!«

»Das ist nicht wahr. Ich habe einen Fehler gemacht – damals! Ich war dumm – und hormongesteuert. Das willst du mir nicht verzeihen? Okay. Damit kann ich leben. Aber wir sind doch hier zusammen aufgewachsen. Also tu jetzt nicht so, als würden wir uns nicht kennen. Als hätte ich kein Recht, dich zu fragen, wie es dir geht, und als müsste ich mich von dir fernhalten, nur weil Brittany glaubt, zwischen uns würde was laufen. Denn ich halte mich nicht fern. Dazu kenne ich dich zu lange. Und zu gut.«

»Tu, was du nicht lassen kannst, Mason. Aber mach dir bloß keine Hoffnungen.«

Mason nickte und wandte sich ab. Er steckte die Daumen in die Gürtelschnalle und stand noch einen Moment auf den Stufen, um in den Himmel zu blicken. Die Sterne glühten noch immer strahlend hell am Firmament. Doch Sternschnuppen gab es keine mehr.

Avery hätte zu gerne gewusst, was er sich gewünscht hatte.

»Schön. Ich schraube meine Erwartungen runter. Aber ich wette, du wirst sie dennoch übertreffen.«

»Deine Erwartungen?«

Er zwinkerte. »Du weißt, was ich meine.«

Avery wurde heiß, und sie verkniff sich ein Lächeln.

»Ich dachte, du wettest nicht mehr?«

Mason warf ihr über die Schulter einen verschmitzten Blick zu und ging langsam die Stufen hinunter.

»Das dachte ich auch.«

»Ein Wunder, dass du überhaupt noch kommst!«, wurde Mason von Cody begrüßt, als er ins Wohnzimmer kam. Der bohrende Blick seines Freundes war ihm unangenehm, und er ging in die Küche, um sich einen Drink einzugießen. Wie erwartet, stemmte sich Cody aus dem Sessel und folgte ihm.

»Wusste nicht, dass du mich erwartest«, gab Mason gelassen zurück. »Mich wundert vielmehr, dass du nicht im Bett von dieser … wie hieß sie noch … gelandet bist.«

Cody zuckte mit den Schultern. »Weiß auch nicht, wie sie hieß.« Er lachte. »Ihr Name war es ja nicht, der mich interessiert hat.«

Mason rollte mit den Augen. »Du wirst nie erwachsen, oder? Ständig diese Weiber im Schlepptau.« Er schob den Drink, den er sich eingegossen hatte, seinem Kumpel hinüber und holte sich ein neues Glas aus dem Küchenschrank.

Cody prostete ihm zu. »Oft genug bring ich dir auch eine mit!«

Mason erwiderte nichts.

»Dass du mir aber gleich alle zwei überlässt, hat mich doch verwundert«, fuhr Cody fort. »Hattest wohl bessere Angebote«, zog er Mason auf.

»Das geht dich nichts an!« Mason nippte an seinem Drink.

»Es geht mich sehr wohl etwas an – wenn die Kleine dich ablenkt. Und in den letzten Tagen kommst du mir recht abgelenkt vor.«

Mason biss die Zähne zusammen. Cody ging ihm auf die Nerven. Immer dieselben Geschichten.

»Ich bin voll fokussiert«, widersprach er gelangweilt und bereute es, seinen Agenten bei sich wohnen zu lassen.

»Fokussiert? Davon merke ich nichts! Wann hast du zuletzt ernsthaft trainiert?« Cody hob mahnend den Zeigefinger. »Du stehst kurz davor, dir Wrangler als Sponsor zu angeln! Das macht uns reich, Junge!«

Mason nickte und schwenkte den Whiskey in seinem Glas.

»Was willst du überhaupt, Cody? Ist doch egal, wo ich war – und mit wem. Mit euch im Kino hätte ich ja wohl auch keinen Bullen geritten, oder?«

Cody knallte sein leeres Glas lautstark auf den Tisch. Er sah wütend aus.

»Ich bin fast zweihundert Tage im Jahr an deiner Seite, um die knapp hundert Rodeos mit dir zu bestreiten, die wichtig sind, um dich und deine Leistung ganz oben zu halten. Mir fällt auf, wenn du neben dir stehst! Und du weißt, dass das in diesem Sport tödlich sein kann!«

»Ich kann ja damit aufhören, wenn du denkst, ich wäre nicht konzentriert genug«, schlug Mason wütend vor, denn er wusste genau, dass sein Freund das ganz sicher nicht wollte.

»Red keinen Scheiß!« Cody ballte die Hände zu Fäusten. »Du kannst nicht ohne den Kick leben!«

Mason grinste. Der Punkt ging an Cody. »Dann lass mich in Ruhe mit deinem Gejammer. Bis zu den National Finals ist noch genug Zeit. Und ich bin fit. Meine Schulter macht endlich keine Probleme mehr.« Wie zum Beweis ließ er die Schulter kreisen und hob den Arm. »Den Titel nimmt mir keiner weg – nicht in diesem Jahr!«

Das stimmte Cody milder und er griff erneut nach der Whiskeyflasche. »Das will ich hoffen, denn ich setze wie immer auf Sieg!«

Mason schüttelte den Kopf. »Vielleicht solltest du das Wetten einfach lassen.«

Cody winkte ab und kniff verbittert die Lippen zusammen. »Als dein Agent verdien ich leider keine achttausend Dollar pro Ritt, so wie du.«

»Du wirst ja auch nicht potenziell aufgespießt – scheint mir also ganz fair.«

Cody zeigte ihm den Mittelfinger. »Ohne die Wetten … würde sich die Sache für mich nicht lohnen. Also sieh zu, dass du gewinnst, sonst musst du dir in Zukunft deine Mädels selbst anlachen!«

Mason schmunzelte. Das Bild von Avery im Mondschein drängte sich ihm auf. »Wäre den Versuch wert – meinen Geschmack triffst du ohnehin nicht.«

Kapitel 9

Avery schloss die Zeitung und faltete sie klein. Der Regen prasselte hart gegen die Fenster des Cafés und übertönte beinahe die leise Musik, die aus den Lautsprechern kam.

»Und? Was gefunden?«, fragte Sue hinter dem Tresen hervor.

»Nein. Es gibt einfach keine Jobs, geschweige denn Wohnungen hier.« Avery zuckte mit den Schultern. »Wie es aussieht, muss ich wohl oder übel zurück nach Seattle. Dort gibt es wenigstens Jobs. Auch wenn ich in den letzten Wochen nur Absagen bekommen habe, gebe ich nicht auf. Ich habe mich auf eine Stelle in der Investmentabteilung einer Bank beworben, aber noch keine Rückmeldung erhalten.«

Sue räumte die Kuchen aus der Auslage und schaffte sie in den Kühlschrank unter dem Tresen.

»Es freut mich, dass du endlich nach vorne schaust, Schatz. Das wird sicher nicht leicht, und du kannst natürlich so lange bei uns wohnen, bis sich etwas Passendes ergibt.«

Avery warf der Zeitung einen bösen Blick zu. »Das ist doch keine Lösung. Ich geh euch auf den Geist – und ihr mir. Ich sollte so schnell wie möglich wieder auf eigenen Beinen stehen. Auch das hier«, sie sah sich im Café um, »ist nicht das, was ich machen will. Versteh das nicht falsch, aber …«

Sue lachte. »Schon klar. Du brauchst einen Chef, den du nach Feierabend hassen kannst.«

»Wer sagt denn, dass ich dich nicht nach Feierabend hasse?«, scherzte Avery.

»Auch wieder wahr. Aber ich verstehe dich schon. Natürlich kannst du nicht ewig hier aushelfen. Dafür bist du viel zu clever. Du vergeudest hier dein Potenzial.« Sue leckte sich einen Klecks Sahne vom Finger und sah ihre Tochter über die Tischplatte hinweg an. »Außerdem kommt Rosie vermutlich nächste Woche wieder. Dann treten wir uns hier die Füße platt.«

Avery sah überrascht auf. »Du meinst also, das ist meine letzte Woche hier? Und was dann? Zahlst du mir auch so eine nette Abfindung, ehe du mich auf die Straße setzt?«

»Oh Gott, Kind! Ich werfe dich doch nicht raus. Ich sag nur, dass ich nicht böse bin, wenn du dir eine andere Beschäftigung suchst. Eine, die dir mehr Freude macht.«

Sue zog sich die Schürze über den Kopf und hängte sie an den Haken. Dann drehte sie das Schild an der Ladentür auf *Geschlossen* und sah auf die Uhr.

»Ich muss los. Ich habe doch einen Friseurtermin. Kannst du hier noch fertig machen?«

Avery nickte. »Klar – bin ja froh, dass ich überhaupt noch einen Job habe.«

»Haha. Sehr witzig. Sperr dann bitte ab. Wir sehen uns zu Hause.«

Als Sue sich mit ihrem Regenschirm gegen den Wind stemmte und zur Tür hinausging, blies der Herbst den Regen bis ins Café.

»So ein Mistwetter!«, murmelte Avery vor sich hin. Es war erst sechs Uhr abends, aber es wurde bereits dunkel. Die Kerzen auf den Tischen spendeten ein behagliches Licht, und die Strahler über der Theke verliehen der silbernen Kaffeemaschine ein festliches Funkeln. Als wäre dies ein Zeichen, erhob sich Avery ergeben und machte sich noch eine große Tasse cremigen Milchkaffee. Sie bückte sich zum Kühlschrank und nahm ein Stück Blaubeerkuchen heraus. Sie genoss die Ruhe, die es ihr erlaubte, ihren Gedanken nachzuhängen.

Der Abend mit Mason ging ihr nicht mehr aus dem Kopf.

Im Vorbeigehen angelte sie sich eine Gabel aus dem Besteckkorb, klemmte sich die Sprühsahne unter den Arm und balancierte alles zurück an den Tisch in der Ecke. Sie hatte keine Lust, nach Hause zu gehen. Durch den Herbststurm – in die Einsamkeit ihres Kinderzimmers. Die Stimmung dort war furchtbar, denn Carrie gab ihr die Schuld an der Familienkrise, an ihrem Hausarrest und an dem Ärger, den sie deshalb auch mit Aaron hatte. Dabei hatte Avery das Richtige getan. Sie fühlte sich nicht wie die Verräterin, als die Carrie sie hinstellen wollte. Trotzdem bedrückte sie die Auseinandersetzung, und sie mied ihre Schwester, bis die sich etwas beruhigt haben würde.

Darum wollte sie auch noch ein Weilchen hierbleiben. Sie musste noch die Tische abwischen, die Kasse machen und den Boden fegen, ehe sie überhaupt an den Heimweg denken konnte. Aber dazu konnte sie sich im Moment noch nicht aufraffen. Eine großzügige Portion Sprühsahne landete auf dem Blaubeerkuchen und ein kleines, zufriedenes Lächeln erschien auf Averys Gesicht. Sie hatte zwar keine Perspektive, aber dafür wenigstens einen köstlichen Kuchen. Und vielleicht würde ja ihre Bewerbung zu etwas führen.

Mit geschlossenen Augen genoss sie den ersten Bissen und ließ sich das sahnig-luftige Kuchenstück in all seiner Süße auf der Zunge zergehen.

Eine Windböe heulte draußen vorbei und Avery schaute kurz hoch. Sie erhob sich und trat ans Fenster. Das Ladenschild auf der anderen Straßenseite schlug gegen die Hauswand und auf der Fahrbahn stand das Wasser. In den gelben Lichtstreifen der Straßenlaternen sah es aus, als regnete es Fäden. Die Autos, die vorbeikamen, fuhren nur im Schritttempo, und Fußgänger waren überhaupt keine unterwegs. Nur ein einsamer Regenschirm flog durch die Luft, wie von Geisterhand getragen. Das dort draußen entwickelte sich zu einem richtigen Sturm.

Avery kuschelte sich tiefer in ihren Wollpulli und zog sich die Ärmel bis über die Fingerspitzen.

Es war kaum zu glauben, dass sie neulich Abend noch so lange mit Mason draußen gestanden hatte.

Sie seufzte und starrte weiter in den Regen hinaus. Sie musste aufhören, an Mason zu denken. Es war gut so, wie es jetzt war. Es hatte keinen Sinn, sich zu fragen, warum er an diesem Abend überhaupt so lange geblieben war. Es hatte keinen Sinn, sich auch nur daran zu erinnern, wie nahe sie sich früher einmal gekommen waren. Und wie gut sich seine Brust unter ihren abwehrenden Händen neulich angefühlt hatte.

Er hatte eine Freundin und sie brauchte einen Neuanfang. Einen, in dem sich nicht die Dramen ihrer Jugend wiederholten!

Die nächste Windbö war so kräftig, dass die Tür des Cafés aufflog.

Mit einem Schrei warf sich Avery dagegen und drückte sie gegen den Sturm zu. Sie drehte den Schlüssel um und strich sich zitternd die Regentropfen aus dem Gesicht.

Ich werde hier wohl übernachten müssen, dachte sie. Obwohl ihr Auto nur wenige Meter die Straße hinauf stand, war es unmöglich, es zu erreichen. Es hätte ebenso gut in einem anderen Bundesstaat stehen können.

Zum Trost nahm Avery noch eine weitere Gabel Kuchen und hoffte, dass dieser Sturm bald vorüber wäre.

Na, zumindest würde sie nicht verhungern.

Sie nahm den Teller mit zur Kasse, wo sie anfing, die Geldscheine zu sortieren. Die Summe musste zu dem Gesamtbetrag der Kassenbons des Tages passen, und sie war beinahe froh, sich darauf konzentrieren zu müssen, denn wann immer sie ihren Gedanken freien Lauf ließ, wanderten diese zu Mason und zurück in eine unendlich ferne und doch plötzlich wieder so nah erscheinende Vergangenheit.

»Wie findest du es?«, hatte er gefragt und sie erwartungsvoll angesehen. Die Hütte in den Bergen war einfach. Eine Notunterkunft für die Viehtreiber, die für Masons Vater arbeiteten. Ein kleiner Holzofen, dessen rußige Öffnung weit offen stand, ein Bett aus rohen Brettern gezimmert und ein Tisch mit Kerzen. In einem Regal an der Wand reihten sich Blechteller, Becher und einige Dosenmahlzeiten. Es war finster, aber Mason war schon dabei, die Kerzen anzuzünden. Als das flackernde Licht auch die dunkelsten Ecken erreichte, kam er zu ihr zurück und legte die Arme um sie.

»Wir sind hier ganz für uns«, raunte er und grub seine Hände in ihr langes Haar. Avery stellte sich auf Zehenspitzen, um ihn zu küssen, und er kam ihr hektisch entgegen. Sie drängte sich an ihn und genoss seine Hände auf ihrem Rücken. Er roch so gut und sein Kuss vertrieb all ihre Zweifel. Atemlos klammerte sie sich an ihn. Seine Küsse wurden immer leidenschaftlicher. Der Raum drehte sich um sie, als er zurücktrat und sich durchs Haar fuhr. In seinen Augen spiegelten sich die Kerzen, und er zog sein Shirt aus. Die Hütte schien kleiner zu werden, mit jedem Schritt, den er auf sie zukam.

»Mason, ich …« Sie knetete ihre Finger und wagte es nicht, ihn anzusehen, als er die Hände nach ihr ausstreckte.

»Schhht. Sag nichts.« Er hob ihr Kinn an und strich ihr die lange blonde Strähne aus dem Gesicht. »Du musst keine Angst haben. Wir … wir haben alle Zeit der Welt.« Er strich mit seinen Lippen über ihre und lachte heiser, als sie sich ihm sogleich öffnete. »Du bestimmst, was heute hier passiert.«

»Avery!«

Ein energisches Klopfen an der Tür ließ sie zusammenzucken. Die Geldscheine entglitten ihren Fingern und sie fasste sich erschrocken ans Herz.

»Mach auf!«

Als hätte der Schreck ihr nicht schon die Glieder zittern lassen, blickte sie auch noch in das regennasse Gesicht des Mannes, der ihre Gedanken seit Tagen beherrschte.

»Avery!«, rief er erneut und hämmerte noch einmal gegen die Tür.

Endlich kam Bewegung in sie und sie taumelte noch leicht benommen von ihrem Tagtraum zur Tür. Durch die Scheibe sah sie ihm in die Augen und las darin die Frage, die auch sie sich stellte: Was tun wir hier eigentlich?

»Mach schon auf«, bat er leise und legte seine Hand an die Scheibe.

Avery sah sich im Kaffee um. Die Kerzen auf den Tischen, die ansonsten schwache Beleuchtung, ihre Bastion vor dem Sturm …

Wenn sie diese Tür öffnete, dann würde der Sturm hier drin toben, das wusste sie.

Sie sah ihm ins Gesicht. Sah die Regentropfen über seine Wangen rinnen und von seinen Wimpern perlen. Er öffnete die Lippen und formte das Wort »Bitte«.

Sie schloss die Augen und drehte den Schlüssel um. Ganz langsam öffnete sie die Tür.

Mason stand vor ihr im Regen.

»Darf ich?«, fragte er, während der Sturm hinter ihm Zweige von den Bäumen riss.

»Komm schon rein!« Avery griff nach seinem Arm und zog ihn ins Café. Dann schlug sie die Tür hinter ihm zu und lehnte sich schwer atmend dagegen. Sie fühlte sich, als wäre sie gerannt. Das Blut hämmerte ihr im Kopf und sie wischte sich die regennassen Hände an der Jeans ab.

»Was machst du hier?«, fragte sie. Bei diesem Wetter verließ niemand freiwillig das Haus.

Sie sah ihm zu, wie er sich aus dem Serviettenspender bediente und sich das Gesicht abtrocknete. Er fuhr sich durchs Haar und Wasser troff überall auf den Boden.

Das Hemd, das er trug, klebte ihm nass am Leib, und seine Hose war bis zu den Knien vollgesogen.

»Ich habe einen von Vaters Kunden zum Bahnhof gebracht. Auf dem Rückweg ist der Sturm immer schlimmer geworden.« Mason knöpfte sein Hemd auf, und Avery hatte Schwierigkeiten, seiner Erklärung zu folgen. »Quer über die Mainroad ist ein Baum gestürzt und blockiert die Fahrbahn. Da ist kein Durchkommen.« Er schlüpfte aus dem Hemd und hängte es zum Trocknen über die Lehne eines Stuhls.

»Was … was wird das?«, fragte Avery, als er anfing, seine Stiefel auszuziehen.

Mason hielt inne und sah sie an.

»Ich bin patschnass.«

»Das sehe ich. Aber … aber das ist doch hier kein Swingerclub!«

Er hob die Augenbraue und grinste schief. »Ich werde mich erkälten, wenn …«

»Dann wirst du dich eben erkälten! Das ist mir total egal! Du lässt die Schuhe … und … und alles andere an!«

Sie wurde rot, und Mason bemerkte es, denn er grinste jetzt übers ganze Gesicht.

»Du hast mich schon nackt gesehen«, erinnerte er sie, schlüpfte aber bereitwillig wieder in seinen Stiefel.

Er hatte recht. Sie hatte ihn schon nackt gesehen. Vor Jahren. Trotzdem musste sie sich zusammenreißen, ihn nicht mit offenem Mund anzuglotzen. Er sah anders aus. Gefestigt. Aus dem attraktiven Jungen war ein noch attraktiverer Mann geworden. Doch all die Narben auf seinem Körper waren neu. Erschrocken und fasziniert zugleich musterte sie ihn unter gesenkten Lidern hervor.

»Du … du hast von dem umgestürzten Baum gesprochen.« Sie wollte das heikle Thema umschiffen.

Mason nickte, zog sich einen Stuhl heraus und setzte sich verkehrt herum darauf, sodass er seine Arme über die Lehne hängen konnte.

»Jep. Die Straße ist also komplett dicht. Ich musste den Wagen vorne stehen lassen. Ich dachte, ich könnte es zu Fuß versuchen, aber da draußen ertrinkt man ja regelrecht. Dann sah ich das Licht hier …«

»Hättest du nicht im Auto warten können, bis die Straße wieder frei ist? Sicher kümmert sich die Feuerwehr …«

»Die sind mit den Kellern beschäftigt. Überall, vom Bahnhof bis hierher, steht die Straße unter Wasser und die Keller laufen voll.«

»Was für ein Mist.« Avery schüttelte schockiert den Kopf und ging ans Fenster. Es stimmte. Draußen ging gerade die Welt unter. Der Wind riss alles mit sich, was nicht niet- und nagelfest war, und die Wassermassen waren definitiv zu viel für die Kanalisation. »Was machen wir denn jetzt?«

Mason zuckte die Schultern und trat zu ihr. Gemeinsam blickten sie in die tosende Nacht. Der Wind drang durch den Türspalt und Mason zwinkerte ihr zu, ehe er den Schlüssel umdrehte.

»Sieht so aus, als müssten wir das aussitzen.«

Ein Knistern hing in der Luft, und Avery floh schnell hinter die Theke, wo die Geldscheine noch immer über den Boden verteilt lagen. Mason schlenderte zurück zu seinem Stuhl und deutete auf die Kaffeemaschine. »Vielleicht könnte ich einen bekommen?«

Avery sah nicht auf. Sie zählte die Scheine und steckte sie

zu den Münzen in die Geldkassette. Ihre Finger zitterten, so wie damals, als sie das erste Mal mit ihm allein gewesen war.

Sie schloss die Kassette und goss Mason einen Kaffee ein.

Aussitzen! Na schön, irgendwie würden sie das aussitzen. Die Frage war nur, wie.

Um Lässigkeit bemüht, brachte sie den Kaffee an den Tisch und setzte sich Mason gegenüber.

»Hast du deinen Kinobesuch mit Brittany nachgeholt?«

Obwohl sie nichts weniger wollte, als über diese Tussi zu reden, schien ihr dies das beste Thema, um ihre aufkeimenden Gefühle zu ersticken.

Mason verzog das Gesicht zu einer Grimasse.

»Gut, dass du das ansprichst. Du schuldest mir was.«

»Ich schulde dir was? Dabei habe ich dich doch eben vor dem Sturm gerettet.«

»So leicht kommst du mir nicht davon, Avery! Mein selbstloser Einsatz für deine Schwester wurde mir zum Verhängnis.« Er zwinkerte. »Es hat sich herausgestellt, dass Brittany nicht damit leben kann, dass sich die Welt nicht nur um sie dreht. Also schuldest du mir was.«

Avery lachte. »Sie hat sich doch nicht etwa umgebracht?«

»Nein. Sie droht stattdessen, mich umzubringen, weil ich so ein gemeiner Schuft bin.«

»Dem kann ich nur zustimmen!«, kicherte Avery und unterdrückte das freudige Kribbeln, das sie plötzlich verspürte.

Mason zog die Tasse zu sich her. »In der Sache seid ihr euch also plötzlich einig, ja?«

»Oh, ich würde nicht so weit gehen, dich umzubringen – ich denke, dass du das mit deinen Rodeos schon irgendwann selbst schaffst.«

Obwohl sie das im Scherz gesagt hatte, steckte darin eine Wahrheit, die sie plötzlich erschreckte. Ihr wurde ganz mulmig, wenn sie die vielen Narben auf Masons Körper betrachtete.

»Na, du hast ja ein Vertrauen in mich und meine Fähigkeiten!«, beschwerte sich Mason und nippte an seiner Tasse.

»Hast du keine Angst, wenn du auf so ein wildes Tier steigst? Was, wenn etwas passiert? Ein Sturz oder ein Tritt?«

Avery konnte das nicht verstehen. Sie hatte nichts für diesen Sport übrig. Hatte es nie gehabt, auch wenn sie zugeben musste, dass Mason auf einem wilden Bronc durchaus sehenswert war.

»Ich kenne das Risiko.« Er zuckte mit den Schultern. »Mir ist noch nie was Schlimmes passiert.«

Avery schnaubte. »Und was ist das?« Sie deutete auf die Narben, die seinen Körper überzogen.

Mason grinste. »Das sind Trophäen.« Er deutete auf eine Narbe an seiner Brust. »Hier bin ich beim Bareback vom Pferd gefallen und habe mir das Schlüsselbein gebrochen. Und hier an der Schulter hat mich ein Bulle namens Tornado aufgespießt, nachdem er mich in den Dreck befördert hat. Und die anderen … na, im Grunde hat jede ihre Geschichte, aber so, wie du schaust, bist du nicht scharf drauf, sie zu hören, oder?«

Avery schüttelte den Kopf. »Nein. Bin ich nicht! Ich … ich kann nicht verstehen, warum du das machst. Wie du nur so mit deinem Leben spielen kannst. Mit deiner Gesundheit.«

Mason streckte die Beine unter dem Tisch aus und lehnte sich lässig zurück. Er trank einen Schluck, ehe er antwortete. Er suchte nach Worten, die all das wiedergaben, was er fühlte, wenn er Rodeo ritt. Das war schwer, denn Worte konnten diese Sucht, der er schon als Jugendlicher erlegen war, nicht beschreiben. Den Kick, den nur diese acht Sekunden auf dem Rücken eines Bullen dir schenken konnten.

»Weißt du, Avery. Ich mache mir da keine Gedanken. Wir sterben alle irgendwann. Ich rechne jedes Mal damit, wenn ich aufsteige – und das gibt mir den Kick.« Er knackste mit den Fingerknöcheln und sah ihr in die Augen. »Du kannst dir nicht vorstellen, was für ein großartiges Gefühl es ist, so einen unbändigen Hengst unter dir zu haben. Deine Kräfte mit denen eines Bullen zu messen, der dich mit einem Tritt zermalmen könnte und dessen Hörner durch dein Fleisch gleiten würden wie durch Butter. Und wenn du dann dennoch gewinnst.«

»Du spinnst!«

»Kann sein. Aber ich brauche das! Es ist … mein Leben.«

An ihrem Gesichtsausdruck konnte er sehen, dass sie ihn nicht verstand. Er fuhr sich durchs Haar und kniff die Lippen zusammen. Es sollte ihm egal sein, ob ihr das gefiel. Aber das war es nicht.

Avery musste aufstehen, so aufgebracht war sie wegen dieses Unsinns. Das ging einfach nicht in ihren Kopf.

»Du hast offenbar keine Ahnung, wie kostbar das Leben ist!«, sagte sie lauter, als sie vorgehabt hatte. »Du … du riskierst, bei diesem Quatsch zu sterben! Für was? Für das bisschen Ruhm? Für das Poster dort draußen, auf dem du als der große Held dargestellt wirst? Fürs Ego?«

Auch Mason stand auf. Er befühlte sein Hemd, aber es war noch nass. »Ich weiß gar nicht, warum du dich so aufregst. Du hast doch selbst gesagt, dass wir keine Freunde sind. Was kümmert es dich also, ob mir etwas passiert?«

»Ich reg mich nicht wegen dir speziell auf. Jeder, der sein Leben derart riskiert, hat für mich einen Knall!« Sie fuhr sich durch die kurzen Haare.

»Ich versteh das einfach nicht«, flüsterte sie dann. »Weißt du, ich habe wirklich hart gekämpft, um heute noch am Leben zu sein. Und niemand kann mir garantieren, dass ich den Krebs wirklich besiegt habe! Ich würde alles dafür geben, gesund alt zu werden, und du …« Ihr fehlten die Worte. Mason würde das nie verstehen!

Sie schlug sich die Hände vors Gesicht, damit er nicht sah, wie sie mit den Tränen rang. Allein der Gedanke an den Krebs bereitete ihr Übelkeit, und sie wollte sich vor diesem Kerl keine Schwäche anmerken lassen.

Mason schob den Stuhl beiseite und ging zu ihr, aber sie sah nicht auf. Sie wirkte so verletzlich, dass er Angst hatte, jedes weitere Wort würde ihr Schmerzen bereiten. Er wollte ihr nicht wehtun, darum legte er ihr zaghaft die Hände auf die Schultern und beugte sich zu ihr hinunter.

»Ich verstehe, dass das für dich verrückt sein muss, Avery, aber …« Sein Atem strich über ihre Wange und seine Hände glitten ihre Arme hinab. »Aber findest du nicht auch, dass das Leben im Angesicht des Todes, im Angesicht der Gefahr … einfach viel intensiver ist?« Seine Lippen strichen über ihren Hals. »Viel leuchtender? Und berauschender?« Ein leichter Duft nach Kuchen entströmte ihrer Haut und raubte ihm den Verstand. Er wollte nichts mehr, als die Zeit zurückzudrehen und noch einmal mit ihr in der Jagdhütte zu sein, so wie damals. Und diesmal würde er alles richtig machen!

Sie sagte, sie würde ihn nie verstehen – und doch fühlte er den leichten Druck, mit dem sie seiner Berührung entgegenkam. Vielleicht verstand sie ihn ja doch insgeheim. Mit dieser Hoffnung ließ er seine Lippen über ihre Schläfe gleiten.

Averys Puls hämmerte wild unter seiner Berührung und sie holte zitternd Luft.

Sie wollte den Kopf in den Nacken legen, um seiner Liebkosung nachzugeben, aber all ihre Sinne warnten sie. Mason King war nicht gut für sie. Er war es nie gewesen – und würde es nie sein.

»Hör auf«, flüsterte sie schwach, war aber sofort enttäuscht, als er das wirklich tat. Seine Hände umfingen sie noch, und sie spürte, dass es ihm genauso schwerfiel wie ihr selbst.

Er räusperte sich und gab sie schließlich frei. Schweigend ging er zurück zu seinem Stuhl. Erst dann sah er sie wieder an.

»Wie du willst. Aber sag nicht, dass du es nicht genauso empfindest. Man lebt intensiver, wenn man an der Klippe steht. Das ist einfach so.«

Avery wollte ihm widersprechen. Aber vielleicht hatte er ja sogar recht. Warum sonst würde sie so sehr auf seine Nähe reagieren? Warum sich so sehr nach seiner Nähe und Berührung sehnen, obwohl ihr Kopf sie ganz klar vor ihm warnte? Warum flatterte ihr Herz so sehr, nur weil er bei ihr war, und warum erhitzte der Anblick seiner nackten Brust ihr Blut derart, dass sie glaubte, Fieber zu haben?

Vielleicht hatte Mason recht, aber das rechtfertigte noch immer nicht, wie fahrlässig er mit seinem Leben umging. Seine Gesundheit zu riskieren – nur für den Kick! Das konnte sie niemals gutheißen.

Geschäftig ordnete sie die Stühle um den Tisch und entfloh dann seiner Nähe ans Fenster. Sie lehnte die Stirn gegen die kühle Scheibe und blickte wortlos in die Nacht.

»Wie sieht es dort draußen aus?«, fragte Mason nach einer Weile.

»Schon besser«, sagte Avery.

Er schlüpfte in sein noch immer klammes Hemd und öffnete die Tür, da der Wind sich etwas gelegt hatte. Kopfschüttelnd betrachtete er die Verwüstung. Äste und Blätter waren von den Bäumen gerissen, die Feuerwehrsirenen hallten durch die Nacht.

»Der Wasserspiegel sinkt. Die Fahrbahn wird bald wieder frei sein«, bemerkte er und sah Avery zögernd an. »Soll ich dich nach Hause bringen?«

Er sah gut aus, wie er da so stand. Das Haar zerzaust, das Hemd, das sich feucht an seinen Körper schmiegte, und sein Lächeln, das zugleich Verführung und Warnung war, übten auf Avery einen unwiderstehlichen Reiz aus. Trotzdem – gerade deshalb! – schüttelte sie energisch den Kopf.

»Nein danke. Ich muss noch einiges erledigen. Ich will mir in meinen letzten Tagen hier ja nicht noch Ärger mit der Chefin einhandeln.«

Ruckartig hob Mason den Kopf. »In den letzten Tagen hier? Ich hatte angenommen … du bleibst eine Weile hier in Littletree.«

Avery zuckte mit den Schultern. »Ich bin auf Jobsuche. Hier gibt es nichts für mich, obwohl ich im Moment wirklich alles machen würde. In Seattle gibt es einige Stellen, für die ich qualifiziert wäre, aber ich weiß nicht, ob ich dem Druck schon gewachsen wäre. Jedenfalls brauche ich dringend irgendwas, denn Rosie ist wieder einsatzbereit. Ich hatte ja auch nicht vor, hier als Kellnerin alt zu werden.«

»Ach so! Sag das doch gleich. Drüben in der Wildtierstation brauchen sie Hilfe. Ich hab keine Ahnung, wie das bezahlt wird, aber … soweit ich weiß, lässt der alte McCloy seine Helfer kostenlos in der Wohnung über den Ställen wohnen.«

»Oh, was? Das klingt ja toll!« Avery strahlte. Ihr war alles recht, bei dem sie nicht wie hier im Café immer wieder die neugierigen Fragen der Gäste zu ihrer Gesundheit beantworten musste. Und wenn sie zudem noch bei ihren Eltern ausziehen konnte …

»Der Verdienst ist erst mal egal. Ich hab ja Geld.« Sie verzog schmerzlich das Gesicht, als sie an die Abfindung dachte. »Das wäre sicher nur eine Notlösung, aber dafür klingt es geradezu perfekt!«

Mason lächelte über ihre Begeisterung. »Warum suchst du überhaupt einen Job? Ich dachte, du machst längst Karriere in Seattle. Vermisst man dich dort nicht?«

Avery schnaubte und begann damit, Servietten für den nächsten Tag zu falten. »Nein. Die konnten mich gar nicht schnell genug loswerden.« Sie sah Mason an. »Weißt du, diese Stadt hat eine unheimliche Geschwindigkeit. Da kommt es auf Leistung an. Auf Erfolg. Als Broker setzt du nur auf Investments, die Gewinn versprechen. Auf hohe Rendite. Sobald ein Investment auch nur so aussieht, als könne es wanken, als bestünde auch nur das geringste Risiko … wird es abgestoßen.« Sie zuckte mit den Schultern. »Ich war kein risikoloses Investment mehr. Also musste ich gehen. So ist das eben.«

Mason schien erstaunt. Er reichte ihr die nächste Serviette. »Und das lässt du dir einfach so bieten?«

»Ich habe keine Kraft für einen Arbeitskampf. Außerdem … so schwer es mir fällt … vielleicht könnte ich heute gar nicht mehr so gnadenlos Unternehmen beurteilen wie vor der Krankheit. Weißt du, ich hatte im Krankenhaus viel Zeit zum Nachdenken. Ich würde heute lieber mit Kleinanlegern arbeiten, anstatt riesige Konzerne noch reicher zu machen.«

»Jetzt sag bloß nicht, die kleine Avery Davis hat ihr weiches Herz entdeckt?«, zog er sie auf und versuchte sich selbst an einer Serviettenblüte.

»Sehr witzig!«

»Stimmt. Dein Herz ist nach wie vor aus Stein.«

»So ein Quatsch!«

»Du schneidest mich. Du bist noch böse auf mich.«

»Bin ich nicht. Ich hab dich immerhin reingelassen.«

»Alles andere wäre ja auch unterlassene Hilfeleistung gewesen.« Mason hielt die misslungene Blüte hoch und Avery grinste.

»Genau. Ich habe so ein weiches Herz, dass ich sogar den Typen rette, der sich doch an der Klippe erst so richtig wohlfühlt! Das hätte ich nicht gemacht, wenn ich böse auf dich wäre.«

»Beweise es. Geh mit mir aus.«

Sein Blick ruhte auf ihrem Gesicht, und Avery nahm ihm die Serviette ab. Sie ließ die Hände sinken und sah in seine goldbraunen Augen.

»Ich kann nicht«, flüsterte sie.

Kapitel 10

Die Wildtierstation lag außerhalb von Littletree an den ersten Ausläufern der Rocky Mountains. Unter den dichten Ästen des Nadelwaldes duckte sich die Station an das graue Felsgestein, und die Zwinger und Gehege mit ihren Gittern aus Stahl wirkten in dieser Wildnis so unpassend wie eine Zahnspange im Mund eines Teenagers.

Die Wohnung über den Ställen war klein, aber genau das, was Avery brauchte, um wieder zu sich selbst zu finden. Keine schicken Möbel, keine teure Einrichtung, kein Internet oder auch nur Handyempfang. Dafür kuschelige Gemütlichkeit. Sie hatte selbst ein wenig investiert, um die rauen Holzböden mit dicken Läufern zu belegen. Ein neues Sofa mit Decken und Kissen und schöne Bettwäsche für das große Bett im Schlafzimmer. Dazu ein Spiegel und ein Satz Vorhänge für jedes Fenster.

»Bist du sicher, dass du klarkommst?«, fragte Flynn und packte seinen Werkzeugkoffer zusammen, nachdem er die letzte Vorhangstange befestigt hatte.

»Sicher, Dad. Das hier ist ja nicht Seattle.«

»Du hättest nicht ausziehen müssen, um den Job hier anzunehmen«, erinnerte er sie zum wiederholten Male.

»Ich weiß. Aber ich brauche das. Versteh das nicht falsch.

Bei euch ist es super, aber wenn ich wirklich nach vorne schauen will, muss ich auch wieder auf eigenen Beinen stehen. Und hier ist es wirklich toll.« Sie drehte sich im Kreis und genoss ihr neues Heim. »So eine Ruhe!« Sie zwinkerte ihrem Vater zu. »Keiner, der morgens um fünf den Rasen mäht …«

»Es war acht Uhr«, verbesserte er sie schmollend.

»Ich weiß. Aber im Ernst, Dad. Es wird mir guttun, wieder mein eigenes Leben zu führen.«

»Na schön. Du wirst schon wissen, was du tust. Aber wenn du was brauchst, dann …«

»Dann melde ich mich.«

Flynn nickte und nahm seinen Koffer.

»Deine Mutter besteht darauf, dass du am Sonntag zum Essen kommst«, erklärte er streng, als er schon halb die Stufen hinuntergestiegen war.

Eine ganze Weile stand Avery in der Tür und blickte ihrem Vater nach.

Sie holte tief Luft und schloss die Augen. Der Wind wehte durch die Baumwipfel und trug den Duft nach Moos und nassen Blättern mit sich. Ruhe, wie Avery sie seit Jahren nicht empfunden hatte, breitete sich in ihr aus.

Das hier war nicht Seattle. Es war das genaue Gegenteil davon, wie sie sich ihr Leben immer vorgestellt hatte. Und doch fühlte es sich so richtig an.

Sie schloss die Tür und ging langsam durch ihr neues, kleines Zuhause. Ihre Finger fuhren über die glatt geschliffene Tischplatte in der Küche.

Sie versuchte sich Phil in dieser Umgebung vorzustellen, aber sie schaffte es nicht, sich sein Gesicht überhaupt in Erinnerung zu rufen. Er hätte hier vollkommen fehl am Platz gewirkt. Stattdessen drängte sich ein anderes Bild in ihr Bewusstsein. Das Bild eines anderen Mannes – in einer anderen Hütte …

»Wenn meine Eltern herausfinden, dass ich hier bei dir bin, dann bringen sie mich um. Oder dich!«, flüsterte Avery und rückte näher an Masons Körper. Obwohl das Feuer im Ofen der einfachen Jagdhütte bollerte, war es kühl und sie zog die Decke höher über ihre Schultern.

Mason stützte sich auf den Ellenbogen und sah in ihr Gesicht.

»Ist es das nicht wert, dafür zu sterben?«, fragte er schmunzelnd und küsste ihr Schlüsselbein.

Avery lächelte. Mason King konnte gut mit Worten umgehen. Er wusste genau, was sie hören wollte. Dabei fragte sie sich insgeheim, wie viele Mädchen er vor ihr schon hierhergebracht hatte. Schließlich war er der Mädchenschwarm der Schule. Und sie nicht so dumm anzunehmen, sie wäre für ihn etwas Besonderes – auch wenn es sich so anfühlte.

»Du hängst nicht sehr am Leben, oder?«, scherzte sie und schmiegte sich an ihn. Es war verrückt, wie gut er sich anfühlte. Vielleicht hatte er recht und dies war es wert, dafür zu sterben.

»Schon. Aber ich fürchte den Tod wohl nicht so sehr. Ich lebe den Moment, Avery. Und das hier ist doch gerade ein wirklich guter Moment. Mindestens so gut wie gestern und vorgestern. Oder jeder Tag mit dir.«

Das Klopfen an der Tür riss Avery aus ihren Gedanken.

Ohne geöffnet zu haben, wusste sie, wer das war: Todd McCloy wollte sehen, ob sie sich eingelebt hatte und bereit war, ihre neue Aufgabe in Angriff zu nehmen.

Energisch vertrieb Avery die Erinnerungen und öffnete dem grauhaarigen Betreiber der Wildtierstation die Tür.

»Neues Leben – ich komme«, murmelte sie.

Avery arbeitete nun schon seit vierzehn Tagen hier, und abgesehen von dem morgendlichen Plausch mit Todd war sie ganz sich selbst überlassen. Sie reinigte die Gehege und fütterte die Tiere. Dabei leisteten ihr Todds immer müde Hunde gelegentlich Gesellschaft, falls sie ihren Schlafplatz auf der Fußmatte vor dem Eingang mal verließen. An den Abenden schrieb sie Bewerbungen und telefonierte mit Maklern wegen Wohnungen in Seattle. Sie schaute nach vorne, und das verdankte sie vor allem den Tieren hier.

Die Tiere waren wie Avery selbst. Verletzt, ängstlich und allem entrissen, was sie ausmachte. Darum fühlte sie sich ihnen so verbunden. Indem sie ihnen half, half sie sich auch selbst. Die Arbeit an der frischen Luft, die Ruhe und die Anstrengung vermischten sich zu einem heilsamen Elixier.

»Geh weg da, du störrischer Esel!«, schimpfte Avery mit dem grauen Tier, dessen Gehege sie gerade ausmistete. Sie sah auf die Uhr und wischte sich den Schweiß aus der Stirn. Der Esel stupste sie mit der Schnauze in den Rücken.

»Jaja. Ich mach ja schon«, beschwichtigte sie ihn und klopfte ihm den Hals. Die großen gelben Zähne des Tiers reckten sich in Richtung ihrer Futtertasche, und Avery trat einen Schritt zurück.

»Nichts da! Das ist nicht alles nur für dich. Außerdem muss ich hier endlich fertig werden«, erklärte sie dem Esel. »Denn ich bin heute verabredet!«

Der Esel spitzte die Ohren und legte den Kopf schief, als ob er nachdachte.

»Ja, ich weiß, ich hab dir die ganze Woche gesagt, ich gehe nicht hin, aber … aber abzusagen, wär mir jetzt doch irgendwie unhöflich vorgekommen.«

Avery stützte sich auf den Schaft ihrer Schaufel.

»Es gibt einfach keinen plausiblen Grund, NICHT hinzugehen, verstehst du?«

Der Esel trottete gemächlich davon.

»Jaja, geh nur. Frag mich dann aber morgen bloß nicht, wie es gewesen ist!«

Mit einem Seufzen griff Avery wieder nach der Schaufel und lud die letzte Ladung Mist in die Schubkarre. Wenn sie sich beeilte, könnte sie es sogar noch pünktlich schaffen.

Kurz nach sechs parkte Avery ihren Wagen neben zwei überquellenden Mülltonnen auf dem Gehweg. Das Häuschen vor ihr sah solide aus – aber unordentlich. Ein Dreirad stand einsam und verlassen mitten auf dem Gehweg, und ein rostiges Fußballtor lag umgekippt auf der ungemähten Rasenfläche vor dem Haus. Ein Skateboard lehnte an der Hauswand, und über dem Garagentor hing ein Basketballkorb mit eingerissenem Netz.

Zögernd stieg Avery aus und sah noch einmal auf den Zettel mit der Adresse.

»Hallo Avery! Wie schön, dass du es endlich geschafft hast!«, rief Lee-Anne, die gerade aus der Haustür kam und ihr winkend entgegenlief.

Schnell steckte Avery den Zettel weg.

»Hi Lee-Anne!« Avery nahm die Flasche Wein, die sie als Geschenk mitgebracht hatte, aus dem Auto.

Lee-Anne, die wieder den kleinen Stanley auf dem Arm hatte, neigte sich zu einer schnellen Umarmung zu Avery herüber, ehe sie sich nach einem Spielzeugauto bückte, das auf dem Rasen lag.

»Entschuldige die Unordnung, aber ich komm den Jungs einfach nicht hinterher.« Sie lachte. »Na, sie sind ja auch zu dritt. Da bräuchte ich sechs Arme, um mithalten zu können.«

Sie strich sich die Haare auf den Rücken und kickte einen Ball von der Haustreppe. Stanley wand sich auf ihrem Arm.

»Ball, Ball!«, rief er und reckte die Arme nach dem geforderten Spielzeug.

»Jetzt nicht, Stan. Morgen wieder«, entschied Lee-Anne und griff nach seinen Händen, ehe die protestierend nach ihr schlagen konnten.

»Komme ich ungelegen?«, fragte Avery und blieb in der Haustür stehen. Die Geräuschkulisse im Inneren war enorm. Auf der Couch vor dem Fernseher saßen zwei Jungs und spielten ein Videospiel. Die Kabel ihrer Controller hingen quer über dem Tisch, und sie untermalten ihre krachenden Maschinengewehrsalven mit lautem Gekreische.

»Brandon!«, rief Lee-Anne und griff nach der Fernbedienung. »Mach das mal leiser! Wir haben Besuch!«

»Och menno!«

Er warf seiner Mutter einen bösen Blick zu und schoss unbeirrt weiter.

»Komm in die Küche, Avery. Da können wir uns wenigstens unterhalten.« Lee-Anne ging voraus, ohne sich darum zu kümmern, dass Brandon schon wieder lauter gemacht hatte.

Unsicher folgte Avery ihrer alten Bekannten, und tatsächlich war es in der Küche deutlich ruhiger. Doch die Unordnung hatte auch vor diesem Raum nicht haltgemacht. Mehrere Töpfe standen auf dem Herd, ein Gewürzstreuer lag umgekippt hinter einem Topflappen, und die Tageszeitung war zerfleddert und vom Tisch auf die Eckbank gerutscht. Zwei angebrochene Flaschen Saft standen in der Tischmitte, direkt neben einem überquellenden Einkaufskorb.

»Ich … ich habe wirklich den Eindruck, ungelegen zu kommen«, wiederholte Avery und deutete auf das Chaos.

Lee-Anne setzte Stanley ab und drückte ihm ein abgelutschtes Butterbrötchen in die Hand.

»Unsinn. Hier geht's immer so zu. Das ist normal. Lass dich davon einfach nicht stören.«

»Ja, nein, das … das stört mich nicht. Ist halt … lebhaft.«

Lee-Anne lachte und fing an, den Korb auszuräumen.

»Ja, das kann man wohl sagen. Aber ich liebe es. Es ist genau das, was ich mir immer erträumt habe. Anthony und ich haben echt Glück gehabt.«

Avery setzte sich auf die Eckbank und betrachtete die Familienfotos, die an der Wand darüber hingen. Bilder in kunterbunten Rahmen, von verschiedener Größe und Form. Ein Junge mit Schultasche – vermutlich Brandon. Ein Baby mit einem riesigen Stofftier im Arm und Lee-Anne mit den drei Jungs auf einem Schlitten. Viele weitere Bilder zeigten die Veränderung innerhalb der Familie, und Avery verspürte einen tiefen Stich der Eifersucht.

Wie von selbst glitt ihre Hand an ihren Bauch.

Das Glück ihrer Freundin Lee-Anne würde ihr immer verwehrt bleiben. Das Chaos, der Lärm, aber auch die Freude, die sie aus jedem dieser Bilder anlachte, würde Avery nie erleben können. Weil ein Tumor es ihr genommen hatte. Die Entfernung ihrer Eierstöcke und der Gebärmutter hatte zwar ihr Leben gerettet, aber jede Hoffnung auf so eine Zukunft zerstört.

»Du trinkst doch einen Kaffee, oder?«, fragte Lee-Anne und wischte mit einem Spüllappen die Krümel vom Tisch, ehe sie sich zu Avery setzte. »Ich mach uns gleich einen – muss nur mal kurz durchschnaufen.«

Auch Avery musste erst durchatmen, denn das pralle Leben, dem sie hier ausgesetzt war, traf sie wie ein Schlag. Natürlich war ihr längst bewusst, was die rettende Operation für Folgen und Auswirkungen auf den Verlauf ihres weiteren Lebens hatte, trotzdem war es ihr nie mit so schmerzlicher Deutlichkeit bewusst gewesen, was ihr verwehrt bleiben würde. Sie sah sich um, und im Grunde war dies alles gar nicht das, was sie sich vorgestellt hatte. Sie hatte nie von drei Jungen geträumt, die ihr die Bude zerlegten und ihre Socken überall herumliegen ließen. Von Ballerspielen am PC und verschwitzten Fußballtrikots, aber … hätte sie so ein Leben nicht vielleicht doch glücklich gemacht?

Glücklicher, als sie es jetzt war?

Es hatte keinen Sinn, sich darüber jetzt noch den Kopf

zu zerbrechen. Schließlich hatte sie sich schon vor dem Krebs für ihre Arbeit entschieden. Hatte der Karriere den Vorzug vor Familie gegeben. Dennoch ließ sich die Bitterkeit, die Avery empfand, nicht einfach so vertreiben.

»Nein danke …«, sagte sie kopfschüttelnd und fuhr sich verlegen durch die kurzen Strähnen. »Ich … mir fällt gerade ein, dass … ich etwas sehr Wichtiges vergessen habe.«

Stanley kam auf sie zu und drückte ihr das zerkaute Brötchen in die Hand, und Avery bemühte sich um ein Lächeln. Der Kleine war richtig süß, wie er so in seiner Latzhose und mit den butterglänzenden Lippen vor ihr stand.

»Du willst doch wohl nicht schon wieder gehen?«, fragte Lee-Anne überrascht.

»Nein, ich würde … gerne noch bleiben, aber … ich muss dringend noch mal zur Wildtierstation hoch, weil …«

Avery suchte nach einem Grund. Sie strich die Kunststofftischdecke glatt und sah auf ihre zitternden Finger hinab.

Sie war ein Wrack. Es fiel ihr nicht schwer, sich das einzugestehen. Vor ihr saß ihre ehemalige Schulfreundin und war mehr als nur nett zu ihr, und sie wollte nur noch weg! Sie hatte bei ihrer Therapie offenbar nicht nur die Gebärfähigkeit, sondern auch jegliche soziale Kompetenz eingebüßt.

Sie suchte noch nach einem Grund für den plötzlichen Aufbruch, als Lee-Annes Mann Anthony in die Küche kam.

Anthony hatte spanische Wurzeln. Zu Schulzeiten war er sehr beliebt bei den Mädels gewesen, denn seine bronzefarbene Haut und die dunklen Haare verliehen ihm einen exotischen Touch. Heute trug er einen ziemlichen Schmerbauch vor sich her und hatte einen Großteil seiner ehemaligen Haarpracht eingebüßt. Er trug eine blaue Arbeitshose mit aufgenähten Flicken am Knie und ein kariertes Hemd.

»Ich konnt's nicht glauben, als Lee-Anne mir gesagt hat, wer uns heute besuchen kommt«, rief Anthony, gab seinem

Sohn einen Kuss und reichte Avery freundschaftlich die Hand.

»Hi Anthony. Wie geht's?«, begrüßte sie ihn, obwohl er ihre Flucht vorerst vereitelte.

»Gut, gut. Aber ist das nicht ein Zufall, dass du und Mason genau zur gleichen Zeit mal wieder hier in Littletree aufschlagt?« Er ging zum Kühlschrank und nahm eine Bierflasche heraus. »Da frag ich mich gleich, ob die alte Wette eigentlich noch läuft. Du erinnerst dich doch noch, oder?«

Das Blut stieg Avery in die Wangen, und sie rieb nervös die Hände aneinander. Lee-Anne schien das Verhalten ihres Mannes nicht unangenehm zu sein, denn sie sah Avery genauso interessiert an wie er.

»Sicher«, stammelte Avery. »Wie … wie könnte ich die Wette vergessen?«

»Das waren noch Zeiten, was?«, kicherte Lee-Anne und hob den kleinen Stanley auf ihren Schoß.

Es war unfassbar. Avery sah zwischen den beiden hin und her und hätte am liebsten einen Schrei losgelassen. Verstanden sie denn nicht, dass schon damals diese Wette ein unverzeihliches Eindringen in ihre Privatsphäre gewesen war? Und dass es heute, wo sie längst keine Kinder mehr waren, noch sehr viel unpassender war, die Sache überhaupt anzusprechen?

»Ja, also …«

»Mason war ja so überzeugt, dass er dich rumkriegt«, erklärte Anthony grinsend. »Wir haben uns schlappgelacht, als er wie ein getretener Hund seine Wettschulden beglichen hat. Du hast uns eine gute Stange Geld eingebracht, Avery!«, sagte er lachend und hielt sich seinen schwabbelnden Bauch.

»Aber …?« Avery schüttelte verwirrt den Kopf. Was redete Anthony da?

»Du hast Masons Glückssträhne damals beendet!«, fuhr er gut gelaunt fort. »Vor dir hat er jedes Mädel ins Bett bekommen. Nach der Wette hat er es ja nicht mal mehr versucht!«

Avery sah Lee-Annes Mann aus schmalen Augen an. Sie hatte keine Ahnung, wovon er sprach. Zum Glück musste sie nicht nachfragen, denn Anthony redete ungeniert weiter.

»Mich würde ja echt interessieren, was er gesagt oder getan hat, als du ihm einen Korb gegeben hast«, lachte er und knuffte Lee-Anne amüsiert in die Seite. »Wir haben echt lange gedacht, du hättest ihn kastriert, weil er seinen kleinen King danach überhaupt nicht mehr zum Einsatz gebracht hat!«

Angewidert über Anthonys obszöne Redeweise schüttelte Avery den Kopf. In Erinnerungen an die guten alten Zeiten zu schwelgen, war wohl nicht so ihr Ding. Besonders, wenn sie dabei ihr Liebesleben vor diesem gealterten Highschool-Helden offenlegen sollte. Avery kam ins Schwitzen. Sie musste irgendwie das Thema wechseln – und hier so schnell wie möglich verschwinden.

»Weißt du, Anthony … ich … ich kann mich überhaupt nicht mehr so genau an alles erinnern. Ist doch ewig her, und … und so spannend war das ja auch nicht. Erzählt mir lieber, warum ihr so jung geheiratet habt.«

Zum Glück sprang Lee-Anne auf das neue Gesprächsthema an.

»Weißt du, ein gutes Jahr nach dem Abschluss kam ja schon Brandon auf die Welt – da mussten wir ja …«

»Wisst ihr was, ich lass euch Mädels jetzt wieder allein«, unterbrach Anthony sie. »Grüß mir Mason – und sag ihm, er kriegt sein Geld auch dann nicht zurück, wenn er bei dir doch noch zum Zug kommt.« Sein schallendes Lachen war noch zu hören, als er schon durch die Hintertür hinausgegangen war.

Avery verstand noch immer nicht, was er gemeint hatte. Warum hatte Mason ihm Geld für die Wette bezahlt?

Darüber würde sie sich später Gedanken machen. Jetzt wollte sie den Moment nutzen, um selbst zu verschwinden. Die peinlichen Fragen und der Lärm, der aus dem Wohnzimmer drang, bereiteten ihr Kopfschmerzen.

Entschlossen erhob sie sich und nickte Lee-Anne bedauernd zu. »Danke für die Einladung, aber ich …« Sie sah ins Wohnzimmer, wo noch immer lautstark gezockt wurde, und zurück. »Ich sollte jetzt auch besser gehen.«

»Aber Avery!«, rief Lee-Anne, setzte Stanley in den Kinderstuhl und eilte Avery zur Tür hinterher. »Wir hatten ja noch gar keine Gelegenheit, die guten alten Zeiten wieder aufleben zu lassen«, rief sie enttäuscht.

»Tut mir wirklich leid, Lee-Anne. Wir holen das nach. Beim nächsten Mal.«

Avery wusste, dass es ein nächstes Mal so schnell nicht geben würde. Dieses pralle Leben – es war ihr zu viel. Und die Vergangenheit lag hinter ihr. Sie wollte keinen alten Brei mehr aufwärmen. Es quälte sie, Lee-Annes Kinder zu sehen und sich dabei immer vor Augen zu führen, dass ihr das verwehrt blieb.

Sie hatte gehofft, die alte Bekanntschaft würde ihr guttun, aber zwischen ihrem Leben und dem von Lee-Anne lagen Welten. Was sie früher einst verbunden hatte, war längst verschwunden. So wie ihre lange Mähne.

Kapitel 11

Avery wischte sich den Schweiß von der Stirn und streckte den Rücken durch. Jeder Muskel tat ihr weh, denn sie hatte seit dem Morgen alle Käfige ausgemistet. Ihr Magen knurrte, als sie die Heugabel erschöpft in den Heuballen neben sich rammte.

»Eine ganz schöne Plackerei, was?«, rief Todd und kam zu ihr geschlendert. Er zog sich die Kappe vom Kopf und rieb sich die Stirn.

»Das kann man wohl sagen«, stimmte Avery zu. »Aber langsam gewöhne ich mich daran. Ich war heute schon deutlich schneller als in den letzten Wochen.«

»Tut dir gut, was?« Er setzte sich auf den Heuballen und holte sich einen Apfel aus der Schürzentasche. Den rieb er am Hosenbein, bis er rot glänzte. Dann reichte er ihn Avery.

»Ja. Ich war ja am Anfang zu schwach, auch nur die Schubkarre zu bewegen. Jetzt fühle ich mich wie Hulk!«

Sie biss in den Apfel und lehnte sich gegen die Stallwand.

»Was ist denn ein Hulk?«

Avery lachte und genoss den fruchtigen Saft, der ihr über die Lippen rann.

»Ach, nichts. Das war nur ein Spaß.«

»Wie lief denn eigentlich dein Vorstellungsgespräch neulich? Ist hoffentlich gut gelaufen, wenn du dafür schon extra nach Seattle geflogen bist«, brummte Todd, besorgt, seine Helferin schon bald wieder zu verlieren.

»Ich hoffe, ich habe trotz meiner Nervosität einen guten Eindruck bei den Leuten von der Bank gemacht. Aber es waren noch einige andere Bewerber da – und soweit ich sehen konnte, hatte von denen keiner kürzlich eine Chemo.« Avery zuckte mit den Schultern und knabberte weiter an ihrem Apfel.

»Ich würde mich ja für dich freuen, Mädel, aber wenn du hierbleibst, freut es mich noch mehr«, gab Todd lachend zu.

Avery grinste ihn an. »Hier ist es ja auch echt nicht schlecht. Ich komme langsam wieder zu Kräften«, gab sie kauend zurück.

»Genau wie der angefahrene Präriehund. Den will ich heute noch auswildern«, sagte Todd. »Er macht sich ganz gut. Ich denke, dass es Zeit ist, den dicken Nager wieder freizulassen.«

Avery knabberte am Kerngehäuse herum, ehe sie den Rest einfach hinter sich in die Büsche warf.

»Soll ich mitkommen?«, fragte sie. Es war schön zu sehen, wie Tiere, denen sie geholfen hatte, zurück in ihren Lebensraum fanden. Sie konnte gut die anfängliche Scheu verstehen, die jedes dieser Tiere empfand, wenn sich die Gitter der Transportboxen öffneten und der Freiheit nichts mehr im Wege stand. Es kostete Mut, sich dem Leben zu stellen. Das wusste sie, denn bei ihrem Vorstellungsgespräch hatte sie gezittert wie Espenlaub, und es war ihr schwergefallen, über den Grund ihres Ausscheidens aus ihrem alten Job zu sprechen. Welchen Eindruck sie gemacht hatte, wollte sie lieber gar nicht wissen.

»Nein. Ich schaff das schon. Wird nicht lange dauern. Und dann gehe ich hinüber zu Miss Crofton. Wir üben in ihrem Wohnzimmer für den Tanzabend.«

Avery schmunzelte. Sie hatte gar nicht gewusst, dass Todd so gesellig war – oder ein Tänzer.

»Soso, Miss Crofton also?«, neckte sie ihn und zwinkerte ihm verschwörerisch zu.

Unter seinem grauen Bart wurde der alte Wildhüter rot und winkte ab.

»Wir tanzen nur. Wie soll man seine alten Tage sonst verbringen? Und mich soll der Teufel holen, wenn sich Frank Smith erneut den Titel ertanzt. Er bekommt seine klapprigen Glieder doch kaum mehr in die Luft.«

»Ich sehe schon. Der Konkurrenzkampf bei diesem Tanzabend ist der pure Wahnsinn!«

»So ist es, Mädel. So ist es! Vielleicht solltest du auch das Tanzbein schwingen. Aber mach dir keine Hoffnung zu gewinnen. Miss Crofton hat einen unschlagbaren Hüftschwung!«

Avery lachte noch, als Todd schon den Präriehund in die Transportbox sperrte und sich auf den Weg machte.

Natürlich hatte sie nicht vor, zu dem Tanzabend auf dem Marktplatz zu gehen, aber Miss Croftons Hüftschwung hätte sie doch gerne gesehen.

Als Avery endlich ihre Fütterungsrunde beendet hatte und den Wassereimer zurück an den Hahn hängte, sah sie auf der gewundenen Straße, die zur Wildtierstation heraufführte, einen rostroten Pick-up näher kommen.

Sie erkannte den Wagen, und ihr Herz schlug schneller.

Hektisch riss sie sich die alte Arbeitsschürze vom Leib und zupfte sich die Haare zurecht, ehe der Pick-up in die Einfahrt bog.

Die Seitenscheibe war heruntergekurbelt und Masons Ellbogen hing lässig heraus. Sein Lächeln verwandelte Averys Knie in Butter und sie trat unwillkürlich näher.

»Was machst du denn hier?«, fragte sie, als er ausstieg. Er hatte einen Cowboyhut auf dem Kopf und dunkelbraune Chaps über der Jeans.

»Hi Avery.« Er umrundete das Fahrzeug und öffnete die Heckklappe. »Wir fangen an, die Rinder von der Bergweide zu treiben. Dabei haben wir das hier in einer Bärenfalle gefunden.«

Er schlug die Plane zurück und hob ein kraftloses Rehkitz von der Ladefläche.

»Oh Gott!«, keuchte Avery und eilte an seine Seite. Behutsam strich sie dem Kitz über die viel zu schnell pochende Halsschlagader. Ihr Blick heftete sich auf das verletzte Hinterbein.

»Ich bin kein Tierarzt! Ich kann ihm nicht helfen!«, erklärte sie aufgebracht, als Mason zielstrebig mit dem Reh auf den Stall zuging.

»Du weißt so gut wie ich, dass ein Tierarzt sagt, wir sollten es erlösen. Es ist viel zu jung, um ohne seine Mutter zu überleben. Der Hinterlauf ist sein kleinstes Problem.«

Avery hatte Mühe, mit ihm Schritt zu halten.

»Das sehe ich anders.«

»Todd kennt sich mit so was aus«, beharrte Mason und legte das Reh auf eine mit frischem Heu ausgestreute Box.

»Todd ist nicht da. Du musst es zu einem Tierarzt bringen.«

»Ich habe ihn von unterwegs aus angerufen. Er kommt gleich noch mal her«, erklärte Mason unbeirrt.

Avery ging neben ihm in die Hocke und untersuchte die Verletzung. Das Kitz lag reglos im Heu, die Augen vor Angst weit aufgerissen.

»Kannst du das sauber machen?«, fragte Mason und deutete auf die Verletzung, die von der rostigen Bärenkralle herrührte. »Der Knochen scheint nicht gebrochen, was ein echtes Wunder ist«, erklärte er und strich dem Tier beruhigend über die Flanke.

Avery wollte widersprechen, aber endlich schien das Kitz zur Ruhe zu kommen. Der fliegende Puls des kleinen Wesens zitterte nicht mehr ganz so stark. Vermutlich würde ein weiterer Transport das Tier unnötig quälen. Darum stand sie auf, um die Tasche mit dem Verbandszeug zu holen.

»Wenn es stirbt, ist es deine Schuld!«, warnte sie Mason und kniete sich neben ihn. Vorsichtig wusch sie die Wunde aus, trug Jodtinktur auf und wickelte einen sauberen Verband um das schlanke Hinterbein. Sie spürte, dass Mason sie beobachtete – und das ließ ihre Hände zittern.

»Du machst das toll«, flüsterte er, ohne seine beruhigenden Streicheleinheiten zu unterbrechen.

Ein Schauer rann Avery über den Rücken. Mason war ihr nah. Sehr nah. Sie spürte die Wärme seines Körpers, seinen Atem auf ihrer Haut und seinen Blick in ihrem Rücken. Es war verrückt, aber in ihrer geteilten Sorge um das Reh, hier, im frischen Heu und im Dämmerlicht, das durch das grob gezimmerte Dach fiel, fühlte sie sich ihm unerklärlich verbunden. Beinahe so, als schlugen ihre Herzen im selben Takt. Beinahe so wie in den wenigen Wochen gemeinsamen Glücks in jenem lang vergangenen Sommer, als er und sie …

»Verdammt!« Das Reh zuckte und ihr entglitt der Mullstreifen. Sie musste sich konzentrieren! Als es ihr schließlich gelang, ihre zitternden Finger stillzuhalten und den Verband zu befestigen, lehnte sie sich zurück und sah Mason an. Ein geheimnisvolles Funkeln lag in seinem Blick. Er lächelte zufrieden.

»Es muss trinken«, erklärte Avery, um irgendetwas zu sagen. Um einen Grund zu haben, seiner Nähe zu entkommen. Sie wollte aufstehen, um eine Saugflasche zu holen, aber Mason hielt sie am Arm zurück.

»Es schläft. Das Wasser kann warten. Es braucht Ruhe.«

Und was ist mit meiner Ruhe, wollte Avery fragen, denn er verwirrte ihre Sinne. Seine Hand auf ihrem Arm verursachte ihr eine Gänsehaut, und sie hoffte, er würde nicht erkennen, wie sehr ihr Herz schlug.

Um den Abstand zwischen ihnen zu vergrößern, lehnte sich Avery zurück an die Wand und streckte die Beine aus. Mason tat es ihr nach.

»Was machst du?«, fragte sie.

»Ich warte. Und du?«

»Du musst nicht warten. Sicher hast du noch etwas anderes …«

»Ich bleibe, bis ich weiß, dass es trinkt«, unterbrach er sie.

»Das kann Stunden dauern. Oder sollen wir es doch wecken?«

Er lächelte und schob sich den Hut vom Kopf.

»Nein. Wir warten, bis es aufwacht. Ich habe Zeit. Und du?«

Avery überlegte fieberhaft, was sie sagen sollte. Sie wollte unter keinen Umständen stundenlang neben Mason im Heu sitzen. Dafür traute sie ihren eigenen Gefühlen viel zu wenig über den Weg. Was, wenn … wenn seine Nähe Erinnerungen weckte? Und Sehnsüchte?

Mit einem Mal fühlte sie sich verwundbarer als das Kitz.

»Ich habe … ich habe eigentlich noch zu tun. Bewerbungen und so …«

Ihr Blick hing an Masons verführerischen Lippen und ihre Stimme zitterte.

»Du willst also immer noch zurück nach Seattle?«

»Hier gibt es für mich nichts«, gab sie zurück und mied seinen Blick.

»Wirklich gar nichts?«, raunte er.

»Hör schon auf!«, fuhr sie ihn an und gab sich geschlagen. »Dann warten wir eben.«

Eine ganze Weile versuchte Avery, Masons Anwesenheit zu ignorieren. Sie starrte stur auf das schlafende Jungtier.

»Gefällt es dir hier oben nicht? Ich meine, weil du weiter Bewerbungen schreibst?«, fragte Mason schließlich.

Widerwillig hob Avery den Blick. Ein Fehler, denn sein echtes Interesse machte ihn noch attraktiver. Sein Blick war offen, und der gewohnt überhebliche Zug um seinen Mund war einem sanften Lächeln gewichen.

»Doch. Danke, dass du mir von dem Job erzählt hast. Ich mag Todd sehr gerne, und die Arbeit mit den Tieren ist toll. Es ist erstaunlich erfüllend.« Avery sah sich im Stall um. Heustaub tanzte im Licht, das durch die Decke fiel wie goldener Flitter. Es roch warm nach Tieren, und der Puls des kleinen Rehs machte ihr bewusst, wie kostbar das Leben war. Nicht, dass sie das nicht wüsste.

»War nicht ganz uneigennützig«, gab Mason schmunzelnd zu. »Ich habe befürchtet, du gehst sofort zurück nach Seattle, wenn du hier nichts findest.«

»Gefürchtet? Das klingt ja so, als würde es dir etwas ausmachen.«

»Vielleicht tut es das ja?«

Er zwinkerte, und Avery fühlte sich wieder wie damals auf der Highschool. Highschool … ihr kam ein Gedanke.

»Sag mal, Mason …« Sie zögerte. »Ich habe mich neulich mit Lee-Anne und Anthony getroffen.«

»Krasser Themenwechsel, Avery.« Er lachte. »Ist das die Art, wie man in Seattle einen unwillkommenen Flirt beendet?«

»Ich wusste nicht, dass du mit mir flirtest«, konterte Avery, und Mason hob gespielt entsetzt die Augenbrauen.

»Was? Das hast du nicht mitbekommen? Dabei habe ich wirklich versucht, deutlich zu sein.«

Avery lachte und spürte die Schmetterlinge in ihrem Bauch schon die Flügel spreizen. Dabei war das Letzte, was sie wollte, noch einmal auf seine Sprüche reinzufallen.

»Idiot!« Avery versuchte, cool zu bleiben. »Warum verschwendest du deine Energie denn an mich, wo doch in Littletree bestimmt etliche Mädchen nur auf dich warten?«

Mason grinste. »Sehr schmeichelhaft, deine Vermutung, aber … vielleicht will ich ja keine Mädchen?«

»Wusste nicht, dass du seit Neuestem auf Kerle stehst. Aber wenn ich so darüber nachdenke …«, Avery verschluckte sich beinahe an ihrem Kichern, »dann kommt das auch nicht gerade überraschend. Das erklärt dieses ganze Cowboy-Getue.«

Sie hob schützend den Arm, als Mason eine Ladung Heu in ihre Richtung warf.

»Lass das!«, rief sie und zupfte sich die Halme vom Shirt. Sie wagte es nicht, ihn anzusehen, denn das Funkeln in seinem Blick war zu gefährlich.

»Muss ich dich küssen, um dir zu zeigen, wie falsch du liegst?«, fragte er zuckersüß und neigte sich in ihre Richtung.

»Wehe, du …«

»Kinder? Wo seid ihr? Wo ist das Reh?«, scholl Todds Ruf durch den Stall, gefolgt von näher kommenden Schritten.

Schnell sprang Avery auf. Sie spürte, wie ihr das Blut in die Wangen stieg, und sie fragte sich, was Todd wohl denken mochte, sie hier mit Mason im Heu vorzufinden.

Mason war die Ruhe selbst und stand gemächlich auf, um dem alten Wildhüter Platz zu machen. Der kurze Blick, den er Avery dabei zuwarf, machte sie ganz schwindelig. Wenn es nach ihm ging, waren sie offenbar mit dem Thema noch nicht durch.

Doch es ging nicht nach ihm! Avery räusperte sich entschlossen und wandte ihre Aufmerksamkeit auf Todd und das Kitz.

»Ich hab die Wunde gereinigt. Sie ist wirklich nicht besonders tief. Ich mache mir nur Sorgen, weil es so furchtbar schwach ist.«

Todd kniete sich auf den Boden und tastete das Tier ab.

»Ist erst ein paar Wochen alt. Müsste noch gesäugt werden. Wo hast du es gefunden?«

Mason klopfte sich den Hut gegen den Schenkel.

»Oben an der Westweide. Dort, wo Vater im letzten Jahr so viele Rinder an die Bären verloren hat. Wir hatten diesen Sommer ständig Jungs dort draußen, um die Rinder zu schützen.

Und das ist das Ergebnis.«

Todd verzog mürrisch das Gesicht und richtete sich schließlich auf.

»Wenn es eine Woche hier übersteht, können wir es nächste Woche im Freigehege äsen lassen. Dazu Milch aus der Flasche … dann sollten wir es in spätestens drei Wochen freilassen können. Es muss zu seinen Artgenossen, sonst lernt es nicht, sich in der Wildnis zurechtzufinden.«

Todd nahm ein kleines Fläschchen aus seiner Tasche und zog eine Spritze auf, die er dem Tier verabreichte.

»Antibiotika – gegen eine mögliche Entzündung. Mehr können wir jetzt nicht machen.«

Er stand auf und schloss die Tür der Box sorgfältig ab. Dann strich er sich über den grauen Bart und nickte Avery zu.

»Ich geh dann wieder. Will nicht länger stören. Außerdem wird sich Miss Crofton schon fragen, wo ich bleibe.«

So schnell, wie er gekommen war, zog Todd McCloy wieder von dannen, und Avery und Mason blieben etwas verlegen zurück.

»Todd und Miss Crofton?« Mason grinste. »Das wusste ich ja noch gar nicht.«

»Sie tanzen offenbar nur zusammen«, erklärte Avery. »Nächsten Monat ist doch der Tanzabend auf dem Marktplatz.«

»Willst du hingehen?«

Avery sah ihn erstaunt an. »Ich?«

Er tat so, als sähe er sich um. »Wer sonst?«

Schnell hob Avery die Hände. »Nein – auf keinen Fall! Ich bin froh, dass ich niemandem über den Weg laufe, seit ich hier oben wohne. Was denkst du, was die Leute tratschen würden?«

Mason grinste. »Du solltest deine Wohlfühlzone mal verlassen. Ich könnte dich begleiten.«

Avery schüttelte energisch den Kopf. »Nein danke! Ich verzichte.«

Mason verzog bedauernd die Lippen. »Weißt du, Avery … ich kann mich echt lange auf einem bockenden Bullen halten. Ich steig auf – und bleib oben. Ich bin da richtig gut. Aber du wirfst mich ab, noch ehe ich auch nur daran denke …«

Avery lachte. »Was? Ehe du auch nur daran denkst, mich zu besteigen?«

Mason grinste und seine Augen funkelten amüsiert.

»Klingt verlockend – aber ich wollte sagen, dass du blockst, noch ehe ich mich dir auch nur nähere.«

Avery zuckte mit den Schultern, weil sie nicht wusste, was sie sagen sollte. Mason war sonst nie so direkt. Und sie genoss das Geplänkel mit ihm viel zu sehr. Die Schmetterlinge in ihrem Bauch fingen tatsächlich an, mit den Flügeln zu schlagen. Das war gefährlich.

»Ich bin eben keine deiner Trophäen, Mason.«

Er sah sie an, und Avery bedauerte beinahe, die Stimmung zum Kippen gebracht zu haben.

»Stimmt. Das bist du nicht.« Er setzte sich den Hut auf und schlenderte zu seinem Pick-up.

»Tja, dann …« Avery fühlte sich befangen.

»Ich … muss los«, sagte Mason. »Die Rinder treiben sich ja nicht von selbst aus den Bergen.« Dann wandte er sich noch mal um und lächelte Avery an. »Du bist vielleicht keine meiner Trophäen, aber auch du hinterlässt deine Spuren auf meiner Haut.«

Kapitel 12

Müde griff Avery sich die Saugflasche mit Milch und machte sich auf den Weg zu dem Kitz. Sie war erschöpft. Ihr Kopf brummte und die Arbeit mit den Tieren strengte sie heute sehr an.

»Das ist alles die Schuld von diesem Mason!«, maulte sie und rieb sich die Schläfen. Sie hatte die ganze Nacht nicht geschlafen. Dieser Cowboy war ihr einfach nicht aus dem Sinn gegangen. Sein angedrohter Kuss hatte sie verfolgt.

Avery öffnete die Stalltür. Bis jetzt hatte das Kitz sich noch nicht dazu überreden lassen zu trinken, und das beunruhigte Avery zusätzlich. Nachdenklich beugte sie sich über die Absperrung und beobachtete es. Reglos lag es im Heu. Man sah kaum das Heben und Senken der Brust bei der Atmung. Es war so schwach wie Avery kurz nach der Chemotherapie.

»Hallo? Ist da jemand?«, erklang ein Ruf von vor dem Stallgebäude.

Das Kitz zuckte zusammen. Avery stellte die Flasche beiseite und wischte sich die Finger an der Jeans ab.

»Hier«, gab sie halblaut zurück, um ihren Schützling nicht noch mehr zu beunruhigen, und ging dem Besucher entgegen.

Sie versuchte sich die Überraschung nicht anmerken zu lassen, als sie sah, wer sie hier außerhalb des Ortes besuchte.

»Du hättest dich nicht noch weiter im Nirgendwo verkriechen können, oder?«, meckerte Carrie atemlos und lehnte sich schwer schnaufend gegen ihr Fahrrad. Die roten Strähnen hingen ihr verschwitzt in die Stirn.

»Bist du mit dem Rad hier raufgefahren?« Avery hob überrascht die Augenbrauen. Der Anstieg zur Wildtierstation hatte es ordentlich in sich.

»Getragen hab ich's ja wohl kaum«, gab Carrie schnippisch zurück.

Avery rollte mit den Augen. »Ich dachte, Dad lässt dich nicht mehr aus dem Haus, bis du einundzwanzig bist?«

»Sehr witzig, Avery!« Carrie lehnte ihr Rad gegen den dicken Stamm einer Kastanie und wischte sich den Schweiß von der Stirn.

»Jetzt mal im Ernst, Carrie. Was machst du hier? Du bist doch hoffentlich nicht von zu Hause abgehauen, oder?«

Carrie winkte ab. »Quatsch. Auch wenn das mal 'ne Idee wäre.« Sie sah sich neugierig um. »Ich war echt noch nie hier oben. Super Aussicht!«

Dem konnte Avery nur zustimmen. Man sah bis über Littletree hinaus.

»Wegen der Aussicht bist du aber nicht hier. Also, was ist los? Wenn das hier länger dauert, dann musst du mit in den Stall. Ich hab Arbeit.«

Carrie zuckte mit den Schultern. »Mach ruhig. Ich komm mit und schau dir zu.«

»Du könntest mir helfen«, schlug Avery vor und hielt Carrie die Stalltür auf.

»Vergiss es. Ich bin immer noch sauer auf dich!«, meinte diese.

Avery sah ihre Schwester schmunzelnd an. »Ach, wirklich? Was du nicht sagst. Wär mir gar nicht aufgefallen.«

Sie stieg über die Holzabsperrung zu dem Reh in die Box und nahm sich die Flasche. Behutsam trat sie näher und setzte sich zu ihm ins Heu.

»Oh Gott, ist das süß!«, flüsterte Carrie und beugte sich über die Absperrung.

Avery nickte. »Ja, aber es will einfach nicht trinken. Todd sagt, dass es sterben wird, wenn es nicht bis heute Abend etwas zu sich nimmt.«

»Scheiße!« Carrie kletterte ebenfalls über die Absperrung. »Und was machst du jetzt?«

»Ich versuche, Geduld zu haben – aber du kennst mich. Mir kann es nie schnell genug gehen.«

Sie versuchte, den Saugstutzen in die Schnauze des Kitzes zu stecken, aber das drehte fiepend den Kopf weg.

»Verdammt!« Avery biss sich auf die Lippe. »Ich weiß nicht, was ich noch machen soll. Es will diesen scheiß Gummisauger einfach nicht annehmen.«

»Soll ich's mal probieren?«, schlug Carrie hilfsbereit vor und setzte sich neben Avery.

»Klar, warum nicht?«

Sie reichte ihr die Flasche, etwas skeptisch, ob nicht allein die grellrote Haarfarbe ihrer Schwester das Reh zu Tode erschrecken würde.

»Mach langsam, es ist sehr scheu«, flüsterte sie, als Carrie näher rückte.

Die streckte zaghaft die Hand aus und strich dem Patienten über den Hals. »Es ist so süß!«

Avery lächelte. Bambi brachte offenbar auch bei ihrer halbstarken Schwester das weiche Herz zum Vorschein.

Wie bei Avery zuvor, wandte das Reh aber auch bei Carries Versuch, den Sauger in die Schnauze zu stecken, den Kopf ab. Es quäkte leise und presste sich flach ins Heu.

»Es sucht Schutz«, murmelte Avery ratlos.

Carrie runzelte die Stirn. Dann spritzte sie sich etwas von der Milch über die Finger.

»Was machst du?«

»Ich versuch was.« Sie rieb ihre milchigen Finger über die Schnauze des Kitzes. Es wehrte sich, versuchte aufzustehen, aber Avery drückte es sanft zurück ins Heu.

»Das gefällt ihm nicht.«

Carrie schien sich eine andere Reaktion erhofft zu haben, goss sich aber erneut Milch in die Hand.

»Ich weiß. Aber ich glaube, es mag nur den Sauger nicht. Es kennt so was ja auch nicht.«

Wieder rieb Carrie dem Reh die milchige Hand an die Schnauze. Sie zwängte ihre Finger in das Maul, bis etwas von der Milch hineinlief.

Das Reh schüttelte den Kopf, leckte sich aber über die Schnauze.

»YES!« Carrie strahlte. »Gleich wird es merken, wie lecker das ist!«

Tatsächlich hob das Kitz witternd den Kopf. Schnell wiederholte Carrie die Prozedur – und diesmal wich das Kitz nicht zurück, als sie ihre Hand an seine Schnauze rieb.

»Klasse, Carrie!«, lobte Avery.

Sie half dem Tier, seinen Kopf zu heben, bis es hungrig nach Carries Fingern suchte.

»Es klappt!«, rief Carrie euphorisch, und auch Avery ließ sich von dem Glücksgefühl anstecken. Ihr Herz klopfte schneller, ihr Puls flog nur so dahin. Es war, als kämen das Leben und die Kraft wie eine Windbö zu ihnen in die Box gefegt.

Avery benetzte nun den Sauger mit Milch und nach kurzem Zögern nahm das Kitz ihn an. Schmatzend und kleckernd leerte es die ganze Flasche, ehe es erschöpft zurück ins Heu sank.

Glücklich und erleichtert schloss Avery ihre Schwester in

die Arme. »Ich bin stolz auf dich, Carrie. Das hast du wirklich toll gemacht.«

Sie spürte, wie Carrie sich versteifte. »Ach … das …«

»Sei still und freu dich. Ich will jetzt keine bockige Antwort hören!«

Sie presste Carrie an sich, bis sie die Umarmung murrend erwiderte.

Ein leises Lachen aus dem Boxengang ließ sie auseinanderfahren.

»Wenn das so einfach ist, sag ich das das nächste Mal auch zu dir.« Mason King trat aus dem Schatten und lehnte sich lässig gegen einen Balken. Er grinste die beiden Schwestern an.

»Hast du mich erschreckt!«, schimpfte Avery und fuhr sich unbewusst durch die Haare. Ihre Jeans wies Milchflecken auf und Heu hing an ihrem Shirt. Carrie sah nicht viel besser aus. Mason grinste. Es gefiel ihm, Avery aus der Ruhe zu bringen. Sie sah zauberhaft aus mit dem Heu im Haar und dem Schmutzstreifen auf der Wange. Kurz beneidete er das verwundete Kitz um Averys Zuneigung, denn ihm war schon wieder einmal nur ein wütender Blick vergönnt.

Avery hatte Mason nicht erwartet und fühlte sich überhaupt nicht bereit, ihm nach ihrer schlaflosen Nacht gegenüberzutreten. Außerdem gehörte es verboten, wie gut er immer aussah. In seiner einfachen Jeans, den schwarzen Stiefeln und dem grau melierten Shirt kam er sehr natürlich und sehr sexy rüber. Seit wann fand sie Cowboys eigentlich sexy? Sollte sie nicht vernünftig sein und Männer in Anzügen und mit richtigen Karrieren bevorzugen? Männer, die genau wie sie Karriere machen wollten?

»Ich wollte nicht stören«, unterbrach Mason ihre Überlegungen und deutete auf das Kitz.

»Was will der denn hier?«, schnaubte Carrie genervt und kletterte über die Absperrung aus der Box, um möglichst viel

Distanz zwischen sich und Mason zu bringen. Avery hätte es ihr gerne nachgetan, wollte aber keine Schwäche zeigen.

»Wüsste nicht, dass ich mich einem Kind erklären muss«, gab er zurück und erntete von Carrie dafür einen giftigen Blick.

»Könnt ihr euch nicht vertragen?«, versuchte Avery zu schlichten, wurde aber ignoriert.

»Dein Bruder hält mich nicht für ein Kind!«, rief Carrie und ballte die Hände zu Fäusten.

Mason lachte, aber ehe er etwas erwidern konnte, schlug Avery ihm warnend an die Schulter.

»Lass sie.« Sie funkelte Carrie an. »Und du reiß dich zusammen. Was ist nur los mit euch?«

Mason machte ein unschuldiges Gesicht und Carrie stampfte fluchend aus dem Stall.

»Sind das die Hormone?«, fragte er grinsend und reichte Avery hilfsbereit die Hand, als sie über die Absperrung stieg.

Sie sah ihn an und musste sich eingestehen, dass sie sich freute, ihn zu sehen – auch wenn er keinen Anzug trug. Aber das musste er ja nicht wissen.

»Nein, nicht die Hormone – die Kerle!«, erklärte sie deshalb. »Wo immer ihr auftaucht, gibt es Ärger.«

»Das könnte man über euch Frauen aber auch sagen.«

Mason hielt ihre Hand länger als nötig. Sein Blick war eindringlich.

»Ihr könntet euch von uns fernhalten«, schlug sie vor und befreite ihre Finger aus seinem Griff.

»Was wäre das Leben ohne Ärger?«

Sein Lachen ließ ihr Innerstes kribbeln, als sie ihrer Schwester folgte. Sie hörte Masons Schritte hinter sich, wagte es aber nicht, auf ihn zu warten. Warum zum Teufel musste er sie so verwirren? Sein Besuch würde sie vermutlich wieder eine Nacht Schlaf kosten!

Avery trat in die Herbstsonne und fand ihre Schwester am

Baumstamm neben ihrem Rad lehnend. Als sie sie sah, schob sie den Drahtesel Richtung Straße.

»Ich hau ab. Dad denkt bestimmt eh schon, dass ich irgendwo mit zig Kerlen 'ne Orgie feiere, weil ich so lange weg bin. Dabei hat er mich ja selbst hergeschickt.« Sie fasste ihre rote Mähne zum Zopf zusammen. Dann sah sie Avery kühl an. Der Moment des schwesterlichen Friedens war offenbar vorüber. »Phil ruft nämlich ständig bei uns an. Er sagt, er hat dir auf die Mailbox gesprochen. Vielleicht meldest du dich mal bei ihm, damit Dad aufhört zu meckern.«

Sie schwang ihr Bein über den Sattel und radelte den Hang hinunter.

Avery spürte Panik in sich aufsteigen. Sie hatte seit Tagen nicht an Phil gedacht. Und nun kam sie sich deshalb beinahe schäbig vor. So, als hätte sie und nicht er ihrer Beziehung den Todesstoß versetzt. Als würden ihre schlaflose Nacht und die Gedanken an Mason sie zur Betrügerin machen.

»Verdammt!«, brummte sie und kickte einen Steinbrocken mit dem Fuß davon.

»Phil?« Mason musterte sie. »Wer ist denn Phil?«

»Niemand!« Sie kniff die Lippen zusammen. Dann zuckte sie mit den Schultern und deutete die Stufen hinauf. »Ich mach mir 'nen Tee. Willst du auch einen?«

Ohne auf eine Antwort zu warten, ging sie hinauf und ließ die Tür hinter sich offen.

Als sie Wasser in die Kanne füllte, hörte sie, wie die Tür geschlossen wurde.

»Wer ist Phil? Dein Freund? Du hast gesagt, du hast keinen.« Mason warf sich auf die Couch und streckte die Stiefel von sich. Er schien sich wie daheim zu fühlen, und Avery wurde unruhig unter seinem brennenden Blick.

»Das geht dich nichts an, Mason.«

Er hob abwehrend die Hände und fuhr sich durchs Haar.

Eine lässige Bewegung, die Avery viel zu sehr an früher erinnerte. Früher, wo das allein ausgereicht hatte, sie zum Seufzen zu bringen.

»Hey, ganz ruhig. Wir quatschen nur. Ich bin ja kein Reporter von der Times. Ich frag nur so … vollkommen ohne Hintergedanken.«

»Haha!« Avery zündete den Herd an und stellte die Kanne auf die Flamme. »Als hättest du jemals was ohne Hintergedanken gemacht.« Sie sah ihn an. »Ich glaube sogar, dass wir nie auch nur ein einziges Gespräch geführt haben, ohne dass du damit einen bestimmten Zweck verfolgt hast.«

»Das ist nicht wahr. Und du weißt das.«

Avery schüttelte den Kopf und setzte sich ihm gegenüber in den Sessel.

»Das ist wohl wahr! Ich sag nur: die Wette!«

Mason kniff die Augen zusammen. Er wirkte zerknirscht.

»Darauf wirst du ewig herumreiten, oder? Dabei hab ich schon gesagt, dass ich ein doofer Junge war, der noch idiotischere Freunde hatte. Sie haben mich angestachelt – und ich habe mich hundertfach bei dir entschuldigt!«

»Warum denkt Anthony, du hättest die Wette verloren?«, platzte Avery heraus.

Am liebsten hätte sie sich auf die Zunge gebissen. Sie hatte sich diese Frage die ganze Nacht über gestellt – aber Mason darauf anzusprechen, war etwas anderes. Es war etwas anderes, weil sie nicht wusste, warum ihr die Antwort so wichtig war.

Mason erstarrte. Sein Puls beschleunigte sich und er fragte sich, warum er nie mit dieser Frage gerechnet hatte. Warum hatte er keine Antwort parat?

»Wer sagt das?«, fragte er, um Zeit zu gewinnen.

»Na, Anthony. Ich habe ihn und Lee-Anne neulich besucht. Und du kannst dir sicher meine Überraschung vorstellen, als er mir erzählt hat, wie witzig er und deine Kumpels es fanden, dass du bei mir abgeblitzt bist.«

Er fühlte sich unter Averys analysierendem Blick nicht gerade wohl. Nervös stand er auf. Er rieb sich die Wangen und trat zur Tür. Diese dumme Wette! Noch immer stolperte er über seine Fehler von früher. Er konnte Avery nicht antworten. Nicht jetzt. Denn er war Mason King. Er zeigte keine Schwächen – besonders nicht vor einer Frau, die tiefere Wunden reißen konnte als jeder Bulle.

Er fasste den Türknauf so fest wie das Bullrope.

»Das ist lange her, Avery.« Er gab sich lässig. »Und Anthony hatte schon immer ein schlechtes Gedächtnis. Du weißt ja wohl sehr gut, dass ich nicht abgeblitzt bin, oder?«

Sein Grinsen war überheblich, so, wie Avery es kannte, aber seine Worte klangen ungewohnt scharf. »Ich muss los. Bin ja eigentlich nur wegen dem Reh hergekommen.«

»Du musst nicht …« Avery sprang auf und der Wasserkessel pfiff schrill. Sie zögerte, sah zum Herd, und als sie sich umdrehte, war sie allein.

Sie stellte die Kochplatte ab, aber die Lust auf einen Tee war ihr vergangen. Sie wollte nur noch eines: ins Bett. Doch nun würde ihr auch noch Phil den Schlaf rauben!

Kapitel 13

Als Avery am nächsten Morgen in den Stall kam, um das Kitz zu füttern, wusste sie, dass sie nicht allein war. Ein Viehtransporter parkte in der geschotterten Zufahrt, und Todds Hunde lagen dösend auf der Fußmatte zum Büro des Wildhüters. Die Bezeichnung ›Büro‹ war allerdings etwas übertrieben für den fensterlosen Raum hinter der Futterkammer. Aber es war eben der Ort, an dem Todd seine Papiere ordnete und Telefonate führte.

Trotzdem war sie überrascht, ihn hier im Stall reden zu hören.

Neugierig ging sie weiter, bis sein krummer Rücken im karierten Flanellhemd zu sehen war.

»Es war richtig, dass du es hergebracht hast. Es macht sich heute schon deutlich besser. Ich habe gerade die Wunde kontrolliert und muss sagen …«

»Mason?« Avery traute ihren Augen nicht. Was wollte der denn schon wieder hier?

»Hi Avery.« Er tippte sich an den Cowboyhut. Ein Funkeln lag in dem kurzen Blick, mit dem er sie streifte.

»Ach, guten Morgen, Avery«, grüßte auch Todd. »Ich fahr heute den Esel zu den Millers. Sie nehmen ihn und haben versprochen, gut auf ihn zu achten.« Er kratzte sich am Kinn. »Ab morgen also eine Box weniger zu säubern.«

Avery verstand kaum die Hälfte von dem, was Todd sagte. Sie hatte nur Augen für Mason, der so tat, als beachte er sie überhaupt nicht. Er kaute lässig auf einem Grashalm herum und beobachtete andächtig das Reh vor ihm in der Box.

»Ja, das ähm … der Esel! Super!« Sie verschränkte die Arme vor der Brust, was mit der Milchflasche in der Hand gar nicht so einfach war. »Aber was macht er denn schon wieder hier?«

»Mason?« Todd schien gerade erst aufzufallen, dass der Besucher Avery verwirrte. »Ich hab ihn um Hilfe gebeten. Die Kings haben einen passenden Viehtransporter.«

»Wegen dem Esel – und den Millers …«, ergänzte Mason spöttisch.

Avery kam sich dumm vor – und er wusste das. Er wusste, dass sie angenommen hatte, er sei wegen ihr hier. Das Blut stieg ihr in die Wangen und sie hätte ihm am liebsten für sein überhebliches Grinsen die Milchflasche um die Ohren gehauen.

»Pass nur auf, dass die Millers dich nicht auch gleich behalten wollen – offenbar haben sie ja Verwendung für Esel!«, raunte Avery Mason zu. Todd griff sich ein Seil und ging davon – vermutlich, um den anderen Esel zu holen.

»Du bist ganz schön frech.« Mason grinste.

»Und du bist gestern sehr schnell gegangen. Ich hätte ja fast gesagt, der furchtlose Rodeo-Reiter hat die Flucht ergriffen.«

»Ich hatte zu tun.«

»Sicher!«

Avery stieg über die Abtrennung und untersuchte das Rehkitz. Es stand zum ersten Mal auf eigenen Beinen, auch wenn es das verwundete Bein nicht belastete. Als es die Milchflasche sah, drängte es sich gierig an Avery und schnappte nach dem Sauger.

»Es sieht schon besser aus«, sagte Mason.

»Ja.« Avery lächelte und klopfte dem Kitz zärtlich die

Flanke. »Es hat gestern noch fünf ganze Flaschen getrunken.«

»Klingt fast so, als hättest du dann nicht gerade viel Zeit gehabt, dich um deinen Phil zu kümmern«, spottete er und nahm den Grashalm aus dem Mund.

Avery runzelte die Stirn. »Er ist nicht mein Phil. Nicht mehr, wenn du es genau wissen willst!«

Das Reh saugte schmatzend an der Flasche und Avery kraulte es zwischen den Ohren.

Masons Blick folgte ihren Bewegungen.

»Armer Phil – ist er noch einer von den Kerlen, die deinen hohen Ansprüchen nicht genügen?«

Avery lachte bitter. »Meinen Ansprüchen? Willst du mir etwa sagen, es wäre zu viel verlangt, dass ein Typ nicht mit seinen Freunden darum wettet, ob er mich ins Bett bekommt, oder dass er mich nicht mit der Büroschlampe betrügt, während ich um mein Leben kämpfe?« Die Flasche war leer und Avery stieg wieder aus der Box. Direkt vor Mason blieb sie stehen und sah ihm in die Augen. »So hoch sind meine Ansprüche nicht – aber ich denke, das kann ich schon erwarten!«

Sie wartete keine Antwort ab, sondern griff sich die Mistgabel und folgte Todd, denn was immer Mason zu seiner Verteidigung vorbringen würde, wäre nur verletzend.

Sie horchte, ob er ihr nachkam, aber das tat er nicht. Stattdessen kam ihr Todd mit dem Esel an der Leine entgegen.

»Wir sind so weit. Bis später, Mädel.«

Sie tätschelte dem Esel ein letztes Mal das Fell, froh, dass hier endlich wieder Ruhe einkehrte. Denn was nützte einem ein Rückzugsort in den Bergen, wenn es dort zuging wie auf dem Time Square?

Gespannt wartete sie, bis sie den Motor starten hörte. Erst dann erlaubte sie sich, ihrer Schwäche nachzugeben. Mit zitternden Knien lehnte sie sich im verlassenen Eselpferch gegen die Wand.

Wie sollte sie jemals neu anfangen, wenn die Geister ihrer Vergangenheit sie einfach nicht in Ruhe lassen wollten? Erst Mason und jetzt auch noch Phil!

Sie schüttelte den Kopf und fuhr sich energisch mit den Händen durchs Haar. Es wurde langsam länger und war inzwischen leichter zu stylen. Zumindest gelang hier der Neuanfang.

Und Mason irrte sich. Ihre Ansprüche waren nicht zu hochgesteckt. Das Leben war zu kurz für Kompromisse, das wusste sie jetzt. Wenn jemand wie er, der sein Leben vollkommen sinnlos aufs Spiel setzte, das nicht verstand, dann konnte sie ihm auch nicht helfen.

»Vermutlich ist er einmal zu oft auf den Kopf gefallen«, murmelte sie bitter.

In den nächsten Tagen schien sich das Wetter Averys Stimmung anzupassen. Dichte Wolken verdunkelten den Himmel und ein Regenschauer folgte auf den anderen. Stürmische Böen pfiffen durch den Stall und brachten eine ungemütliche Feuchtigkeit mit sich, die einem bis unter die Haut zu dringen schien. Der einzige Lichtblick war das kleine Reh. Ihm ging es von Tag zu Tag besser – ganz im Gegensatz zu Avery. Die vielen Stunden im kalten Stall forderten ihren Tribut. Ihr Hals schmerzte, ihre Nase lief und sie verspürte einen ständigen Druck im Kopf. Sie hatte sich eine fiese Erkältung eingefangen.

»Geh schon!«, murmelte sie heiser, als Bambi nur zögernd in das Freigehege trat. Es konnte schließlich nicht ewig in der kleinen Box liegen. Es musste sich bewegen und sich auf die Auswilderung vorbereiten. Und dazu gehörte eben etwas Wasser von oben.

Auch Avery hatte davon heute schon genug abbekommen und eine Gänsehaut überzog ihren Körper. Sie brauchte dringend eine heiße Dusche – oder noch besser ein heißes Bad. Nur hätte sie dafür zu ihren Eltern fahren müssen, denn den Luxus einer Badewanne ließ ihre bescheidene Behausung leider vermissen.

Doch zu ihren Eltern zu fahren, kam schon allein wegen Phil nicht infrage. Noch zwei Mal hatte ihr Vater Carrie geschickt, um sie über dessen unaufhörliche Anrufe zu informieren. Offenbar brauchte er eine Unterschrift von ihr. Natürlich hätte sie ihn anrufen können. Aber gerade jetzt, so kränklich und heiser, wollte sie das auf keinen Fall tun. Sie würde nicht noch einmal sein Mitleid oder seinen Ekel aufgrund ihrer Schwäche ertragen. Immerhin hatte er sie deshalb verlassen.

Sie nieste und schob mittlerweile ungeduldig das Reh in den Regen, ehe sie das Gatter schloss.

»Es ist nur Wasser!«, sagte sie zu ihm und schlang die Arme um ihren Körper.

Wegen der dichten Wolken war es unmöglich zu sagen, wie spät es war, aber Avery fühlte sich so müde, als wäre es bereits Abend.

Sie schleppte sich die Treppe zu ihrer Wohnung hinauf und wäre am liebsten so, wie sie war, ins Bett gefallen. Zitternd vor Kälte schälte sie sich aus ihren nassen Klamotten und stieg unter die Dusche. Doch selbst das heiße Wasser schaffte es nicht, die Kälte aus ihren Knochen zu vertreiben. Zum ersten Mal seit Langem griff sie wieder zu Schmerztabletten. Die Chemo hatte ihren Körper nachhaltig geschwächt. Und irgendwo tief in ihrem Unterbewusstsein lauerte die Angst, dass hinter einer einfachen Erkältung auch mehr stecken konnte.

Als Avery am nächsten Morgen Todds Jeep vor dem Stall hörte, zwang sie sich aus dem Bett. Ihre Knie zitterten und der Raum drehte sich um sie, als sie sich mitsamt ihrer Bettdecke zur Tür schleppte.

»Todd?«, krächzte sie heiser die Stufen hinunter. »Toooodd!«

Ein Hustenanfall begleitete ihren Ruf und sie klammerte sich an der Tür fest.

Unter ihr kam der Wildhüter aus dem Stall und reckte den Kopf in ihre Richtung.

»Avery? Was ist denn los? Warum ist im Stall noch nichts …« Als er sie sah, eilte er die Treppe herauf. »Himmel, Mädel! Du siehst ja furchtbar aus.«

»Sehr freundlich.« Avery gab sich tapfer. »Ich bin ein weinig erkältet. Vielleicht sollte ich heute besser …«

Todd dirigierte sie rückwärts in die Wohnung. »Du gehst mal schön wieder in dein Bett. So, wie du aussiehst, erschreckst du mir ja die Viecher. Soll ich dich zum Arzt bringen oder irgendwas anderes für dich machen? Ich könnte Miss Crofton bitten, sich um dich zu kümmern.«

»Unsinn!«, wehrte Avery die überschwänglichen Hilfsangebote ab. »Ist doch nur eine Erkältung. Morgen geht's mir bestimmt schon besser. Ich fühl mich heute nur nicht so besonders.«

Todd sah sie skeptisch an und hob mahnend den Finger. »Na, wenn du meinst, Avery. Dann ruh dich jetzt aus. Ich kümmere mich um alles – und du wirst mir gefälligst schnell wieder gesund. Schließlich müssen wir schon bald das Reh auswildern.«

»Keine Sorge, Todd. Ich bin bald wieder auf den Beinen. Und ich würde mir doch nie entgehen lassen, wie Bambi zurück in die Freiheit entlassen wird. Ich will unbedingt dabei sein!«

»Das will ich meinen, Mädel. Und jetzt leg dich hin. Ich mach mich an die Arbeit. Bin 'ne Weile hier, falls du noch was brauchst.«

Avery lächelte ihn dankbar an, war aber froh, als er die Tür wieder hinter sich schloss und sie mit einem neuen Päckchen Taschentüchern zurück in ihr Bett konnte.

Diese Erkältung war wirklich fies.

»Dass du auch immer die Starke spielen musst!«, schimpfte Sue zwei Tage später. Sie stand am Kopfende der Couch und sah wütend und besorgt auf Avery herab. »Wenn Todd nicht zufällig ins Café gekommen wäre, wüssten wir überhaupt nicht, dass es dir schlecht geht!«

Avery schob das Fieberthermometer von unter der Zunge in die Wange, wagte aber nicht, es herauszunehmen.

»Weil eine Erkältung kein Grund ischt, alle in Aufruhr zu versetschen!«, verteidigte sie sich, während Sue missbilligend die leeren Instantsuppen-Becher vom Wohnzimmertisch sammelte.

»Ich bin deine Mutter! Warum lässt du dir nicht helfen? Und wie willst du wieder zu Kräften kommen, wenn du nur diesen Quatsch hier isst?«

»Mir geht es schon besser!« Avery nahm das Thermometer heraus und verzog das Gesicht. Ihre Temperatur war deutlich erhöht.

»Du hast Fieber!«, widersprach Sue und legte ihr die Hand an die Stirn. »Du nimmst jetzt eine Tablette und legst dich wieder hin. Und ich koche dir was Ordentliches!«

»Musst du nicht ins Café?«

»Rosie schafft das schon.«

»Ich schaff das auch«, murmelte Avery, als sie von Sue energisch ins Schlafzimmer manövriert wurde.

»Natürlich schaffst du das – ich bin ja jetzt hier!«

Avery rollte mit den Augen, legte sich aber gehorsam ins Bett und ließ sich die Decke bis über die Schultern ziehen.

»Ich hätte in Seattle bleiben sollen«, murrte sie und Sue fasste lachend nach ihrer Hand. Sie setzte sich neben Avery auf die Matratze und sah ihr ernst ins Gesicht.

»Du ahnst nicht, wie schlimm es für mich war, ausgeschlossen zu sein, als es dir so schlecht ging. Ich habe mich immer gefragt, was wir falsch gemacht haben, weil du uns nicht bei dir haben wolltest.« Sues Lippe zitterte.

»Oh, Mom!« Avery drückte tröstend die Hand ihrer Mutter. »Ihr habt doch nichts falsch gemacht!«, versicherte sie ihr heiser. »Ich wollte euch doch nur nicht beunruhigen. Ich wollte nicht … dass ihr so eine Angst habt, wie ich sie hatte.«

»Und du denkst, so hatten wir keine Angst? Unser Baby kämpft gegen den Krebs – und wir sollen keine Angst haben?«

»Vielleicht war das dumm, aber ich wollte nicht, dass ihr mich so anseht, wie Phil mich ständig angesehen hat. Als wäre ich kein Mensch mehr, sondern eine Todgeweihte. Als wäre ich ansteckend …«

Sue drückte fest ihre Hand. »Sprich nicht von diesem Dummkopf! Ich kann noch immer nicht fassen, wie sehr wir uns in ihm getäuscht haben!«

Avery kniff die Lippen zusammen. Obwohl sie selbst genau die gleiche Wut verspürte, schaffte sie es trotzdem nicht, ihn so hart zu verurteilen. Viele Menschen verspürten Hemmungen im Umgang mit Kranken. Viele wussten nicht, wie sie sich verhalten sollten, wenn das Schicksal zuschlägt. Phil war eben einer von ihnen. Und er hatte für sich eine Entscheidung getroffen. Wie sollte sie ihm das vorwerfen? So war das Leben.

»Dein Vater regt sich übrigens immer noch auf, weil der Kerl nicht aufhört, bei uns anzurufen, obwohl wir ihm gesagt haben, dass du nicht mehr da wohnst.«

Avery runzelte die Stirn. »Er ruft immer noch an?« Sie schüttelte den Kopf. »Er will wohl irgendeine Unterschrift …«

»Er hat nichts zu wollen! Er soll dich in Ruhe lassen!«

»Na komm schon, Mom. Du klingst ja schon wie Dad. Phil und ich haben uns wie Erwachsene getrennt. Wir haben einen sauberen Schlussstrich gezogen. Könnt ihr euch nicht dementsprechend verhalten?«

Sue tat so, als blicke sie aus dem Fenster, und verkniff sich eine Erwiderung. Das ließ Avery schmunzeln. Sie war müde, aber es war schön, nicht noch einen Tag allein zu verbringen.

Vielleicht hatte ihre Mutter sogar recht. Vielleicht hätte sie ihre Unterstützung schon früher zulassen sollen.

»Was machen eigentlich deine Bewerbungen?«, wechselte Sue das Thema. »Muss ich damit rechnen, dass du uns schon bald wieder verlässt?«

»Ich denke nicht.« Avery verzog das Gesicht. »Das Bewerbungsgespräch war zwar ganz nett, aber ich war so aufgeregt, dass ich mir echt nicht vorstellen kann, dass sie gerade mir den Job anbieten werden. Es gab viele weitere Bewerber.«

Sue strich ihr liebevoll über die Hüfte. »Wenn sie dich nicht einstellen, sind sie Dummköpfe!«, flüsterte sie und lächelte ihre Tochter aufmunternd an.

Avery schloss die Augen und kuschelte sich in die Decke. Der Zuspruch ihrer Mutter tat gut, auch wenn sie gerade nicht einmal sagen konnte, ob eine Zusage von der Bank sie wirklich glücklich machen würde. Irgendwie hatte sie sich an die Arbeit mit den Tieren gewöhnt. Und an Littletree. Und – so schwer es ihr fiel, das zuzugeben – an die Nähe zu Mason King.

»Wie läuft es eigentlich mit Carrie?«, fragte sie, um nicht mit dem Gedanken an diesen Cowboy einzuschlafen.

Sue schnaubte. »Frag lieber nicht.«

Avery zwang sich, ein Lid zu heben. »Warum? Was ist denn jetzt schon wieder?«

Sue schüttelte den Kopf. »Nichts Spezielles. Aber dein Vater hat ihren Hausarrest aufgehoben, und sofort hängt sie sich wieder an diesen Jungen ran.«

Avery lächelte müde. »Sie ist eben verliebt.«

»Es wäre schön, wenn sie dir etwas ähnlicher wäre. Du warst immer so vernünftig. Um dich haben wir uns nie Sorgen machen müssen.«

Das Lachen, das aus Averys rauer Kehle stieg, schmerzte. »Ach Mom«, murmelte sie. »Wenn du wüsstest …«

Kapitel 14

Mason zog den Sattelgurt fest und klopfte der braunen Stute liebevoll auf die Flanke. Sie reckte den Kopf nach seiner Hand auf der Suche nach einer Leckerei.

»Erst kommt die Arbeit«, erklärte Mason und griff nach den Zügeln. Er führte die Stute auf den im frühen Morgenlicht bläulich schimmernden Hof. In einiger Entfernung waren schemenhaft die anderen Reiter auszumachen. Die Silhouette seines Vaters Levi war leicht zu erkennen, denn er stand in den Steigbügeln und gab Anweisungen. Der Atem stieg den Pferden in der kalten Morgenluft als Dampf aus den Nüstern.

Mason konnte sich ein Schmunzeln nicht verkneifen. Viele der Viehtreiber arbeiteten seit Jahren für die Kings. Sie wussten genau, was zu tun war. Trotzdem ließ Levi King es sich nicht nehmen, die Truppe anzuführen.

Mason kontrollierte ein letztes Mal den Gurt unter dem Pferdebauch. Als er wieder aufsah, bemerkte er eine Bewegung auf der Veranda der Farm. Im Licht, das durch die Fenster nach draußen fiel, stand seine Mutter, die Hände in die Hüften gestemmt. Sie wirkte wütend, aber Mason konnte nicht erkennen, mit wem sie sprach. Vermutlich war Aaron nicht glücklich darüber, im Morgengrauen in die Berge reiten zu müssen. Neugierig führte er sein Pferd näher heran. Ihn selbst störte die Uhrzeit nicht im Geringsten. Er mochte es, wie ihm die Kälte unter den Mantel kroch, und er freute sich darauf, wie sich die Luft verändern würde, wenn in einigen Stunden die Sonne aufging, und auf den Himmel, der dann rot glühend über den Bergen erstrahlen würde. Außerdem mochte er die Gemeinschaft. So ein großer Viehtrieb wie der heutige war echte Teamarbeit, und es fühlte sich grandios an, Hunderte Rinder vor sich herzutreiben. Aber er konnte sich auch daran erinnern, dass er in Aarons Alter Besseres zu tun gehabt hatte.

Er verzog das Gesicht. Dumme Wetten auf Mädchen zum Beispiel.

»Du weißt, dass wir unseren Sohn immer unterstützt haben, also komm mir jetzt nicht so, Cody!«, hörte er seine Mutter schimpfen.

Irritiert blieb Mason stehen und horchte. Alisa trat ans Geländer der Veranda und gab damit den Blick auf Cody frei. Der trug ebenfalls einen Mantel, sah aber dennoch nicht so aus, als hätte er vor, sich der Gruppe anzuschließen. Er war klar und deutlich zu verstehen. In seiner Wut hatte er die Stimme erhoben:

»Für die Finals reicht eure Unterstützung nicht! Er kann es sich nicht erlauben, tagelang mit diesen Cowboys durch die Berge zu ziehen. Er muss trainieren!«

»Wir wissen, wie wichtig die Finals für ihn sind. Er wird selbst wissen, wann und vor allem wie viel er dafür trainieren muss. Aber er weiß zum Glück auch, wann er hier zu Hause gebraucht wird. Und in den nächsten drei Tagen braucht ihn sein Vater!«

»Das sind drei verlorene Tage, nur um eine Handvoll Kühe zu fangen!«, schimpfte Cody.

»Zum Teufel mit dir, Cody! Du weißt sehr gut, dass es keine Handvoll ist. Wir brauchen jeden Mann.«

Mason kniff die Lippen zusammen. Es ärgerte ihn, dass Cody seine Mutter so in Rage versetzte.

»Und du weißt sehr gut, dass ihn dieser Tornado nur deshalb aufgespießt hat, weil er sein Training vernachlässigt hatte! Ich werde nicht zulassen, dass das noch mal passiert!«

Alisa schüttelte resigniert den Kopf.

»Denkst du, ich will, dass sich das wiederholt? Das will ich nicht! Es war der schlimmste Tag meines Lebens, das kannst du mir glauben. Aber dass er an diesem Tag abgeworfen wurde, lag nicht an seinem Training. Und das weißt du. Er war abgelenkt.«

»Stimmt. Weil ihr ihm unbedingt erzählen musstet, dass diese Nachbarin krank ist!« Cody fuhr sich durchs Haar und schüttelte den Kopf. »Als wäre das so wichtig gewesen. Dieser Sturz hat ihn einen Sponsorenvertrag mit MillerCoors gekostet.«

»Ich habe Mason nicht einmal darüber jammern hören, dass er diesen Deal nicht machen konnte«, wies Alisa Cody zurecht. »Die Farm wirft genug ab. Er braucht die Einnahmen der Rodeos nicht. Irgendwann wird er in die Fußstapfen seines Vaters treten und diesen Leichtsinn hoffentlich an den Nagel hängen.«

Mason hatte genug gehört und führte das Pferd bis an die Veranda. Die Streithähne bemerkten ihn und verstummten. Alisa kam die Stufen herab und strich dem Pferd über die Blesse.

»Seid ihr so weit?«, fragte sie und ließ ihren Blick über die Reiter am anderen Ende des Hofs schweifen.

Mason nickte und zog sich den Hut vom Kopf. Er knetete die Hutkrempe.

»Jep. Wir brechen gleich auf. Kommt Aaron mit?«

»Er muss irgendwo bei deinem Vater sein. Er war heute der Erste, der das Haus verlassen hat.«

»Wenn dein Bruder mitreitet, kannst du ja hierbleiben«, mischte Cody sich ein und lehnte sich ans Geländer. »Das Training ruft!«

Erst jetzt bemerkte Mason den beigefarbenen Lendengurt, der über Codys Schulter hing.

»Wir trainieren, wenn ich zurück bin. Aber nicht damit!«

Cody rollte mit den Augen und strich über den Gurt.

»Willst du wieder Sand fressen?«, versuchte er Mason zu provozieren. »Wieder im Dreck landen? Oder lieber ordentlich trainieren und gewinnen?«

Masons Blick verfinsterte sich. Manchmal fragte er sich, warum er sich überhaupt mit Cody abgab. Sein Freund hatte sich verändert.

»Wir haben hier Pferde, die für Rodeos gezüchtet und trainiert sind. Sie sind aufs Bocken konditioniert und brauchen keinen Lederriemen, der sie reizt. Du weißt ganz genau, wie ich dazu stehe, und trotzdem bringst du dieses Ding hier an.«

»Es ist nur dann unangenehm für die Pferde, wenn man den Gurt zu fest anlegt!«, verteidigte sich Cody.

»Hier gibt es so etwas nicht!«, mischte Alisa sich streng ein und funkelte beide Männer zornig an. »Mit solchen Mitteln bringt man den ganzen Sport in Verruf!« Sie nahm Cody kurzerhand den Gurt von der Schulter, drehte sich auf dem Absatz um und stapfte mitsamt dem Gurt ins Haus. Mason hätte wetten mögen, dass sie ihn direkt in die Mülltonne beförderte. Wütend über die Auseinandersetzung wandte er sich an Cody: »Was meinst du, warum ich darauf verzichte, auf irgendwelchen Hinterhof-Rodeos mitzumachen? Das Preisgeld kann mich nicht locken, wenn die Veranstaltungen zulasten der Tiere gehen.«

Cody hob abwehrend die Hände und trat einen Schritt zurück. »Du bist offenbar mit dem falschen Fuß aufgestanden«, sagte er mürrisch. »Mach, was du willst, spiel ein paar Tage den Cowboy, wenn du das brauchst, aber ich sag dir eines, Mason: Wenn du die Finals …«, er rang nach Worten, »… wenn du Las Vegas verbockst, dann muss ich mir einen anderen Kandidaten suchen. Hal Kimzey hat mich angefragt – und der Junge hält sich ebenfalls wacker im Sattel. Ich sehe da echtes Potenzial.«

Mason schnaubte und setzte zum Zeichen, dass das Gespräch beendet war, den Hut auf. Die Reiter hinter ihm brachen auf und das vielfache Hufgeklapper ließ den Boden erzittern. Auch Mason zog sich in den Sattel und blickte resigniert auf seinen Freund hinunter.

»Du musst tun, was du tun musst«, sagte er. »Und ich auch. Ich denke, du brauchst nicht auf meine Rückkehr zu warten. Fürs Training brauche ich dich hier in Littletree nicht. Fahr zurück und kümmere dich um die Vorbereitungen für Vegas.«

Er wartete Codys Antwort nicht ab, sondern zog am Zügel und wendete das Pferd. Er grub die Fersen in die Flanken und hatte es mit einem Mal eilig aufzubrechen.

Im Galopp schloss er zu den Männern auf und setzte sich neben seinem Vater und Aaron an die Spitze der Truppe.

Levi lächelte ihn durch seinen dichten Bart an, und wie so oft, wenn sein Vater diesen schwarzen, pelzgefütterten Mantel trug, kam er ihm vor wie ein Grizzly. Das dunkle Haar, der Vollbart und die kräftige Gestalt mit den Gewehren am Sattel verliehen ihm eine beängstigende Wirkung. Selbst Aaron, dessen jugendlich-sportliche Figur eher schlank war, sah mit den ledernen Caps an den Hosenbeinen und dem knielangen Ledermantel viel erwachsener aus.

»Was denkst du, wie lange werden wir diesmal brauchen?«, fragte Mason seinen Vater und wickelte sich den Zügel locker um die Hand.

Der zuckte mit den Schultern. »Wenn das Wetter hält – und uns die Bären keinen Ärger machen … vielleicht drei Tage. Ein Felsüberhang ist abgegangen und blockiert die übliche Route. Wir müssen über den Eagle-Pass ausweichen. Das wird uns Zeit kosten.«

Mason nickte nachdenklich. Drei Tage im Sattel waren hart. Besonders zu dieser Jahreszeit. Andererseits würde ihm die Auszeit vielleicht helfen, seine Gefühle zu ergründen, denn auch wenn Cody ihm den Buckel runterrutschen konnte, hatte er, was die Ablenkung anging, vermutlich recht. Mason ertappte sich ja selbst immer wieder dabei, wie er an Avery dachte. Es wäre so viel einfacher für ihn gewesen, wenn sie mit ihrem abgemagerten Hintern in Seattle geblieben wäre.

Er wandte sich im Sattel um und ließ den Blick über das im Morgenlicht dösende Städtchen schweifen. Vom Haus der Davis nahe der Kings-Farm bis hinüber zu den grauen Felshängen, wo sich die Wildtierstation im dichten Nadelwald verbarg. Um diese Zeit lag Avery bestimmt noch in ihrem Bett, die Decke bis an die Nasenspitze gezogen und …

»Pass auf, wohin du reitest!«, murrte Aaron und trat Mason mit dem Stiefel ans Bein.

Er blinzelte und richtete seine Aufmerksamkeit auf den Pfad. Drei Tage schienen ihm nicht annähernd genug, um den Kopf frei zu bekommen.

Kapitel 15

»Schaffst du den Rest noch allein, Avery?«, fragte Todd und zog sich schon die Schürze aus.

Avery sah sich um. Die meisten Boxen waren gemacht, nur noch der Hasenstall musste ausgemistet werden, dann wäre sie ebenfalls fertig. Und ihr ging es ja auch wirklich besser. Der Fieberschub war vorüber und auch der Schnupfen auskuriert. Sie fühlte sich gut, auch wenn sie noch nicht wieder richtig fit war. Doch das musste Todd nicht beunruhigen.

»Klar, das schaff ich schon. Aber ich dachte, wir lassen Bambi heute noch frei.«

Todd sah hinüber zum Freigehege, wo das Reh gerade einen Schössling anknabberte.

»Jaja, das wäre schon wichtig … aber … heute …« Er strich sich übers Hemd und schüttelte den Kopf. »Heute geht es nicht. Ich bin verabredet.«

»Na dann. Geh ruhig. Und grüß Miss Crofton von mir«, scherzte sie.

Todd wurde rot. »Woher weißt du, wo ich hinwill?«, murrte er und steckte sich das Hemd ordentlich in den Hosenbund.

»Na, ich dachte der Tanzabend rückt immer näher …«

»Stimmt, stimmt. Der Tanzabend. Doris und ich sind inzwischen richtig gut.«

Avery hob die Augenbrauen und schmunzelte. »Doris … soso.«

Todd bemerkte, dass er sich verplappert hatte. Dann zuckte er mit den Schultern und setzte eine sauertöpfische Miene auf. »Ich lass den Wagen hier stehen. Passt das oder steht er dir im Weg?«

Avery schielte durchs Tor in den Hof. Todds Jeep parkte ihren eigenen Wagen ein, aber sie hatte ja nicht vor, noch wegzugehen.

»Nein, nein. Das passt schon. Aber warum fährst du nicht? Es sieht nach Regen aus.«

Todd murmelte kaum verständlich vor sich hin.

»Ein bisschen Regen macht mir nichts aus – und so steht mein Auto nicht ewig vor Miss Croftons Haus im Weg.« Er warf Avery seinen Autoschlüssel zu. »Hier, falls du ihn zur Seite fahren willst.«

Avery grinste. Offenbar wollte Todd nicht, dass jeder im Ort etwas von seinen ständigen Besuchen bei der Witwe mitbekam.

Sie warf einen Blick in den Himmel und hoffte für den Wildhüter, dass das Wetter noch lange genug hielt, bis er trockenen Hauptes sein Ziel erreichte. Sie kicherte, als sie sich überlegte, ob die alte Miss Crofton es wohl sexy fände, wenn Todd bei ihr im Flur aus seinem nassen Hemd schlüpfte …

Weil sie selbst nicht vorhatte, sich schon wieder dem drohenden Regen auszusetzen, hörte sie auf, ihrem Chef auf seinem Fußmarsch den Berg hinunter nachzusehen, und machte sich daran, den Hasenstall auszumisten.

Die Hasen waren überhaupt keine pflegebedürftigen Wildtiere, sondern Todds Hobby. Trotzdem gehörten sie genauso zu ihren Aufgaben wie all die anderen Tiere hier oben. Gestern war ein Lux dazugekommen, der fürchterlich stank und offenbar etwas Giftiges gefressen hatte. Todd glaubte nicht, dass sie ihn retten konnten, doch er würde nie ein Tier aufgeben. Darum hatte er sich auch selbst den ganzen Tag darum gekümmert. Und obwohl er mehrfach das Fell der Raubkatze abgewaschen hatte, verunsicherte der Raubtiergeruch die anderen Tiere. Bambi stand unter Hochspannung und sein ängstliches Fiepen machte auch Avery unruhig.

Sie schloss den Hasenstall und hängte die Schürze an den Haken. Dann schlenderte sie zum Freigehege und beobachtete ihren Schützling. »Dir gefällt es hier nicht mehr, oder?«

Sie sprach oft mit den Tieren. Das fühlte sich überhaupt nicht merkwürdig an. Schließlich verbrachte sie ja viel Zeit mit ihnen. Und sie hörten zu, ohne zu widersprechen oder irgendwelche Einsprüche zu erheben. Mit der flugunfähigen Wildgans hatte sie zum Beispiel verabredet, Phil unter keinen Umständen zurückzurufen. Eine gute Entscheidung, wie Avery fand.

Bambi hob ängstlich witternd die Nase in den Wind und hüpfte dann zitternd davon. Es spürte die Nähe des Feindes.

»Nur noch eine Nacht«, versprach Avery und ärgerte sich insgeheim, dass Todd seine Pläne für das Reh wegen Doris Crofton geändert hatte. Er hatte schließlich selbst gesagt, dass für das Kitz jeder Tag in Gefangenschaft schlecht war, weil es sich irgendwann in der Wildnis nicht mehr zurechtfinden würde. Gehetzt duckte das Tier sich nah ans Gatter, wohl immer damit rechnend, jeden Moment angegriffen zu werden.

Avery kniff missmutig die Lippen zusammen. Das gefiel ihr nicht.

»Verdammt, Todd!«, murmelte sie und tippte sich nachdenklich mit dem Finger ans Kinn.

Wenn die dunklen Wolken nicht wären – und der böige Wind, der sich seit dem Mittag stetig steigerte … und wenn es nicht schon früher Abend wäre, hätte sie nicht gezögert, Bambi allein zurück in die Berge zu fahren. Sie kannte die Strecke gut. Und sie hätte Todds Jeep nehmen können.

Avery schnaubte. Sie konnte Todds Jeep nehmen!

Statt Rücksitzen hatte der Wildhüter eine vergitterte Transportbox für seine riesigen Hunde eingebaut. Bambi würde da locker reinpassen.

Wieder warf sie einen kritischen Blick in den Himmel. Gutes Wetter sah definitiv anders aus.

Nervös klopfte sie sich mit der Hand auf den Oberschenkel. Je länger sie wartete, umso höher war die Wahrscheinlichkeit, genau in das Unwetter zu geraten. In den Bergen konnte das Wetter gefährlich schnell umschlagen. Und man konnte den Regen in der Luft beinahe schon riechen.

Es war verrückt, das allein machen zu wollen.

Bedauernd sah sie zu Bambi hinüber. Es kauerte ängstlich im wenig Schutz bietenden Gras, und Avery wusste genau, wie es sich fühlte. Sie schloss die Augen, um die Erinnerungen zu verdrängen, doch es gelang ihr nicht.

»Keine Sorge, Miss Davis. Sie stehen unter Beobachtung. Wir passen auf Sie auf. Versuchen Sie zu schlafen, solange Sie noch können.«

Die Schwester war gegangen. Doch die Angst war keinen Millimeter von ihr gewichen. Der intravenöse Zugang an ihrem Handgelenk schmerzte bei jeder Bewegung, und die klare Flüssigkeit, die aus der Infusionsflasche über ihrem Bett in den Zugang tropfte, machte ihr beinahe mehr Angst als der Feind in ihrem Körper.

Chemotherapie. Das Wort hämmerte hinter ihrer Stirn im Takt der Tropfen, die ihr in die Venen flossen. Am liebsten hätte sie sich die Nadel aus dem Arm gerissen und die Flucht ergriffen.

Sie wollte fliehen. Vor der Realität, vor der Krankheit, sogar vor der Behandlung. Sie fühlte sich eingesperrt in ihrem Körper, in diesem Raum, in dieser Stadt. Hilflos wischte sie sich die Tränen aus den Augen.

Warum konnte ihr niemand diese Angst nehmen? Warum konnte sie nicht einfach frei sein?

Die ersten Regentropfen rissen Avery aus ihren Erinnerungen. Wie die Tränen von damals rannen sie ihr über die Wange und sie wischte sie entschlossen weg. Heute war sie nicht mehr hilflos. Heute lag die schlimme Zeit nicht mehr vor ihr. Heute hatte sie das hinter sich gelassen. Sie war hindurchgegangen. Trotzdem würde die Angst sie immer begleiten. Die Angst, noch einmal so hilflos zu sein.

Sie sah hinüber zu Bambi, das sich flach ins Gras drückte, ohne dem Geruch des Luchses entkommen zu können.

Avery fuhr sich durchs inzwischen feuchte Haar. Dann traf sie eine Entscheidung.

»Also los!«, flüsterte sie und rannte los, um das Auto zu holen. Sie fuhr den Jeep rückwärts so nah wie möglich an das Gehege und öffnete die schmutzige Heckklappe. Der Geruch nach feuchtem Hund schlug ihr entgegen und sie rümpfte die Nase. Todd hielt offenbar nicht viel von Autopflege.

Sie riss die Hundedecken heraus und nahm sie mit in den Stall, wo sie einen Strick und eine Saugflasche voll Milch für das Reh holte.

Der Regen war stärker geworden, aber das war Avery jetzt egal. Seit sie sich entschieden hatte, pumpte Adrenalin durch ihre Adern und sie fühlte sich lebendig wie lange nicht. Sie öffnete das Gatter und durchquerte das Freigehege. Ihre Jeans saugte sich bei jedem Schritt durchs nasse Gras von unten her mit Wasser voll und an ihren Stiefeln klebte der Schlamm.

Bambi hob den Kopf, fluchtbereit kam es auf die Beine, bis es Avery erkannte. Zögernd und zitternd verharrte es, als sie sich ihm langsam näherte. Avery redete leise auf ihren Schützling ein und reckte ihm die Flasche entgegen. Das schien Bambi zu beruhigen, und es begann trotz seiner offensichtlichen Furcht zu saugen.

»Prima machst du das«, murmelte Avery und hängte die Flasche ans Gatter, um dem Reh möglichst unbemerkt die Beine zu fesseln. »Halt schön still!«

Noch ehe Avery die Hinterbeine richtig fesseln konnte, versuchte das Reh zu fliehen. Zum Glück hielt Averys erster Knoten, und es knickte mit den Vorderbeinen ein und fiepte jämmerlich.

»Bleib hier. Ich will dir doch nur helfen!«, schimpfte Avery und warf sich auf das bockende Kitz. »Wo sind eigentlich alle Cowboys, wenn man mal einen braucht?«, fluchte sie und hantierte mit dem Tau, während sie versuchte, den erstaunlich kräftigen Huftritten auszuweichen.

Bis sie es endlich geschafft hatte, alle vier Läufe des Rehs aneinanderzufesseln, war sie vollkommen durchnässt und ihr klebte Erde im Haar. Erschöpft kämpfte sie sich vom Boden hoch und wischte sich die Hände an der Hose ab. Bambi zitterte vor Angst und kämpfte erbittert gegen das Tau um seine Fesseln.

»Und jetzt?«, murmelte Avery und bereute es, nicht bis morgen gewartet zu haben. Todd hatte einfach mehr Kraft als sie. Das Reh in den Jeep zu schaffen, war eine echte Herausforderung. Noch vor wenigen Wochen hätte sie unter keinen Umständen die Kraft dazu aufbringen können. Doch da sie Bambi nun schon gefesselt hatte, würde sie auch das schaffen.

Sie ging in die Hocke, legte sich die gebundenen Hufe um den Hals und schob die Arme unter den zuckenden Leib. Dann zählte sie bis drei und stemmte sich mit ganzer Kraft hoch.

»Shit!«, keuchte sie, als sie die Beine durchdrückte und mit ihrer Last beladen in Richtung Auto taumelte. »Du bist ja schwerer als ich!«, beschwerte sie sich atemlos.

Der Regen lief ihr ins Gesicht und in die Augen, aber sie hatte keine Hand frei, um ihn wegzuwischen. Mit letzter Kraft schaffte sie es, das Kitz in die Transportbox zu legen. Zitternd schloss sie das Gitter und den Kofferraum. Dann lehnte sie sich atemlos dagegen und schnappte nach Luft.

Ihr Hals rasselte und sie fühlte sich fiebrig. Dieser Teil ihres Plans hatte sie mehr Kraft gekostet als gedacht, und sie merkte deutlich, dass ihr die Erkältung noch in den Knochen steckte. Die Nässe und der eisige Wind taten ihr Übriges, dass sie sich schrecklich fühlte.

Kurz erwog sie, sich für die Fahrt etwas Trockenes anzuziehen, verwarf den Gedanken aber. Sie wollte das Reh nicht länger als unbedingt nötig quälen. Sie knöpfte ihr nasses Arbeitshemd auf und warf es auf den Beifahrersitz. Ihr graues Tanktop war relativ trocken geblieben und sie drehte die Heizung voll auf. Das Radio sprang an und Bonnie Tyler röhrte aus dem Lautsprecher. Avery stellte es ab.

Langsam rollte sie aus dem Hof und suchte nach dem Scheibenwischer, um wenigstens die Straße vor sich sehen zu können.

Hustend lenkte sie bis zur Kreuzung, von wo aus es entweder hinunter nach Littletree – oder weiter hinauf in die Berge ging. Der Regen prasselte jetzt so heftig herunter, dass man den Ort hinter dem grauen Schleier kaum ausmachen konnte. Bei den Bergspitzen sah es nicht besser aus. Graue Wolkentürme drückten beinahe bis ins Tal und verschluckten alles. Trotzdem lenkte Avery in diese Richtung. Der Eagle-Pass war ihr Ziel, und es war zu spät, um zu kneifen.

»Verdammt, was tue ich hier?«, sagte sie dennoch.

Es war beruhigend, wenigstens die eigene Stimme zu hören, als die Sicht immer schlechter, der Regen heftiger und die Straße immer mehr zum Feldweg wurde. Und obwohl sie mit jeder Minute, in der sie den Wagen weiter den schmalen Pfad die Rocky Mountains hinaufsteuerte, mehr an ihrem Verstand zweifelte, kam sie nicht umhin, sich etwas einzugestehen:

Mason King hatte in gewisser Weise recht. Sie fühlte sich lebendig. Hier, so nahe am Abgrund, im Herzen des Sturms – fühlte sie sich beängstigend lebendig!

Die Böen rissen am Wagen und sie klammerte sich so fest ans Lenkrad, dass ihre Knöchel weiß hervortraten. Es kam ihr vor, als hielte sie seit einer Ewigkeit gespannt die Luft an, dabei pumpte ihr Herz rasend schnell. Avery schwitzte, während sie in ihrer nassen Hose fror, aber sie fuhr unbeirrt weiter. Die silbern schimmernden, stellenweise schneebedeckten Gipfel waren im Grau des Himmels kaum auszumachen, und nur die Nadelbaumspitzen hinter der verbeulten Leitplanke zeigten an, dass sie sich immer weiter bergauf bewegte. Der Weg schlängelte sich über die Bergflanken bis hinauf auf die Hochebene, wo die Rinder der Kings den Sommer über nach frischem Gras suchten. Hier irgendwo musste das Kitz in die Bärenfalle geraten sein. Und hier wollte Avery es auch wieder in die Freiheit entlassen. Aber sie hatte nicht vor, tiefer als nötig ins undurchsichtige Bergmassiv vorzudringen. Nicht bei diesem Wetter!

Sie war schon früher mit Mason hier gewesen. Hatte die atemberaubende Aussicht genossen. Und seine Gesellschaft. Unbewusst suchten ihre Augen den Regen nach der Jagdhütte ab, in die er sie damals entführt hatte. Sie musste hier irgendwo sein. Aber vielleicht irrte sie sich auch, denn sie hatte damals auf vieles geachtet – nur nicht auf den Weg, den sie genommen hatten. Damals hatte Mason alle ihre Sinne beherrscht, und mit einem Mal war sich Avery nicht mehr sicher, ob sie überhaupt auf dem richtigen Berghang war.

Sie versuchte, sich durch die verregnete Windschutzscheibe hindurch zu orientieren, und bog noch zweimal rechts ab, ehe sie sicher war, dass dies die Gegend sein musste, in der er das

Kitz gefunden hatte. Sie lenkte den Wagen seitlich des Weges ins Gras, und sofort sanken die Räder in den aufgeweichten Boden ein.

»Shit! Friss dich jetzt bloß nicht fest!«, beschwor sie den Jeep und atmete tief durch. Dann sprang sie aus dem Wagen und rannte zur Heckklappe. Die Kälte traf sie wie ein Schlag. Hier oben war es eisig, und der Wind schnitt wie Messer in ihre Haut. Selbst die Regentropfen fühlten sich an, als wären sie gespickt mit Eiskristallen, als sie auf ihre nackten Schultern trafen. Sie hätte besser ihr feuchtes Hemd wieder angezogen.

»Das dauert nicht lange!«, versuchte sie sich selbst Mut zu machen, auch wenn der Blitz, der unweit über den Himmel zuckte, sein Bestes tat, sie zu verunsichern. »Ich hätte zu Hause bleiben sollen!«, fluchte sie, während sie die Klappe der Transportbox öffnete.

Das Reh hineinzubringen, war schon schwer gewesen, aber jetzt hatten sich seine Hinterbeine auch noch zwischen den Gitterstäben verheddert.

»Halt still, sonst tu ich dir am Ende noch weh!«, redete sie auf das Kitz ein, während ihr der Regen bis auf die Haut drang. Die Kälte machte ihre Finger steif und sie hatte Mühe, den Knoten an Bambis Hinterlauf zu lösen. »Verdammt, mach schon!«, schrie sie sich selbst an und ballte die Hände zu Fäusten, um die Taubheit aus ihren Fingern zu vertreiben. Ihre eigene Bequemlichkeit war Avery längst nicht mehr wichtig. Sie wollte das nur hinter sich bringen. Sie riss an dem Tau, bis das Bein endlich frei war, dann kämpfte sie darum, das Tier richtig zu fassen zu bekommen, um es aus dem Wagen heben zu können. Der Huf traf sie am Ohr und sie fluchte.

»Scheiße!« Sie hob es hoch. »So eine verdammte Scheiße ist das hier!«

Das Kitz kam ihr viel schwerer vor als noch in der Wildtierstation – und da hatte sie es schon kaum tragen können.

Wieder zuckte ein Blitz über den Himmel und das laute Donnergrollen folgte sofort. Bambi zuckte und versuchte sich panisch aus Averys Griff zu befreien.

»Halt still! Wir müssen etwas von der Straße weg.«

Als könnte Bambi verstehen, dass sie nur sein Bestes wollte. Aber dort hinten unter den Bäumen würde es sich für den Anfang besser zurechtfinden. Deshalb schleppte sie sich und ihren Schützling weiter. Ihre Knie zitterten und ihre Arme brannten unter der Last.

Was sie hier tat, war Wahnsinn!

Schnaufend ließ sie sich unter den überhängenden Zweigen einer Blautanne nieder und drückte das Kitz zu Boden. Sie musste erst den Strick lösen, ehe sie es laufen lassen konnte. Der Knoten an den Vorderläufen ließ sich leichter lösen, aber noch immer war das Seil um einen Hinterlauf gebunden. Bambi trat um sich und versuchte hochzukommen, während Avery dagegenhielt.

»Warte!«, rief sie, als es einen Satz machte und sich ihrem Griff entwand.

Sie sprang auf und hechtete hinterher, bekam das Tau zu fassen und stolperte über eine Wurzel. Sie schlug hart auf. Schmerz zuckte durch ihren Körper und sie sah Schwarz. Der Strick entglitt ihren tauben Fingern, und sie blinzelte gegen die aufsteigende Ohnmacht an. Sie fühlte das nasse Gras an ihrer Wange, den Stein, an dem sie sich geschlagen hatte, an ihrer Schläfe. Bambis Beine verschwanden aus ihrem Blickfeld, und mit dem nächsten Blitz wurde es dunkel um Avery.

Kapitel 16

»Verdammtes Weib!« Worte drifteten durch ihr watteumnebeltes Gehirn. »Was denkt die sich nur?« Schmerz zuckte durch ihren Kopf und alles drehte sich. Tropfen trafen auf ihre Haut und sie hörte es donnern. Sie wankte. Aber sie bewegte sich doch überhaupt nicht!?

Ein Stöhnen entwich ihrer Kehle und sie zitterte. Kurz öffnete sie die Augen. Der Himmel über ihr war dunkel, genauso wie die Augen, die zornig auf sie herabblickten.

»Ich sollte dir den Hals umdrehen!«

Langsam drang die Stimme in ihr Bewusstsein und Avery versteifte sich. Sie spürte seinen Atem auf ihrer Wange und seine Hände, die sie hielten.

Erschrocken riss sie die Augen auf, nur um sogleich von einem Schwindel erfasst zu werden.

»Mason?«, krächzte sie ungläubig und blinzelte gegen die Dunkelheit an.

»Was denkst du denn, wer außer mir so dumm ist, dir bei diesem Wetter hinterherzureiten?« Er merkte selbst, wie schroff er klang, aber das konnte er jetzt auch nicht ändern. Er hoffte nur, sie würde das Zittern nicht bemerken, das ihn überfallen hatte, als er sie reglos am Boden entdeckt hatte.

Selbst jetzt, wo sie sicher in seinen Armen lag, pochte ihm das Herz noch hart in der Brust. Sie war klatschnass und er fühlte sich wie damals, als seine Mutter ihm von der Krebserkrankung erzählt hatte. Es kam ihm vor, als würde ihm das Blut bis in die Knie sacken. Er fühlte sich hilflos. Und das gefiel ihm nicht.

Ihre Lider flatterten.

»Verdammt, Avery!«, murrte er, als ihm der Regen in den Kragen lief.

»Was? Ich …? Ich verstehe nicht …?«

Sie spürte, wie sie hochgehoben wurde. Spürte seine Arme unter ihren Knien und in ihrem Rücken. Ihr Kopf fiel kraftlos gegen seine Brust und sie verfluchte ihre Schwäche.

»Du warst auch schon mal leichter!«, murrte er, aber Avery spürte nur den Trost, der von ihm ausging. Obwohl sie sich nichts weniger wünschte als seine Berührung, war sie doch froh um seine Nähe.

»Werd ja nicht wieder ohnmächtig!«, schimpfte er streng und beschleunigte seinen Schritt.

Holz krachte, eine Tür quietschte, und sofort hörte der Wind auf, an Averys Körper zu reißen, der Regen, der ihr ins Gesicht lief, versiegte und Dunkelheit umfing sie.

»Mason?«, presste sie ängstlich hervor und riss die Augen weit auf.

»Ich mach gleich Licht«, versprach er und bewegte sich sicher durch die Finsternis. »Ich kenn die Hütte wie meine Westentasche«, versicherte er ihr und tatsächlich stieß er nirgendwo an, bis er das Bett erreichte und sie behutsam absetzte.

»Wo sind wir?«, fragte Avery, auch wenn sie eine leise Ahnung hegte.

Sie hörte Masons Schritte auf dem Holzboden und seinen Atem ganz in der Nähe.

»Du warst schon hier.« Seine Stimme wurde wärmer.

»Das kannst du doch unmöglich vergessen haben«, fügte er hinzu.

Er selbst hatte es jedenfalls nicht vergessen. Ganz im Gegenteil. Jetzt wieder mit ihr hier zu sein, weckte jedes Detail der Erinnerung. Wie sie gelacht hatte, wie sie sich angefühlt, geschmeckt hatte, wie ...

Avery schlang sich die Hände um den Oberkörper, um ihr Zittern zu dämpfen. Die nassen Klamotten klebten ihr am Leib und saugten jede Wärme aus ihr heraus.

»Die Jagdhütte?«, riet sie und versuchte in der Dunkelheit etwas Vertrautes wiederzuerkennen.

»Jep.« Mason riss ein Streichholz an und entzündete dann eine Gaslaterne. Das warme Licht erhellte die Hütte.

Nass wie ein begossener Pudel stand er in seinem gefütterten Ledermantel vor ihr. Die Haare hingen ihm strähnig in die Stirn und seine Wangen bedeckte ein Dreitagebart, aber er grinste.

»Hätte ehrlich gesagt nicht erwartet, noch mal mit dir herzukommen.«

Er kam auf Avery zu und setzte sich neben sie auf die mit einfachem Leinen bezogene Matratze. Sie wollte zurückweichen, als er die Hände nach ihr ausstreckte, aber sein Blick hielt sie gefangen.

»Halt still. Ich will mir deinen Kopf ansehen«, flüsterte er und drehte ihr Gesicht von sich weg. Seine Finger teilten ihre kurzen Strähnen und tasteten ganz behutsam die Stelle an ihrer Schläfe bis hinter ihr Ohr ab.

»Du hast hier eine Beule.« Sein Atem strich über ihren Nacken und Averys Gänsehaut verstärkte sich, als er ihre Ohrmuschel berührte.

»Vielleicht von dem Reh. Es hat nach mir getreten. Oder von dem Sturz. Ich muss blöd auf einen Stein gefallen sein.«

Sie traute ihrer Stimme nicht, denn Mason fuhr unbeirrt

mit seiner zärtlichen Untersuchung fort.

»Sieht gut aus. Keine Platzwunde. Nur hier hast du dir etwas Haut abgeschürft.« Seine Finger strichen über ihren Haaransatz an der Stirn. Avery hob ihre Hand an die Stelle und befühlte ihre Verletzung.

»Mir geht's gut«, versicherte sie ihm und rückte von ihm ab, um ihm besser ins Gesicht sehen zu können. Seine Augen funkelten im tanzenden Licht der Gaslaterne wie Bernstein und ein warmes Lächeln lag um seinen Mund. Sie wusste, dass er – genau wie sie – an die Zeit dachte, die sie beide hier in der Hütte miteinander verbracht hatten. Sie sollte schleunigst gehen, ehe …

Ein lautes Krachen ließ sie zusammenzucken und Mason stand auf. Er öffnete die Tür einen Spalt weit, um hinauszusehen.

»Ein Blitz hat in den Baum da vorne eingeschlagen. Ich bin gleich wieder hier«, erklärte er und verschwand noch einmal im Unwetter.

Avery wollte ihm nach, wollte sehen, was er dort draußen machte, aber sie zitterte zu sehr, um auch nur aufzustehen. Es behagte ihr nicht, so allein mit ihren Gedanken und Gefühlen zu sein, die diese Hütte weckten. Deshalb erwartete sie ungeduldig Masons Rückkehr.

»Sieht so aus, als säßen wir hier fest«, stellte er wenige Minuten später fest, als er zu Avery zurück in die Hütte kam. »Ich hab mein Pferd in dem Pferch hinter der Hütte versorgt«, erklärte er und strich sich das Wasser aus dem Haar. »Für heute gibt es hier kein Entkommen.«

»Das geht nicht!«, wiedersprach Avery und wollte aufstehen, aber sofort wurde ihr schwindelig. »Todd braucht seinen Jeep und … und ich erfriere in den nassen Sachen! Ich muss nach Hause!«

Er lachte leise und begann seinen Mantel aufzuknöpfen.

»Bei diesem Wetter ist es dort draußen lebensgefährlich.«

»Ach komm, Mason! Plötzlich so furchtsam? Du setzt doch bei jedem Ritt auf einem Bullen dein Leben aufs Spiel. Da kann dich doch so ein kleines Gewitter nicht ängstigen.«

Er grinste. »Also erstens setze ich nicht bei jedem Ritt mein Leben aufs Spiel. Höchstens bei jedem fünften.« Er zwinkerte. »Denn ich bin ja kein Anfänger. Ich weiß, was ich tue.«

»Na, sehr beruhigend«, sagte Avery und verdrehte die Augen.

»Und zweitens ist dieses Unwetter weit mehr als ein kleines Gewitter. Wir haben keine Wahl. Wir müssen hier warten, bis es aufhört.«

Avery verschränkte die Hände vor der Brust. »Ich sitze doch nicht schon wieder mit dir im Regen fest. Das hatten wir ja erst im Café!«

Mason schlüpfte aus seinem Mantel und zuckte mit den Schultern. Er streifte seine Stiefel ab und schlenderte in Socken zu dem einfachen Regalbrett an der Wand.

»Tu, was du willst. Ich bleib hier und koch mir …« – er drehte einige Dosen, um die Etiketten lesen zu können – »… Bohneneintopf mit Würstchen. Kaffee haben wir hier oben leider nicht.«

Alles in Avery wiederstrebte der Vorstellung, die Nacht hier mit Mason zu verbringen. Und seine Coolness machte sie wütend.

»Ich will keinen Kaffee. Und auch keine Würstchen! Ich will …« Sie funkelte ihn zornig an, als sei er schuld an alledem. »Was machst du überhaupt hier oben? Das ist doch sicher kein Zufall? Stalkst du mich?«

Mason lachte und öffnete die Dose. Er warf ihr einen kurzen Blick zu. »Keine Sorge, ich stalke dich nicht.« Er goss die Bohnen in den Topf. »Ich habe mit einer Handvoll Männer meines Vaters die Rinder von der Westweide getrieben, als ich den Jeep den Berg hinauffahren sah. Ich habe mich sehr gewundert, denn Todd hätte wissen müssen, wie sich das Wetter hier in den Bergen verhält. Ich dachte zuerst, ich hätte ihn gesehen.« Er stellte den Topf auf den kleinen Holzofen und öffnete die Ofenklappe. »Aber als ich darüber nachdachte, wurde mir klar, dass nur du so verrückt sein kannst, deinen Hintern bei dem Wetter den Berg raufzuschleppen.«

»Wie charmant!«

Mason grinste und schichtete ein paar Holzscheite, die an der Wand gestapelt waren, in den Ofen.

»Was hast du hier oben zu suchen?«, fragte er, ohne auf ihre Laune einzugehen.

»Ich hab Bambi freigelassen«, rechtfertigte sie sich mürrisch. »Todd hatte ja keine Zeit und … und ich konnte das nicht länger mit ansehen.«

Mason nickte. »Etwas in der Art hab ich mir schon gedacht.«

Avery verzog das Gesicht und schlüpfte nun ihrerseits aus den Stiefeln. Erdklumpen verteilten sich dabei über den Boden.

»Bist du gar nicht böse?«, fragte sie scheu. »Vorhin klangst du so wütend.«

Er knüllte altes Zeitungspapier zusammen und warf es ebenfalls in den Ofen, ehe er Avery wieder ansah. Sie hatte ja keine Ahnung, wie recht sie damit hatte.

»Ich war auch wütend«, gestand er ernst. »Was denkst du, was mir durch den Kopf gegangen ist, als ich zwar den Jeep da im Regen gefunden habe, aber von dir weit und breit nichts zu sehen war?« Er zuckte mit den Schultern. »Da draußen gibt es Bären, Avery! Trotz der Jäger haben wir in diesem Jahr fast zwanzig Rinder verloren.«

Schon oft hatte Mason die verwesenden Überreste großer Rinder auf den Weiden gesehen. Er wusste, dass ein einziger Prankenhieb selbst einen stattlichen Mann töten konnte. Ein zerbrechliches Wesen wie Avery hätte niemals eine Chance.

Obwohl ihm nicht kalt war, fröstelte er bei dem Gedanken daran. Wie hatte sie nur so leichtsinnig sein können?

»Ich war gerade drei Tage lang Rinder treiben – und ich sag dir eines: Mir ging die Muffe jedes Mal, wenn ein Bär auch nur in die Nähe der Rinder kam. Und du bist nicht mal bewaffnet.«

»Du auch nicht!«, rief sie. Seine Rede ließ ihr die Nackenhaare zu Berge stehen. An Bären hatte sie wirklich nicht gedacht.

»Ich hab mein Gewehr am Sattel gelassen. Ich konnte nicht mehr klar denken, als ich dich da reglos unter dem Baum hab liegen sehen.« Er wandte ihr den Rücken zu und riss ein Streichholz an. Als es hell aufflammte, legte er es behutsam in das vorbereitete Nest aus Papier und Holz und sah eine Weile zu, wie sich die Flammen ausbreiteten. Dann schloss er die Ofenklappe und wischte sich die Hände an der Hose ab.

»Du hast mir echt eine Heidenangst eingejagt.«

Er schlüpfte aus seinem nassen Shirt und hängte es über den Hocker.

»Was wird das?«

Avery deutete auf seine nackte Brust.

»Diesmal ist es mein Heimspiel. Es ist meine Hütte – und ich habe nicht vor, die ganze Nacht in nassen Klamotten zu verbringen und mir eine Lungenentzündung zu holen. Solltest du übrigens auch nicht machen.«

Mit einem herausfordernden Blick öffnete er die Gürtelschnalle und Knöpfe seiner Jeans.

»Mason!«, warnte Avery ihn, und tatsächlich gab er schulterzuckend nach.

»Als wir zuletzt hier waren, konnte ich dir gar nicht schnell genug aus der Hose schlüpfen«, foppte er sie.

Avery spürte, wie sie rot wurde. Und sie fror. Mason hatte recht. In den nassen Klamotten würde sie sich sofort wieder erkälten. Sie spürte ja, wie ihr die Krankheit noch in den Knochen steckte. Aber gerade weil er nicht aufhören konnte, sie immer wieder daran zu erinnern, wie nahe sie sich früher gewesen waren, wollte sie nicht nachgeben.

»Ich war ziemlich dumm – früher!«, gab sie spitz zurück.

Mason rührte im Topf und nickte zufrieden. »Du warst ziemlich süß – früher«, neckte er sie grinsend.

»Und du noch nie sonderlich kreativ, wenn es darum ging, jemanden anzubaggern.«

Mason lachte, und das Funkeln in seinen Augen machte Avery noch immer genauso verrückt wie damals. Wie machte er das nur? Immer gut auszusehen? Selbst jetzt, in nasser Hose und Strümpfen verfehlte dieser unmögliche Typ nicht seine Wirkung.

»Du bist auch nicht sonderlich kreativ darin, mich zurückzuweisen. Du hast noch immer die gleiche sture Haltung – und verzeihen ist auch nicht so dein Ding, oder?«

»Ich hab überhaupt keine sture Haltung. Ich versuch dir nur deutlich zu machen, dass sich das mit uns nicht wiederholt. Egal, ob du deine Hose ausziehst oder anbehältst.«

Er lachte. »Dann darf ich sie jetzt also doch ausziehen?«

»Nein!«

»Wie schon gesagt: sture Haltung!«

Dampf stieg aus dem Topf auf und verströmte einen gar nicht mal so unappetitlichen Geruch. Avery kniff die Lippen zusammen und versuchte das Knurren in ihrem Magen zu überhören.

»Du bist doof!«

Mason grinste schief. »Und du bist nass, kalt und hungrig. Und das alles nur, weil du so stur bist! Wie doof ist das denn?«

»Warum bist du mir denn überhaupt nachgeritten, wenn ich doch soooo doof bin?«

Mason nahm zwei Blechteller aus dem Regal und verteilte sie auf dem grob gezimmerten Tisch vor dem Fenster. Bei gutem Wetter konnte man von außen die Bretter, die als Bärenschutz davor angebracht waren, abnehmen und Licht und Luft hereinlassen. An diesem Abend gab es draußen kein Licht mehr – und auf Luft würden sie wohl verzichten müssen.

»Weil ich geahnt habe, dass du Dummheiten machst. Und weil ich gehofft habe, wir würden genau hier landen.«

»Du glaubst doch nicht, dass hier irgendwas laufen wird?«

Er schmunzelte, als er die Teller auf den Tisch stellte.

»Die Nacht ist lang«, scherzte er und schob ihr einen Löffel über den Tisch zu.

Widerwillig – weil die Nacht mit leerem Magen vielleicht wirklich lang werden würde – setzte sie sich zu ihm.

»Du machst dir vergeblich Hoffnungen. Ein Jahrhundert wäre nicht lang genug, um mich die Wette vergessen zu lassen.«

Mason fing an zu essen, aber Avery zögerte. Da war er wieder. Der Gedanke. Die Frage, die ihr nun schon seit Wochen immer wieder durch den Kopf ging.

Draußen tobte der Sturm. Er riss an der Hütte, und der Regen prasselte hart auf das Dach. Donner grollte über ihnen – und tatsächlich würden sie hier so schnell nicht wegkommen. Diesmal konnte auch Mason sich nicht einfach umdrehen und gehen.

Sie legte den Kopf schief und versuchte, seine Stimmung zu ergründen. Er wirkte verschlossener als eben noch. Vermutlich, weil sie die Wette zur Sprache gebracht hatte.

»Ich will jetzt wissen, warum Anthony denkt, du hättest die Wette verloren«, wiederholte sie ihre Frage von neulich.

Mason kniff die Lippen zusammen und legte den Löffel beiseite. Dieses sture Weib! Konnte sie die Vergangenheit nicht einfach ruhen lassen? Musste sie ständig weiterbohren?

»Ich habe die Wette nicht verloren. Das weißt du.« Er würde dieses Thema nicht weiterverfolgen.

»Ja, ich weiß das. Und du auch. Aber Anthony nicht. Und ich frage mich, warum?«

»Ich kann es ihm sagen, wenn dir das so wichtig ist«, fuhr er sie schroffer als nötig an und löffelte mürrisch weiter. Das Gespräch war für ihn beendet.

»Natürlich will ich nicht, dass du ihm irgendetwas davon erzählst, was zwischen uns …«

Er bemerkte, wie sie rot wurde. Wenn ihr das alles so unangenehm war, warum hatte sie dieses Thema dann überhaupt angeschnitten? Um sie zu reizen, legte er abwartend den Kopf schief.

»Du weißt, was ich meine!«, brauste sie auf.

Mason leerte seinen Teller, ohne etwas zu erwidern. Er schob das Geschirr beiseite und sah Avery über ihren dampfenden Eintopf hinweg an. Sie war so niedlich in ihrer Verlegenheit. So verführerisch niedlich, dass er sehen wollte, wohin das führte.

»Jep. Ich weiß, was du meinst.« Er grinste breit. »Aber du musst dir jetzt schon mal überlegen, ob du möchtest, dass Anthony erfährt, wie das war, als wir uns damals immer wieder hier in der Hütte getroffen haben. Wie unsicher wir beim ersten Mal beide waren, obwohl wir genau wussten, was wir wollten. Wie wir uns knutschend auf diesem Bett immer näher kamen …«

»Hör auf!«

Er wusste, er sollte sie nicht weiter reizen, aber ihre Reaktion war wie das hitzige Ausschlagen eines Pferdes beim Rodeo – und er würde sich nicht abwerfen lassen. Es war sein Spiel.

»Wie du mir das Shirt ausgezogen hast, obwohl deine Finger gezittert haben, und wie ich …«

»Mason! Ich warne dich!«, schrie Avery zornig, als er wieder grinste.

Unter seinem brennenden Blick fühlte sie sich genau wie damals. Verdammt, sie wollte das, was er so spöttisch beschrieb! Wollte wieder seine Haut spüren, seine Nähe.

Um sich abzulenken, probierte sie den Eintopf. Aber sie schmeckte weder die Bohnen, noch bemerkte sie, wie heiß die Mahlzeit war. Stattdessen fühlte sie das lange verblasste Echo seiner Berührung auf ihrem Körper.

»Du willst doch gar nicht wirklich, dass ich aufhöre, oder? Du fängst doch immer wieder davon an.«

»Das tue ich nicht! Du verstehst mich nur total falsch!«

Er legte den Kopf schief. »Ach wirklich?«

Avery kratzte den letzten Löffel Bohnen zusammen und leckte sich dann die Lippen ab. Wenn sie ihm doch nur verständlich machen könnte, was sie sagen wollte …

»Wenn du mir nur einmal zuhören würdest, dann wüsstest du das!«

Mason lehnte sich auf dem Stuhl zurück und streckte die Füße aus. Seine Beine berührten Averys und sie zuckte zurück.

»Ich höre zu.« Er zwinkerte. »Zumindest versuche ich mein Bestes, aber es ist schwer, denn dein Shirt klebt echt verführerisch an dir.«

»Idiot!« Avery verschränkte schützend die Arme vor der Brust.

»Das habe ich gehört. Willst du noch mehr loswerden?«

»Herrgott, Mason! Kannst du nicht mal ernst sein?«

Sie stand auf und ging unruhig auf und ab. Sie kam sich eingeengt vor in dieser Hütte. Mit dem Mann, dessen Blick viel zu tief in ihr Herz zu dringen schien. Sie spürte ihren nervösen Puls, ihre zitternden Finger – und sie mochte es nicht. Sie fühlte sich dem einfach nicht gewachsen. Sie fühlte sich Mason nicht gewachsen. Er konnte mit seinem Lächeln ihren mühsam errichteten Schutzwall zum Einsturz bringen.

Mason sah sie an. Alles in ihm verlangte danach, sie in seine Arme zu schließen. Er wollte sie küssen, bis sie endlich aufhörte, der Vergangenheit mehr Gewicht beizumessen als der Gegenwart. Er wollte, dass sie aufhörte, sich wegen ihm schlecht zu fühlen. Langsam stand er auf und ging auf sie zu. Er spürte, dass sie wegwollte, aber er würde sie diesmal nicht gehen lassen. Er streckte seine Hände nach ihr aus und schloss seine Finger um ihre Schultern. Mit leichtem Druck drehte er sie um, damit sie ihn ansehen musste.

»Die dumme Wette war ein Fehler, Avery.« Sein Daumen strich über ihr Schlüsselbein. »Ich wusste das, noch ehe wir überhaupt das erste Mal hier heraufgekommen sind.« Er lächelte schwach, als er an den Abend zurückdachte. Der Spott war aus seiner Stimme verschwunden. »Du warst nicht wie all die anderen Mädchen.« Er zog eine Grimasse, weil es so verrückt von ihr war, das überhaupt zu denken. »Zum einen – und das muss ich zugeben – warst du das hübscheste Mädchen der Schule«, fuhr er leise fort, ohne sie loszulassen. Ihre Nähe tat ihm gut, auch wenn sie sich noch immer halbherzig gegen ihn wehrte.

»Haha! Sehr witzig!«

»Ich meine das ernst. Nur deshalb haben die Jungs die Wette doch überhaupt erst vorgeschlagen. Du warst so hübsch – und bist doch nie mit einem ausgegangen. Du warst eine echte Herausforderung!«

»Wie schmeichelhaft! Hörst du dir eigentlich zu, Mason?«

Sie versuchte sich zu befreien, aber er ließ sie nicht gehen. Seine Hände wanderten über ihre Schultern zu ihren Armen. Sie fühlte sich perfekt an.

»Warte! Ich … ich drücke mich vielleicht nicht gerade geschickt aus.«

»Könnte man so sagen.«

Resigniert ließ er sie los und fuhr sich durchs Haar. Er brauchte Abstand, um klar denken zu können, sonst würde sie ihn nie verstehen.

»Ich war die Wetten um irgendwelche doofen Gören leid,

Avery. Das musst du mir glauben. Ich hab da schon länger nicht mehr mitgemacht, aber als die Jungs von dir gesprochen haben und Anthony meinte, er könne bei dir landen, da …«

»Was?! Anthony hat geglaubt, er könne bei mir landen?«

Avery lachte laut und schüttelte fassungslos den Kopf. Auch Mason lächelte.

»Er hatte diesen südländischen Charme …«

»Guter Gott, Mason! Das ist nicht dein Ernst, oder?« Ihr tat schon der Bauch vor Lachen weh. »Du willst doch nicht behaupten, du hättest dich geopfert, um mich vor ihm zu schützen!«

Masons Lachen drang ihr bis in die Magengrube.

»Wäre wohl edler zu behaupten, dass es so war, aber … aber vielleicht hat mich der Gedanke, dass er seine Drecksgriffel nach dir ausstreckt, auch einfach nur rasend gemacht.«

Das Lachen verstummte und Averys Herz schlug schneller.

»Ich mochte dich. Mir hat es schon gefallen, wenn du als kleines Mädchen zu uns rüberkamst, um nach den Pferden zu sehen.«

»Du hast mich immer an den Zöpfen gezogen!«

Er grinste. »Ich sag ja – ich mochte dich … und deine Zöpfe. Und ich mochte die Idee überhaupt nicht, dass Anthony …«

»Denkst du echt, ich hätte mich auf ihn eingelassen?«

Mason zuckte mit den Schultern. »Ich wollte kein Risiko eingehen«, gestand er verlegen.

»Warum?«

Eine unerklärliche Spannung lag in der Luft und Mason sah sie schweigend an. Langsam trat er näher und umfasste ihre Taille. Er zog sie an sich und glitt mit seinen Fingern unter ihr nasses Top. Seine Lippen streiften ihre, als er sich über sie beugte.

»Ich wollte dich für mich.«

Averys Gefühle brachen wie ein Damm. Seine Finger an ihrer Taille, seine Lippen so warm und vertraut auf ihren. Seine Stärke, so verlockend in dieser kalten, stürmischen Nacht. Sie schlang ihm die Arme um den Hals und erwiderte seinen Kuss.

Gänsehaut überzog ihren Körper, als er ihr das feuchte Shirt abstreifte und sie an seine Brust zog. Seine Haut war trocken und warm und Avery schmiegte sich glücklich an ihn. Sie genoss das Spiel seiner Muskeln unter ihren Fingern, als er sie hochhob und zum Bett trug.

»Mason«, flehte sie, als er sich neben sie schob, sich aber zugleich von ihr löste.

Er sah ihr ins Gesicht und ließ seinen Blick dann langsam über ihren Körper wandern. Die Narbe von der Entfernung ihrer Eierstöcke fesselte seine Aufmerksamkeit, und sie spürte seine Zurückhaltung.

»Wir sind keine Teenies mehr, Avery. Und ich lasse mir nicht noch mal vorwerfen, mit falschen Karten gespielt zu haben«, flüsterte er und strich ihr zärtlich über den Bauch. »Wenn du das also für keine gute Idee hältst, dann …«

Avery streckte die Arme nach ihm aus. Was sie tat, war keine gute Idee. Mason King war kein Mann für sie. Und doch verlangte ihr Herz beinahe schmerzhaft nach ihm. Er brachte ihr Trost und heilte ihre Wunden. Phils Betrug, ihr Kampf gegen den Krebs und alles zu verlieren, was sie sich erarbeitet hatte, schien in diesem Moment, in Masons Nähe, vollkommen unwichtig.

Sie fuhr ihm über den Rücken. Fühlte seine Narben. Ein Leben am Abgrund – und doch lebendig wie nie.

»Küss mich endlich!«, forderte sie und drängte sich an ihn. »Aber wehe, du erzählst Anthony davon!«

Mason lachte und erfüllte ihren Wunsch.

»Ich hab ihm damals nichts erzählt, weil ich nicht wollte, dass diese bescheuerte Wette beschmutzt, was ich mit dir hatte.

Und ich werde jetzt auch nicht damit anfangen.«

Er spreizte seine Hände über der Narbe unterhalb ihres Bauchnabels und folgte der weißlichen Linie zögernd bis zum Saum ihrer Jeans.

»Er wird enttäuscht sein«, kicherte Avery verlegen über die Intimität an einer Körperstelle, die ihr nur zu deutlich ihren Makel als Frau vor Augen führte.

Mason sah auf und zwinkerte, als er die Knöpfe ihrer Hose öffnete und dabei kleine Küsse rings um ihren Nabel regnen ließ.

»Solange du morgen früh nicht enttäuscht bist, kann ich mit allem leben.«

Kapitel 17

»Wie lange wart ihr zusammen?«

Masons Atem kitzelt Avery im Nacken, aber sie war zu faul, sich zu bewegen. Es war einfach zu gemütlich, von seinen Armen umfangen unter der Decke zu kuscheln, während die ersten Sonnenstrahlen sich Stück für Stück unter der Tür durchschoben.

»Sieben Jahre. Aber es kam mir nicht so lange vor. Wir haben beide viel gearbeitet.«

»Sieben Jahre – ganz schöne Leistung.« Er küsste ihren Hals und ließ seine Zunge zu ihrem Ohrläppchen wandern.

»Tu nicht so, als würde es dir leidtun, dass er mich betrogen hat«, verlangte Avery und drehte sich auf den Rücken, um Mason ansehen zu können.

»Ich bin froh, hier mit dir zu sein.« Sein Finger strich über ihren Arm. »Und wenn dein Ex seinen Teil dazu beigetragen hat, dann bin ich ihm dankbar.« Er zeichnete kleine Herzen auf ihren Bauch. »Aber dafür, dass er dir so wehgetan hat, würde ich ihm am liebsten eine verpassen!« Er grinste. »Und natürlich auch dafür, dass er mit dir geschlafen hat!«

Avery lachte. »Wenn wir jetzt anfangen, unsere Sexualpartner zu verprügeln, dann muss ich mich ja mit jedem Mädel aus Littletree schlagen.«

Mason tat entsetzt. »Also wirklich, Avery Davis! Was haben Sie nur für eine ungerechtfertigt schlechte Meinung von mir!«

»Ungerechtfertigt?« Avery hielt seine Hand fest, die sich liebkosend vom Bauchnabel über ihre Narbe abwärts bewegte. »Und was ist mit Brittany?«

»Wir werden jetzt nicht über Mädels sprechen, mit denen überhaupt nichts gelaufen ist.« Er stützte sich auf den Ellbogen und fasste nach Averys Hand. »Kannst du dir nicht vorstellen, dass ich auch nicht gerne allein bin? Ich komme viel rum mit den Rodeos. Aber Beziehungen verkraften das leider nicht besonders gut. Und wenn ich dann gelegentlich die Gesellschaft von irgendwelchen Mädchen einem einsamen Abend vorziehe …«

»Schon gut. Wir müssen da echt nicht drüber reden.«

»Du hast damit angefangen.«

Avery setzte sich auf und wickelte sich in die Bettdecke. Plötzlich schüchtern fischte sie nach ihren Klamotten, die vor dem Bett auf dem Boden verstreut lagen.

»Avery?«

Sie ergriff die Flucht aus dem Bett.

»Alles okay, wirklich. Ich … ich hab nur keine Lust … eine von vielen zu sein«, gestand sie.

Mason kam ihr kopfschüttelnd nach und zwang sie, ihn anzusehen.

»Du bist nicht eine von vielen! Das warst du nie. Und wenn du dich erinnerst, ich wollte schon seit ich in der Stadt bin mit dir ausgehen.« Er sah sie ernst an. »Ich will das immer noch.« Gegen ihren Widerstand zog er sie an sich und küsste ihren Scheitel. »Du hast es in der Hand, aus dem hier mehr als einen One-Night-Stand zu machen.«

Avery konnte nicht klar denken. Sein warmer, vertrauter Duft hüllte sie ein und sie konnte nicht anders, als sich seiner Umarmung zu ergeben. Sie hatte Angst, sich noch einmal auf

Mason einzulassen, und zugleich gefiel ihr die Idee. Sie würde ihn ja nicht heiraten. Keine Kinder mit ihm in die Welt setzen – das war ja ohnehin nicht mehr möglich. Sie würde auch keine sieben Jahre an ihn verschwenden, wie an Phil. Sie wusste, dass ihnen nur eine gewisse Zeit geschenkt sein würde, denn sie würde schon bald in Seattle Arbeit finden. Sie würde nicht ewig in Littletree bleiben. Und er auch nicht. Schon zu Weihnachten standen üblicherweise die National Finals an. Mason würde dort sein und seinen Titel verteidigen. Er würde wieder und wieder sein Leben aufs Spiel setzen und damit etwas tun, das Avery niemals gutheißen konnte. Spätestens dann würde sich ihr verspäteter Sommerflirt in Luft auflösen. Sie musste also nur ihr Herz schützen, dann konnte sie für diese kurze Zeit genießen, was sie offenbar so sehr begehrte.

Sie seufzte und schmiegte sich an seine Brust. Die Narben an seinem Schlüsselbein schimmerten silbrig und sie legte behutsam ihre Finger darüber.

»Du wirst mir nicht noch einmal wehtun, Mason King«, flüsterte sie und stellte sich auf die Zehenspitzen, um ihn zu küssen.

Er umfing sie so fest mit seinen Armen, bis Avery den Boden unter den Füßen verlor.

»Dann haben wir ein Date?«

Avery kicherte und schlang ihm die Arme um den Hals. Die Bettdecke glitt zu Boden und eine Gänsehaut überzog ihren Körper.

»Wir werden das noch bereuen!«, prophezeite sie und schrie auf, als Mason sich rückwärts mit ihr zurück aufs Bett fallen ließ.

Er rollte sich auf sie und hielt sie grinsend unter sich gefangen.

»Wir werden das nicht bereuen.« Er küsste sie. »Ist ja nicht so, als ließen wir uns gegenseitig unsere Namen auf den Arm tätowieren.« Sein Grinsen war so breit, dass Avery neugierig wurde.

»Wovon sprichst du?«

»Ich bin dumm, dass ich ausgerechnet jetzt damit anfange. Eigentlich wollte ich dich verführen.«

Avery lachte und schob ihn von sich. »Zu spät. Ich will erst wissen, was du damit meinst. Du willst dir nicht ernsthaft meinen Namen stechen lassen, oder?«

Mason schüttelte den Kopf. »Unsinn! Ich rede doch nicht von uns.«

Avery sah ihn irritiert an. »Von wem dann?«

»Während des Viehtriebs hat Aaron mir erzählt, dass deine Schwester jetzt stolz seinen Namen am Handgelenk trägt, und er ihren am Oberarm.«

»Was!? Sind die bescheuert?« Avery schüttelte fassungslos den Kopf. »Wann haben sie denn diesen Mist verbockt?«

»Bevor wir aufgebrochen sind. Aaron sagt, dass Carrie echt Schiss hat, dein Dad könne das herausfinden. Da droht dann wohl die nächste Krise.« Er zuckte mit den Schultern. »Aber das hätten sie sich ja vorher überlegen können.«

Avery biss sich besorgt auf die Lippe.

»Verdammt! Ich hoffe, sie reißen Carrie nicht gleich den Kopf ab!« Sie schwang sich ein weiteres Mal aus dem Bett und sammelte ihre Klamotten ein. Auf einem Bein hüpfend zog sie sich die Hose an und stopfte ihren Slip achtlos in die Gesäßtasche.

»Holla Avery!« Mason pfiff bewundernd. »Hast du nicht was vergessen?«

Unter seinem Blick fühlte sich Avery beinahe kühn. Sie zog auch ihr Top einfach ohne BH über und drehte sich wie eine Tänzerin einmal vor ihm im Kreis.

»Ich muss los.« Sie bückte sich nach ihrem BH und quiekte,

als Mason nackt aus dem Bett sprang und sie festhielt.

»Du siehst so heiß aus«, raunte er, und seine Hände folgten der Kurve von ihren Brüsten bis zu ihrer Taille. »Geh noch nicht«, murmelte er und knabberte an ihrem Ohrläppchen.

»Sie bringen sich garantiert um«, versuchte sie nicht nur ihn zu überzeugen.

»Möglich.« Mason zwinkerte. »Vermutlich haben sie sich längst umgebracht.«

Was er sagte, konnte durchaus stimmen. Avery zögerte. Sie wollte nicht gehen. Wollte den Moment auskosten, aber zugleich brauchte sie Abstand, um sich über ihre Gefühle klar zu werden. Carries neuer Körperschmuck war ein willkommener Vorwand.

Sie tätschelte Masons knackigen Po und befreite sich dann aus seiner Umarmung.

»Ich muss zumindest versuchen, die Wogen zu glätten.« Sie hauchte ihm einen Kuss auf die Wange und trat an die Tür. »Ach, und Mason …« Sie grinste. »Da ich normalerweise nicht schon beim ersten Date Sex habe, schuldest du mir mindestens zwei Verabredungen.«

AARON prangten die schwarzen, von Rosen umrankten Buchstaben auf Carries schlankem Handgelenk.

»Das trägst du jetzt ein Leben lang mit dir rum«, kommentierte Avery kopfschüttelnd, auch wenn sie insgeheim fand, dass es gar nicht mal so schlecht aussah.

»Toll, Avery! Danke, dass du Dads negative Meinung mal wieder teilst!« Carrie riss ihre Hand zurück und zog den Ärmel des Pullis bis zu den Fingerspitzen. »Immer bist du gegen mich!«

»Ich bin doch nicht gegen dich«, versuchte Avery ihre Schwester zu beschwichtigen. »Ich sag nur, dass das ganz schön riskant ist. Was machst du, wenn ihr euch trennt?«

»Wir haben nicht vor, uns zu trennen! Wir lieben uns!«

Avery rollte mit den Augen. Neben Carries Schreibtisch stand noch das Regal mit den Stofftieren und den Kinderbüchern. Und doch hielt sie sich schon für so erwachsen.

»Es kann immer etwas schiefgehen, Carrie.«

»Klar kann es das.« Carrie fuhr sich energisch durch die rote Mähne und steckte den Hefter, der vor ihr auf dem Schreibtisch lag, in ihre Schultasche. »Aber wenn man jemanden liebt, dann muss man einfach daran glauben!«

Avery versuchte es anders: »Stell dir vor, ich würde jetzt Phils Namen mit mir herumtragen müssen.«

Carrie zuckte nur mit den Schultern. »Ich hab nie geglaubt, dass du Phil wirklich liebst. Wann immer ihr zu Besuch hier wart, hab ich gedacht, du hättest ihn bezahlt, mitzukommen. So wie in den Filmen, wo irgend 'ne verzweifelte Tussi sich 'nen Kerl engagiert, um vor ihrer Familie nicht als verbitterte Jungfer dazustehen.«

Avery riss die Augen auf. »Spinnst du? Das hast du nicht wirklich gedacht!«

Carrie steckte sich den Bleistift zwischen die Lippen und kicherte.

»Doch. Manchmal.« Sie schob den Stift in den anderen Mundwinkel. »Er war steif wie ein Roboter und du so leidenschaftlich wie ein toter Waschbär.«

»Wie ein Waschbär?«

»Ein *toter* Waschbär!«, verbesserte Carrie grinsend und ging in Deckung, als Avery einen Plüschelefanten nach ihr warf.

»Dein Glück, Carrie, dass ich mich mit der Leidenschaft von toten Waschbären nicht so gut auskenne – sonst hätte ich das fast als Beleidigung auffassen können.«

Carrie hob abwehrend die Hände. »Nee, war nicht beleidigend gemeint. Ich meine nur, dass du nie glücklich an seiner Seite aussahst.«

Avery verzog die Lippen. »Du täuschst dich. Wir waren nicht unglücklich.«

Carrie schlug die Beine übereinander und rollte mit dem Drehstuhl beiseite, um den Bleistift aufzuräumen.

»Dass du nicht unglücklich warst, heißt ja noch lange nicht, dass du glücklich warst, oder?«

Avery staunte. So viel Scharfsinn hatte sie Carrie gar nicht zugetraut. Sie fühlte sich durchschaut – und das gefiel ihr nicht.

»Und seit wann reden wir überhaupt von mir? Du hast doch deinen Liebsten jetzt immer bei dir – oder besser unter der Haut!«

Carrie grinste. »Ist mir total egal, ob ihr mich deshalb alle für verrückt haltet. Aaron liebt mich. Und ich ihn.«

Ihr glückliches Lächeln stimmte Avery milder. Sie war ja auch nicht hier, um Carrie einen Vortrag zu halten. Tatsächlich war sie froh, dass abgesehen von einem weiteren Jahrhundert Hausarrest für ihre Schwester kein Schaden entstanden war.

»Wenn du dir so sicher mit ihm bist, dann freue ich mich natürlich für dich. Aber du musst es trotzdem etwas langsamer angehen lassen, sonst kippt Dad noch aus den Latschen.«

Carrie zuckte unbekümmert mit den Schultern. »Er macht sich Sorgen um mich – Mom sorgt sich um dich. Das passt doch ganz gut. Alles schön ausgeglichen.«

»Warum macht sich Mom Sorgen um mich?«, hakte Avery irritiert nach.

»Ist recht einfach: Ich soll die Finger von den Jungs lassen – und du könntest dich ruhig mal wieder auf einen einlassen – so in etwa stellen sich die beiden das vor.«

»Was? Das ist nicht dein Ernst, oder?« Avery ließ sich auf Carries Bett fallen und schlug sich die Hände vors Gesicht. »Als ginge sie das etwas an!«

Carrie grinste. »Soll ich dich mit Aarons Bruder Mason verkuppeln? Für sein Alter ist er ja ziemlich heiß.«

Avery spürte, wie ihr das Blut in die Wangen stieg. Sie fühlte sich ertappt.

»Was du nicht sagst«, murmelte sie, bemüht, sich die verräterische Röte nicht ansehen zu lassen, aber Carrie ließ sich nicht täuschen.

»Großer Gott!«, rief sie und sprang von ihrem Drehstuhl auf. »Sag nicht, da läuft was!«

Avery rappelte sich aus dem Bett auf und fuhr sich durch die Haare. Sie räusperte sich, denn sie hatte nicht vor, sich vor ihrer jüngeren Schwester zu rechtfertigen.

»Da läuft nichts!«, log sie und steckte die Hände in die Gesäßtaschen.

Carrie blieb hartnäckig. »Verdammt, Avery!«, rief sie selbstgefällig. »Und gerade du willst mir erzählen, dass die Kings nichts taugen?«

»Ich sage nicht, dass die Kings nichts taugen! Sie sind nur einfach viel zu heiß, um sich an ein Mädchen zu binden. Sie sind Herzensbrecher, und ich will nicht, dass man dir wehtut.«

»Wer Angst davor hat, dass Liebe wehtut, wird immer einsam sein«, gab Carrie zurück und warf den Plüschelefanten zurück zu ihrer Schwester. »Und jetzt komm, Mom lässt mich vielleicht bis in den Garten, wenn du als Anstandsdame dabei bist.«

Sie ging aus dem Zimmer, und Avery warf einen letzten Blick auf die Stofftierparade im Regal. Sie kam sich vor wie der Clown in der Mitte, der irgendwie nicht dazupassen wollte.

»Was gibt es denn im Garten so Spannendes?«, rief sie Carrie hinterher und folgte ihr gemächlich.

Am Fuß der Treppe schlang sich Carrie einen Schal um den Hals und hielt Avery die Haustür auf.

»Nichts.« Sie grinste. »Aber man kann bis hinüber zu den Kings schauen. Wir könnten versuchen, einen Blick auf zwei heiße Cowboys zu erhaschen.«

Avery kniff die Lippen zusammen.

Das Bild ihres nackten heißen Cowboys von heute Morgen stand ihr noch zu deutlich vor Augen, als dass sie dafür in den leichten Sprühregen gemusst hätte. Darum redete sie sich ein, nur um Carries willen mit hinauszugehen.

Kapitel 18

»Vier!«, rief Aaron laut über die Koppel, den Blick auf die Stoppuhr gerichtet.

Mason saß fest im Sattel. Die Stute unter ihm ging in den Spinn und sein Oberkörper schnellte zur Seite, um der Fliehkraft entgegenzuwirken. Er reckte den Arm nach hinten, um sich auszubalancieren, und bog den Rücken durch. Ein Schweißtropfen rann ihm ins Auge und er blinzelte. Ein hartes Keuchen entwich seiner Brust, als das Pferd sich auf die Hinterläufe aufbäumte und er beinahe den Halt verloren hätte. Seine Finger brannten, so fest schnitt das Rope sogar durch den Lederhandschuh in sein Fleisch. Der nächste Ruck fuhr ihm bis in die Knochen. Es war ein harter Ritt, und Mason genoss jeden Moment davon. Das Glücksgefühl, das ihn erfasst hatte, sobald er den Sattel unter sich gespürt hatte, hielt ihn auch dort. Es verlieh ihm zusätzliche Kraft. Jede Sekunde kam ihm vor wie eine Stunde. Jeder Atemzug war wie ein Orkan und jeder Herzschlag ein Echo der Nacht mit Avery. Das Echo einer Nacht, die er nie für möglich gehalten hatte. Noch immer wusste er nicht, wie es so weit gekommen war. Oder was es für sie beide bedeutete.

Unter keinen Umständen wollte er ihr noch einmal wehtun. Das hatte er auch früher nicht gewollt – und doch war es so gekommen.

Die Mähne des Pferdes schlug ihm ins Gesicht, als es den Kopf nach oben riss, während die Hinterläufe in die Luft stiegen.

»ACHT!«, brüllte Aaron vom Gatter aus und Mason entspannte sich. Jubilierend löste er die Faust und stieß sich aus dem Sattel. Der Aufprall am Boden war geplant und er rollte sich gekonnt ab, um aus der Reichweite der Hufe zu gelangen.

»Guter Ritt!«, schrie sein Bruder, als Mason sich den Staub aus den Klamotten klopfte. Er stieß einen Pfiff aus und das Pferd kam friedlich zu ihm an den Zaun, um sich seine Belohnung abzuholen.

Mason klatschte dem Tier lobend auf die Flanke.

»Du machst dich super!«, raunte er und hielt der Stute ebenfalls eine Handvoll Futter hin. »Und das ganz ohne Lendengurt.«

»In Sekunde vier hattest du einen Durchhänger«, analysierte Aaron Masons Ritt und deutete mit dem Arm eine Abwärtsbewegung an. »Du hättest dich da fester in die Steigbügel drücken müssen. Wäre es ein Bareback gewesen, wärst du gefallen. Dass du die acht Sekunden gepackt hast, war diesmal reines Glück.«

Mason nickte. Er wusste, dass Aaron recht hatte.

»Wie viele Punkte hätte das Pferd gebracht?«

Aaron schob nachdenklich die Lippe nach vorne.

»Der Spin war super. Die Hinterläufe ordentlich hoch über dem Boden. Das Bocken hart und schnell … ich würde sagen, dafür gibt's fast die volle Punktzahl. Das Tier ist prächtig!«

Mason grinste. Das hatte er hören wollen. Seine Arbeit mit den Pferden machte sich bezahlt.

»Aber deine Haltung hätte dich einige Punkte gekostet. Deine Marks zu Beginn waren etwas niedrig«, erklärte Aaron schonungslos. »War nicht deine beste Leistung.«

Murrend strich sich Mason die Haare aus der Stirn. Er wusste selbst, dass er es besser konnte. Dass er heute einfach nicht bei der Sache war.

Er schlug mit der Faust aufs Gatter.

»Schon gut. Wir machen es noch mal. Schaff das Pferd zurück in die Startbox.«

Aaron tat wie befohlen und kontrollierte den Sitz der Ropes, bis Mason sich von oben über die Bretter in den Sattel gleiten ließ.

Er ballte die Hände zu Fäusten und löste diese wieder, um seine Finger zu entkrampfen. Dann drückte er die Knie durch, sodass seine Stiefelabsätze in der Höhe der Pferdeschultern schwebten. Diese Haltung – die Marks – wurden zu Beginn des Ritts von den Punktrichtern verlangt. Da Aaron dies eben kritisiert hatte, würde er sich diesmal besonders darauf konzentrieren.

»Wir machen noch einen Saddle Bronc – dann zwei Barebacks«, sagte Mason.

Aaron stöhnte. »Ach komm! Das dauert ja noch ewig!«

»Drei mal acht Sekunden scheinen mir keine Ewigkeit zu sein«, erwiderte Mason trocken und wickelte sich das Rope noch mal neu um die Hand.

»Du weißt, dass wir für eine Sattelrunde und zwei ohne Sattel mindestens noch 'ne Stunde hier vertun.«

»Jep. Aber soweit ich weiß, hat deine Liebste Stubenarrest – und du demnach nichts Besseres zu tun, als mir zur Hand zu gehen.«

Aaron verzog das Gesicht und klopfte sich eine Zigarette aus der Schachtel. Weil Mason ihn deshalb warnend ansah, schob er sie sich hinters Ohr.

Zufrieden klopfte Mason ihm auf die Schulter. »Wenn ich fertig bin, kannst du ja einen Ritt wagen«, gab er sich versöhnlich.

»Ich hab den ganzen Sommer trainiert«, warnte der Jüngere grinsend. »Ich lass dich alt aussehen, Bruder!«

Mason lachte laut, als Aaron das Gatter aufstieß und das Pferd mit einem mächtigen Satz auf die Koppel preschte. Er hob die Beine, um diesmal volle Punkte bei den Marks abzukassieren. Der Horizont verschwamm vor seinem Blick, als das Pferd sich drehte und in die Luft bockte. Masons Puls flog, sein Herzschlag schien auszusetzen und sein Geist mit dem des Pferdes zu verschmelzen. Es war, als ahnte er die nächste Bewegung schon ehe das Tier seine Muskeln anspannte. Er wirkte dem entgegen und hielt sich ohne Probleme oben. Das gedämpfte Geräusch der Hufe, die hart auf dem Lehm aufschlugen, das Schnauben und selbst das Knarzen des Leders schienen alle anderen Geräusche zu überlagern.

»ACHT!«

Aarons Schrei drang kaum zu ihm durch, doch wie immer löste dieses magische Wort die Zauberwelt des Rodeo-Ritts auf und zerrte ihn zurück in die Realität. Er löste den Griff und sprang ab. Sein Herzschlag setzte wieder ein und das Adrenalin trieb ihm den Schweiß auf die Stirn.

»Viel besser!«, rief Aaron und stellt sich aufs Gatter, um zu applaudieren. »Cody würde ausflippen, hätte er das gesehen!«

»Wie viele Punkte bringt das Pferd?«, wollte Mason wissen, als er zu seinem Bruder zurückging.

»Fünfzig werden's wohl nicht ganz, aber wenn du mich fragst, gute siebenundvierzig.«

Mason nickte zufrieden. »Cody würde verlangen, dass wir den Lendengurt einsetzen, um die fünfzig aus dem Pferd rauszuholen.«

»Du willst den Gurt einsetzen?« Aaron sah ihn irritiert an. »Warum? Das Pferd steigt gut. Es bockt hart und ausgiebig. Und es rennt nicht, wir müssen es also mit dem Gurt nicht ausbremsen.«

Mason rieb sich das Kinn. »Ich weiß das. Und du weißt das. Cody sieht das anders.«

Er führte das Pferd in die Startbox und löste den Sattelgurt für das Bareback. Er hob den schweren Sattel herunter und wuchtete ihn über das Koppelgatter. »Reich mir den Riggin!« Er brauchte den ledernen Haltegriff für die nächste Disziplin.

Aaron winkte ab und befestigte selbst den Gurt für den Griff um den Bauch des Pferdes. »Hast du dich deshalb mit ihm gestritten?«, fragte er und steckte sich dann doch die Kippe an.

Mason schwieg. Er trat zurück und lehnte sich gegen das Gatter. Die Frage seines Bruders war nicht so einfach zu beantworten. Er war vermutlich nicht nur deshalb so schlecht auf seinen Agenten zu sprechen. Schließlich hatte er schon früher Pferde mit Lendengurt geritten. Wenn er richtig eingesetzt wurde, kamen die Tiere dabei auch nicht zu Schaden. Leider übertrieben es machen Veranstalter bei Rodeos aber, und die Tiere scheuerten sich wund. Für ihn kam so etwas nicht infrage, aber Cody war aus einem anderen Holz geschnitzt.

Aaron kam um das Pferd herum und lehnte sich neben Mason. Er warf einen Blick hinüber zum Haus der Davis, ehe er seine Kippe auf den Boden schnippte und sie austrat.

Auch Mason hob kurz den Blick. Wenn er ehrlich war, lag der Grund für seinen Streit mit Cody wohl eher dort als in den Trainingsmethoden.

»Er mischt sich in Dinge ein, die ihn nichts angehen. Für ihn zählt nur der Sport. Alles andere ist ihm egal, weil er davon nicht profitiert«, antwortete Mason schließlich.

»Was gibt es denn anderes? Ich dachte, das wäre auch das Einzige, was für dich zählt?«

Mason zuckte die Schultern. »Keine Ahnung. War ja auch mal so. Aber wie lange kann ich das noch machen? Irgendwann werde ich zu alt. Und was dann?«

»Dann trainierst du Pferde für Rodeos und übernimmst hier das Ruder auf der Farm. Vater braucht dich.«

»Er bräuchte mich jetzt schon.«

Aaron legte den Kopf schief.

»Er würde dich nie bitten, seinetwegen deine Karriere aufzugeben. Er ist stolz auf dich.«

»Ich weiß. Trotzdem wäre mein Platz hier.«

Aaron sah ihn nachdenklich an. »Also denkst du ernsthaft übers Aufhören nach?«

Mason sah ihn an. Dann grinste er. »Nein. Ganz im Gegenteil. Und jetzt hol den verdammten Lendengurt, sieh aber zu, dass er gut gepolstert ist und schön locker sitzt, sonst krieg ich auch noch Ärger mit Mutter.«

Kapitel 19

Nervös stand Avery vor dem Spiegel. Sie war zufrieden mit ihrem Äußeren. An die Kurzhaarfrisur hatte sie sich inzwischen tatsächlich gewöhnt, und sie war auch nicht mehr so mager wie noch vor einigen Wochen. Die Arbeit in der Wildtierstation hatte sie gestärkt und ihrer Haut eine sanfte Bräune verliehen.

Trotzdem war es über zwei Jahre her, dass sie zuletzt einen kurzen engen Rock getragen hatte. Sie steckte die Enden der dunkelroten Hemdbluse in den Saum und öffnete einen weiteren Knopf an ihrem Dekolleté.

Das Klopfen an der Tür setzte ihrer skeptischen Musterung ein Ende, und sie wischte sich die Hände am Jeansrock ab. Sie war wirklich aufgeregt. Noch einmal presste sie die Lippen aufeinander, um den Lippenstift gleichmäßig zu verteilen, ehe sie Mason die Tür öffnete.

»Hi«, grüßte sie und bat ihn herein, aber er blieb in der Tür stehen. Er hielt seinen Hut in der Hand und klopfte sich damit leicht gegen den Schenkel. Avery runzelte die Stirn. Mason King war doch nicht etwa ebenfalls nervös?

»Du siehst toll aus.« Er klang aufrichtig bewundernd und Avery wurde heiß.

»Du auch.« Wie immer brauchte er nicht viel, um super auszusehen. Stiefel, Jeans und ein graues Hemd reichten völlig aus, seine Männlichkeit zu betonen.

»Dann sind wir bereit für unser Date?«, fragte Mason unsicher. Er schien wie Avery nicht so recht zu wissen, wie sie sich nach der gemeinsamen Nacht miteinander verhalten sollten.

»Ich bin eigentlich kein großer Fan von Tanzabenden«, gestand Avery und hängte sich ihre Tasche um.

»In Littletree müssen wir nehmen, was wir kriegen können – es ist eben nicht Seattle.«

Avery lachte. »Das ist es definitiv nicht!« Sie sah Mason in die Augen. »Aber das hat auch seine Vorteile.«

Wie sie gehofft hatte, verstand er ihren Blick als stumme Einladung und legte seine Arme um sie.

»Und wie läuft das heute Abend? Ist Küssen erlaubt – oder geht das zu weit beim ersten Date?«

Averys Herz schlug schneller und sie verbarg ihr Grinsen an seiner Schulter.

»Wie wäre es damit: Du küsst mich jetzt – und zum Abschied. Und in der Zwischenzeit sehen wir einfach, wie es sich entwickelt.«

Mason stöhnte und schüttelte den Kopf.

»Du weißt ja nicht, was du mir antust. Wie soll ich aufhören können, dich zu küssen, wenn ich erst mal damit angefangen habe? Und was noch viel schlimmer ist: Du sprichst von Abschied?« Er schmunzelte. »Ich dachte, ich bleibe vielleicht über Nacht …?«

Er hob sie hoch und sah ihr tief in die Augen. Er neigte seinen Kopf, und seine Lippen strichen zart wie eine Feder über ihre. Seine Hände an ihrer Taille waren ein sündiges Versprechen, und als er sie endlich küsste, hing sie wie eine Ertrinkende in seinen Armen.

Nun fragte sich auch Avery, wie sie nach diesem Kuss damit

aufhören sollten. Und der Abschied war zum Glück noch weit weg.

»Ich sag ja, sehen wir mal, wie es sich entwickelt«, flüsterte sie atemlos und mit glühenden Wangen, als sie neben ihm die Stufen in den Hof hinunterstieg.

Auf dem Marktplatz von Littletree war eine überdachte Tanzfläche aufgebaut und Musiker spielten auf einer Bühne gegenüber der Bar. Etliche Stehtische waren umringt von Gästen, und unter den Lichterketten herrschte ausgelassene Stimmung.

Schon als Mason aus dem Wagen stieg, wurde er lautstark begrüßt und sofort von Freunden und Fans umringt.

»Verdammt!«, murmelte Avery und verharrte auf dem Beifahrersitz. Sie hatte keine Lust, zum Gesprächsthema der Leute zu werden. Was hatte sie sich nur gedacht? Mit dem Lokalhelden hier aufzutauchen und zu erwarten, ungesehen zu bleiben? Das war mehr als naiv!

Mason scherzte mit einem Bekannten, klopfte einem anderen freundschaftlich auf den Rücken und umarmte ein Mädel, das ihn mit verliebten Kuhaugen anhimmelte. Avery ballte die Hände zu Fäusten.

»Das wird ja ganz wunderbar!«, fluchte sie, als sie Masons entschuldigenden Blick auffing. Sie sah genervt über den Marktplatz, aber Rettung war nicht in Sicht. Sie überlegte auszusteigen, brachte aber nicht den Mut auf, sich dieser Meute zu stellen.

Als Mason endlich den letzten Bekannten abgewimmelt hatte, fuhr er sich durchs Haar und kam grinsend an Averys Tür.

»Warum bist du nicht ausgestiegen? Ich hätte deine Unterstützung gut gebrauchen können.«

»Ja, genau! Das ist es nämlich, worauf ich ganz scharf bin. Hundert Leute, die sich fragen, was der Rockstar mit der Krebskranken will!«

Masons Blick wurde sanft und er reichte Avery zum Aussteigen die Hand. »Ich bin kein Rockstar – und du hast die Krankheit besiegt. Und wer auch nur einen Blick auf dich wirft, wird verstehen, warum ich mit dir hier bin.« Er neigte sich zu ihr und lehnte seine Stirn an ihre. »Du bist zauberhaft. Und was die Leute sagen, ist mir egal.«

Trotz aller Bemühungen, cool zu bleiben, trieben ihr Masons Worte die Tränen in die Augen. Er küsste sie sanft und wischte ihr mit dem Daumen die Tränen von der Wange.

»Na komm, lass uns tanzen. Schließlich schulde ich dir ein umwerfendes Date.«

Er legte ihr den Arm um die Taille und führte Avery über den Marktplatz. Zu ihrer Verwunderung blieben die Leute nun auf Abstand. Sie nickten Mason zu, riefen ihm etwas zu, ließen sie aber ansonsten in Ruhe.

»Sie meiden dich, weil ich neben dir gehe«, flüsterte sie unsicher.

»Das liegt nicht an dir«, versicherte ihr Mason. »Das ist vielmehr die Neugier, die sie auf Abstand hält. Sie beobachten uns, um dann gleich losrennen zu können, wenn wir etwas tun, das es wert ist, darüber zu reden.«

»Ach, wirklich?« Avery musterte unauffällig die Menschen um sie herum. Alle nickten freundlich in ihre Richtung und taten dann so, als würden sie woanders hinsehen.

»Jep. Wenn ich dich zum Beispiel hier küssen würde, dann würden mindestens zehn von denen losrennen und es irgendwem erzählen. Sollen wir es ausprobieren?«

Er grinste sie frech an, und schon hoben einige Leute die Hände an den Mund, um unbemerkt zu tuscheln.

»Vergiss es!« Avery vergrößerte die Distanz zwischen sich und Mason. »Wenn du mich je wieder küssen willst, dann solltest du an so was nicht mal denken«, warnte sie ihn streng und erntete als Antwort nur einen Klaps auf den Po.

»Mason!«

»Entspann dich. Vergiss die Gaffer und lass uns jetzt diesen verdammten Tanzpreis gewinnen.«

Avery lachte. »Wir werden niemals gewinnen! Ich bin total aus der Übung, und selbst als ich noch regelmäßig Line Dance in der Schule gemacht habe, war ich nicht gut. Wir haben nicht mal eine Startnummer.«

Mason überhörte ihren Protest und schob sie zielstrebig auf die Tanzfläche. Er stellte sich neben sie und schon fing die Band an, das nächste Lied zu spielen. Der Mann am Banjo legte sich voll ins Zeug und die Gitarristen gaben sich Mühe, mitzuhalten. Die rauchige Stimme des Sängers klang nach selbst gebranntem Moonshine, und das Klatschen der Tänzer, die sich synchron um die eigene Achse drehten und mit den Stiefeln über den Boden kratzten, rissen Avery schließlich mit. Sie kannte die Choreografie nicht, kam aber besser zurecht als gedacht.

»Ich hätte einen Hut gebraucht«, rief sie Mason zu, als die Tänzer die Hände an die Krempen ihrer Stetsons hoben.

Mason lachte, nahm seinen Hut ab und drückte ihn Avery auf den Kopf.

Er kam ihr dabei viel zu nahe und sie tanzten gehörig aus der Reihe.

»So gewinnen wir nie«, warnte Avery lachend, genoss aber insgeheim den kurzen Körperkontakt, als er anstatt neben ihr direkt hinter ihr weitertanzte.

»Ich bin mit dir hier, also hab ich schon gewonnen«, raunte er dicht an ihrem Ohr. Seine Hände ruhten auf ihren Hüften und seine Schritte folgten ihren blind. Offenbar hatte er darin sehr viel mehr Übung als sie selbst.

Sie brachten das Lied halbwegs sicher zu Ende, und als die Musik verstummte, war Avery ordentlich warm geworden.

»Dein Hüftschwung ist der Hammer«, flüsterte Mason ihr zu und führte sie in Richtung Bar.

»Ich hätte viel besser getanzt, wenn du mich nicht ständig abgelenkt hättest.«

Mason hob die Augenbraue und grinste. »Ich hab dich also abgelenkt?«, fragte er süß. »Und ich dachte, nur mir geht die stürmische Nacht nicht mehr aus dem Kopf.«

Averys Haut kribbelte dort, wo Mason sie berührte, und die Erinnerung an die Nacht in der Hütte machte sie ganz unruhig. Dieser Mann ging ihr definitiv unter die Haut.

Sie liefen Todd in die Arme, der ordentlich herausgeputzt neben Miss Crofton vollkommen verändert wirkte. Sein grauer Bart war gestutzt, und ein unübersehbarer Glanz lag in seinen Augen. Er wirkte zehn Jahre jünger als bei seiner Arbeit auf dem Hof.

»Na, Mädel!«, grüßte er Avery. Dann wandte er sich Mason zu und tippte sich zum Gruß an den Hut. »Macht ihr euch einen schönen Abend?«

»Ich konnte mir doch nicht entgehen lassen zu sehen, wie Sie und Miss Crofton das Tanzbein schwingen«, erklärte Avery verlegen. »Mason war so nett« – sie sah ihn bittend an – »mich zu begleiten.«

Hinter Todds Rücken verzog er gekränkt das Gesicht.

»Ich habe Avery auch schon neulich begleitet – als sie das Reh ausgewildert hat«, berichtete Mason gehorsam.

»Da habt ihr euch aber einen ungünstigen Tag ausgesucht, wenn ich das so sagen darf!«, schimpfte Todd. »Ihr hättet dabei leicht in den Sturm geraten können!«

Mason zwinkerte Avery zu. »Du hast recht, Todd. Es ist ganz schön stürmisch zugegangen – in dieser Nacht.«

»Mason!« Avery schnappte empört nach Luft, aber er und der Wildhüter redeten einfach weiter übers Wetter. Nur das stille Schmunzeln von Miss Crofton ließ vermuten, dass sie das Wortspiel durchaus verstanden hatte.

»Pass nur auf, dass du dir beim Tanz nichts verrenkst«,

warnte Todd Mason gut gelaunt. »Sonst geht am Sonntag bei eurem Rodeo noch der Gaul als Sieger vom Platz!«

»Du bist ein Idiot!«, murrte Avery, als Todd seine Begleiterin endlich für den nächsten Tanz aufs Parkett führte.

Mason schien wenig beeindruckt. Er grinste und zog Avery mit sich unter die Bäume am Rand des Festes. Hier waren sie ungestört, und allein das beschleunigte ihren Herzschlag.

»Das höre ich ziemlich oft von dir.«

»Vielleicht, weil es die Wahrheit ist?«

Er schmunzelte. »Oder weil du dir das einreden musst, um mir nicht hemmungslos zu verfallen?«

Er umfasste ihre Taille und begann, ihre Bluse aus dem Rocksaum zu ziehen.

Avery schlug ihm auf die Finger. »Ich verfalle keinem Rodeo-Reiter!«, stellte sie klar. »Du weißt, was ich davon halte. Deshalb hast du mir auch nichts von Sonntag gesagt.«

Er ließ sich nicht beirren und schob seine Hände unter ihre Bluse, zog sie näher an sich.

»Es ist nur ein kleines Rodeo bei uns am Hof. Und gib's doch zu, dir gefällt es, dass ich mich nicht so leicht abschütteln lasse«, murmelte er und streichelte ihren Rücken.

»Wenn du erst erkennst, wie wenig wir zusammenpassen, springst du freiwillig ab«, prophezeite Avery. Sie kniff die Lippen zusammen, denn die Wahrheit schmeckte bitter. »Das tun nämlich alle.« Sie versuchte sich zu befreien, aber Mason hielt sie fest.

»Ich bin nicht alle«, erklärte er ernst. »Und du bist nicht eine von vielen. Ich dachte, das hätten wir geklärt?«

»Als wir das geklärt hatten, wusste ich nicht, dass du dich schon übermorgen wieder von einem Bullen niedertrampeln lassen willst!«

»Ich habe nicht vor, mich niedertrampeln zu lassen.

Außerdem reiten wir am Sonntag keine Bullen. Wir veranstalten ein kleines, harmloses Saddle Bronc.« Er spürte offenbar ihren Rückzug und gab sie frei. »Die Jungs hier aus dem Ort wollen sich austoben. Ist keine große Sache – und ich bleibe in Form.«

Avery wusste nicht, was sie davon halten sollte. Sie fand es einfach nur verrückt, was Mason tat.

»Warum kannst du nicht einfach ein Farmer sein wie dein Vater?«, flüsterte sie frustriert und wandte ihm den Rücken zu.

Sein leises Lachen hörte sie trotzdem. »Ich kann immer noch Farmer werden, wenn ich genug von den Rodeos habe. Irgendwann wird man dafür zu alt.«

Sie sah ihn über die Schulter hinweg an. »Wenn man blöd stürzt, wird man nicht alt – und das weißt du.«

Mason zuckte resigniert mit den Achseln. »Na komm, Avery. Lass uns jetzt nicht streiten. Komm doch am Sonntag und sieh mir zu. Vielleicht erkennst du dann, warum ich das so sehr liebe.«

»Das mach ich nicht! Auf keinen Fall!«

»Weißt du noch? Du schuldest mir was. Wie wäre es, wenn du kommst und damit deine Schuld begleichst?« Er fasste versöhnlich nach ihrer Hand. »Ich fall noch runter, wenn kein hübsches Mädchen unter den Zuschauern ist, das mich anfeuert.«

Avery lächelte. »Frag doch Brittany«, schlug sie mit Unschuldsmine vor.

Lachend versetzte Mason ihr für diese freche Antwort einen Klaps auf den Po. Er wäre jetzt lieber mit ihr allein gewesen, denn es fiel ihm schwer, seine Finger von ihr zu lassen.

»Du verstehst also, warum du mir etwas schuldest«, stellte er lachend fest. »Und ich verspreche dir, wenn du kommst, wirst du mich besser verstehen.«

Avery machte ein zweifelndes Gesicht. »Versuch es mir zu erklären«, bat sie ernst. »Erklär mir, warum dir das Leben oder deine Gesundheit nichts bedeuten, Mason.« Sie schüttelte den Kopf. »Denn ich verstehe es nicht.«

Sie ließ ihren Blick über das Fest schweifen. Unter dem beleuchteten Pavillon standen einige Mädels in fransigen Röcken und einheitlich weißen Lederwesten und roten Stiefeln und tanzten zur Musik. Die Choreografie kam gut an, und die Zuschauer klatschen begeistert. Avery atmete tief durch. Vor einem Jahr hatte sie Angst gehabt, nie wieder Teil von etwas so … Normalem zu sein. Angst, so etwas vielleicht nie mehr zu erleben. »Ich bin durch die Hölle gegangen, als ich …«

Mason drückte ihre Hand und streichelte ihre Finger. »Ich weiß. Du musst darüber nicht sprechen, wenn du nicht willst.«

»Du hast recht. Das will ich nicht. Aber ich will, dass du mich verstehst. Ich will, dass du weißt, dass obwohl ich dich«, Avery sah ihm in die Augen, »sehr gern habe … ich nicht glauben kann, dass …«

»Du glaubst nicht, dass wir eine Zukunft haben«, beendete er ihren Satz.

Avery nickte und Mason schwieg. Er lehnte sich gegen den Stamm einer alten Kastanie und zog Avery in seine Arme. Sie wollte ihn zurückweisen, aber sein Griff war entschlossen. Und warum sollte sie nicht den Moment genießen? Viele solcher Momente würde es nach diesem Abend sicher nicht mehr geben. Sie war schließlich dabei, ihm die Pistole auf die Brust zu setzen.

Darum warf sie ihre Bedenken über Bord und schmiegte sich an ihn. Ihre Wange ruhte an seiner Brust und er küsste ihren Scheitel, ehe er sein Kinn darauf ablegte.

»Weißt du, Avery«, flüsterte er und begann sanft ihren Rücken zu streicheln. »Ich bin kein Mann, der groß über die Zukunft nachdenkt. Das heißt aber nicht, dass ich mir keine wünsche. Ich möchte irgendwann Vaters Farm übernehmen. Nicht, weil er mich gerne als Rinderzüchter sähe – sondern weil ich weiß, dass ich es gut machen würde. Ich weiß alles über das Geschäft. Und Aaron braucht jemanden, der ihn an die Hand nimmt, damit er ebenfalls gut darin wird. Er stellt sich für sein Alter recht ordentlich an.«

»Gut zu wissen. Carrie zählt auf ihn.«

Masons leises Lachen vibrierte an ihrer Wange, und sie schloss ihre Arme um seine Hüften.

»Die beiden machen das schon.« Er küsste ihre Schläfe. »Sie sind nicht halb so kompliziert wie wir.«

»In ihrem Alter ist man eben noch nicht so verkorkst«, stimmte Avery ihm nachdenklich zu.

»Vielleicht gehen sie auch mutiger Risiken ein«, schlug Mason vor.

»Du meinst, ich sollte das Risiko eingehen – und mich auf dich einlassen?«

Er küsste lachend ihre Schläfe. »Neulich Nacht hatte ich das Gefühl, du wärst auf dem besten Weg dahin.«

Avery legte den Kopf in den Nacken und sah ihn an. Seine Lippen waren ihren so nah, dass sie seinen Atem spüren konnte. Hatte er recht? War sie dabei, ihr Herz zu verlieren? Sie wollte dagegen ankämpfen, und zugleich fragte sie sich, ob sie nicht nur deshalb noch am Leben war, weil sie diese zweite Chance mit Mason nutzen wollte?

»Wir haben keine Zukunft, Mason«, murmelte sie traurig. »Ich habe einfach zu viel Angst. Angst, dir könne etwas passieren – und Angst, dass der Krebs zurückkommt.« Sie blinzelte die Tränen weg. »Du hast die Narben an meinem Unterleib gesehen. Ich kann keine Kinder bekommen.«

»Hör auf, dich selbst so zu quälen«, verlangte Mason und schob sie von sich. Er umfasste ihr Gesicht und sah sie eindringlich an. »Du und ich, wir stehen heute hier. Wir sind am Leben, auch wenn wir beide nicht so recht wissen, warum das so ist, denn schließlich hätte es für jeden von uns auch anders ausgehen können.« Er schüttelte den Kopf und wog seine Worte ab. »Auch mir macht das Angst. Aber ich habe noch viel mehr Angst, den Moment zu verpassen, weil ich nur an morgen denke.« Er suchte nach Verständnis in ihrem Blick. »In diesem Moment – mit dir hier unter dem Baum, die Musik im Hintergrund und die Sterne über uns –, da will ich nur eines: dich in die Arme nehmen und dir zeigen, wie sehr ich dich in den letzten acht Jahren vermisst habe.«

Als er sie küsste, war es Avery egal, ob die ganze Stadt ihnen zusah. Es war egal, weil sie am liebsten selbst hinausgebrüllt hätte, wie glücklich sie in diesem Augenblick war.

Kapitel 20

Averys Füße schmerzten, als sie viel später an diesem Abend die Stufen zu ihrer Wohnung hinaufstieg. Masons Schritte hinter ihr ließen ihr Herz schneller schlagen, und eine erwartungsvolle Spannung lag in der Luft. Sie zitterte, als sie den Schlüssel ins Schloss stecken wollte.

»Verflixt!«, murmelte sie.

Mason umfasste ihre Finger und trat dicht hinter sie.

»Warte, ich helfe dir.«

Es gelang ihm spielend, das Schloss zu finden und die Tür zu öffnen, aber er gab sie dennoch nicht frei. Stattdessen hob er sie hoch, schloss die Tür mit dem Fuß und trug Avery bis ins Wohnzimmer.

»Was machst du denn? Lass mich runter – ich kann gehen!«, rief sie lachend.

»Du hast gesagt, die Füße tun dir weh.«

»Vom vielen Tanzen. Das heißt aber nicht, dass ich getragen werden muss.«

Langsam stellte Mason sie vor sich ab.

»Wie schade. Ich hatte gehofft, du wärst so geschwächt, dass ich dich direkt ins Bett bringen muss.« Das Funkeln in seinen Augen verursachte Avery eine wohlige Gänsehaut.

»Jetzt, wo du es sagst«, sagte sie, »fühle ich mich tatsächlich etwas schwach.«

Mason lachte und zog sie mit sich aufs Sofa. Avery knipste das Lämpchen auf dem Tisch dahinter an.

»Keine Sorge, du bist nicht krank. Das ist die natürliche Reaktion auf so männliche Cowboys wie mich«, neckte er sie und begann damit, die Knöpfe an ihrer Bluse zu öffnen.

»Idiot!«, sagte Avery lachend und schlug ihm mit gespielter Strenge auf die Finger. »Ich weiß echt nicht, warum ich dich männlichen Cowboy nicht einfach vor die Tür setze«, überlegte sie laut, als er sie nach hinten in die Kissen drückte.

Er grinste breit, hob ihr Bein und streifte ihr den Stiefel ab. Dann küsste er ihre Wade und ließ seine Zunge bis in ihre Kniekehle gleiten.

»Du schmeißt mich nicht raus, weil du dir – genau wie ich – schon den ganzen Abend ausgemalt hast, wie ich dich liebe.« Der Stiefel fiel polternd zu Boden und Mason widmete sich dem anderen Fuß. »Ich will«, wisperte er, als er seine Hände über ihre Wade, den Schenkel hinauf, bis unter ihren Rock schob, »noch mal diese kleinen Laute hören, die du machst, wenn …« – er erreichte ihren Slip, und Avery hielt den Atem an.

»Ich mache keine Laute«, widersprach sie, aber ein leises Keuchen entwich ihrer Kehle.

Mason lachte und berührte sie erneut. »Ich bin es gewohnt, dass ein Ritt nach acht Sekunden vorbei ist.« Er beugte sich über sie und küsste sie. »Aber in diesem Fall«, seine Zunge teilte ihre Lippen und sie ergab sich seinem stürmischen Drängen, »werde ich mir sehr viel mehr Zeit nehmen.«

Seine Hände an ihrer Taille setzten ihren Körper in Flammen und ließen sie alle Zweifel vergessen. Avery zog ihm das Hemd aus der Jeans und riss ungeduldig an den Knöpfen. Das Herz hämmerte ihr in der Brust und in ihrem Magen spielten die Schmetterlinge verrückt. Sie schob ihre Hände unter den Stoff und stöhnte, als die Wärme seiner Haut sie umfing. Sie ertastete seinen Körper, strich sanft über seine Narben und genoss es, wie er seinerseits ihren Körper erkundete. Erwartungsvoll hob sie sich seinen Händen entgegen und stöhnte, als seine Zunge ihren Hals hinab zwischen ihre Brüste glitt.

»Warte«, murmelte Mason und schlüpfte aus seinem Hemd.

Avery folgte seinen Bewegungen und sie bewunderte die Kraft, die sein Körper ausstrahlte. Sie mochte seine breiten Schultern, seine glatte Brust und …

»Scheiße, Mason! Was ist denn das?«, rief sie erschrocken und setzte sich auf. Zaghaft streckte sie ihre Finger nach dem dunkellila gefärbten Bluterguss unterhalb seines Rippenbogens aus.

Mason machte ein etwas verlegenes Gesicht.

»Ach das«, tat er die Verletzung ab. »Das ist nichts weiter.«

»Nichts weiter?«, echote Avery entsetzt. »Das sieht aus, als wäre deine Milz geplatzt!« Sie berührte den Bluterguss und Mason verzog gequält das Gesicht.

»Die Milz sitzt tiefer«, verbesserte er sie, ohne auf ihren vorwurfsvollen Ton einzugehen.

»Du hast innere Blutungen!«, beharrte sie und sprang auf.

Mason stöhnte. Seine Pläne für den Abend lösten sich gerade in Luft auf. »Unsinn! Das ist nur oberflächlich. Wirklich, mir fehlt nichts.« Er fuhr sich durch die Haare und fragte sich, wie er die Prellung hatte vergessen können. Schließlich hatte sie ihm den ganzen Abend immer wieder Schmerzen bereitet.

»Genau das meine ich, Mason! Du gehst mit deinem Körper um, als wäre dir alles egal.«

»Mir ist nicht alles egal! Klar tut das weh, Avery. Und natürlich wollte ich das nicht. Aber so was kommt eben raus, wenn man verliebt auf ein Pferd ohne Sattel steigt, das dazu ausgebildet wurde, einen abzuwerfen.«

»Und genau deshalb …« Avery blieb ihre Schimpftriade im Hals stecken. »Was hast du gesagt?«

Mason zuckte mit den Schultern. »Wir haben gute Pferde. Da passiert so was.«

»Nein, nein, nein. Das meine ich nicht. Du hast gesagt, du bist verliebt auf ein Pferd gestiegen.«

Zögernd stand Mason auf. Ihre grünen Augen schimmerten im warmen Licht des Lämpchens wie Smaragde, als sie ihn unsicher von unten her ansah. Sie knabberte nervös an ihrer Lippe und er verspürte den Drang, sie zu küssen.

»Du lenkst mich ab«, gestand er. »Du beherrschst meine Gedanken.« Er zog Avery auf die Füße und hob sie hoch. Seine Prellung schmerzte, aber das war ihm egal. »Wenn man ein Rodeo-Pferd ohne Sattel reitet, muss man fokussiert sein, aber ich kann nur daran denken, dir nahe zu sein.«

»Das ist Wahnsinn, Mason!«, protestierte Avery, als er ihr die Bluse abstreifte und ihre Taille umfasste. »Du musst aufhören.«

»Womit?«

Avery wusste selbst nicht, was sie meinte. Die Rodeos? Oder sie zu küssen?

Seine Gürtelschnalle presste sich kalt gegen ihren Bauch, als er sie noch enger an sich zog.

»Mit allem«, flüsterte sie abgelenkt von seinen Küssen.

»Stell mich nicht vor eine Wahl, Avery, denn ich kann sie nicht treffen.« Er schob seine Finger unter die Träger ihres BHs und sah ihr in die Augen. »Selbst wenn ich wollte, könnte ich nicht mitten in der Saison aussteigen. Ich habe Verträge, die ich einhalten muss. Der Sport ist mein Leben.«

»Hast du keine Angst, dass dir etwas passiert?« Ihre Stimme zitterte und ihr Körper reagierte auf seine Zärtlichkeit. Sie stellte sich auf Zehenspitzen, um seinen Kuss drängend zu erwidern. Sie grub ihre Hände in sein Haar und streichelte seinen Nacken.

»Nein. Habe ich nicht.«

Avery seufzte. Dann lehnte sie ihre Stirn gegen seine und atmete seinen herrlichen Duft ein.

»Aber ich habe Angst um dich.« Sie drängte ihr Verlangen zurück, ebenso ihre Sehnsucht nach einer weiteren Nacht in seinen Armen. Sie durfte sich nicht länger von ihren Gefühlen leiten lassen, sondern musste vernünftig sein. Unter Aufbringung all ihrer Kraft löste sie sich aus seinen Armen. »Ich habe immer von dir geträumt Mason«, gestand sie zitternd. »Ich … ich will dich bei mir haben.« Sie fuhr sich durch die kurzen Haare und fühlte sich schön dabei. »Du machst mich glücklich – und zugleich machst du mir eine Heidenangst. Mir reicht es, mir meiner eigenen Sterblichkeit mehr als bewusst zu sein. Jeden Morgen, wenn ich meine Tabletten schlucke, wenn ich im Kalender sehe, dass schon bald meine nächste Kontrolluntersuchung ansteht, wird mir klar, wie kostbar das Leben ist. Ich kann nicht auch noch Angst um dich haben.«

»Das musst du nicht. Ich passe auf mich auf.«

Avery schüttelte den Kopf und deutete auf seine Prellungen. »Das reicht mir nicht, Mason. Ich brauche einen Mann, der mir Halt bietet. Bei dir – so nah am Abgrund – gibt es keinen Halt.«

Sie bückte sich nach ihrer Bluse und hielt sie sich schützend vor die Brust.

»Du kannst nicht alles kontrollieren, Avery«, erwiderte Mason leidenschaftlich. »Niemand weiß, wann er sterben wird. Jede Autofahrt, jedes Mal, wenn du eine Treppe hinuntergehst oder wenn du in ein Flugzeug steigst, kann ein Unglück passieren. Trotzdem müssen wir uns dem Leben stellen – und das Beste aus der Zeit machen, die wir haben.«

»Ich muss nachdenken«, flüsterte Avery und trat an die Tür. Sie hielt sie ihm auf, ohne ihn anzusehen. »Bitte, sei nicht böse, aber … ich muss mir über so manches klarwerden.«

Mason schwieg. Er nahm sein Hemd vom Sofa und schlüpfte hinein, ohne die Knöpfe zu schließen. Dann trat er an Avery vorbei durch die Tür und wandte sich zu ihr um. Sein Gesicht war ausdruckslos und er sah sie nicht direkt an.

»Stell mich nicht vor die Wahl, Avery. Du weißt, dass ich keine habe.«

Er ging die Stufen hinab, stieg in den Pick-up und fuhr davon.

Noch lange stand Avery in der Tür und sah ihm nach, bis die Rücklichter mit der Dunkelheit verschmolzen.

»Man hat immer eine Wahl«, murmelte sie unglücklich.

Kapitel 21

»Du machst ein Gesicht wie sieben Tage Regenwetter!« Sue goss Avery einen Früchtetee ein und servierte ihr dazu ein Blaubeer-Muffin. »Du vertreibst mir noch die Gäste.«

Avery schnaubte und warf unauffällig einen Blick durchs Café. »Die beiden Bauarbeiter dort drüben sehen mir nicht so aus, als ließen sie sich von meiner Laune verjagen«, gab sie murrend zurück. »Und andere Gäste sehe ich gerade nicht.«

»Sie trauen sich nicht rein, weil du so ein Gesicht ziehst.«

»Sehr witzig, Mom.« Avery legte die Hände um die heiße Tasse und war froh um die Wärme, auch wenn die es nicht schaffte, die traurige Kälte um ihr Herz zu vertreiben. Der Herbst war gekommen, aber für sie fühlte es sich nach einer Eiszeit an.

Die Auseinandersetzung mit Mason tat ihr beinahe mehr weh als die Trennung von Phil. Vielleicht sollte sie den endlich mal zurückrufen, um sich zumindest etwas von dem lebensmüden Cowboy abzulenken. Vielleicht hätte sie nie nach Littletree zurückkommen sollen. Schließlich hatte sie immer gewusst, dass Mason King eine ernste Gefahr für ihr Herz darstellte. So war es immer gewesen. Und obwohl sie es vorhergesehen hatte, war sie nicht in der Lage gewesen, sich zu schützen.

Avery schlurfte geräuschvoll aus ihrer Tasse und zupfte dann ein Stück von dem Muffin ab.

»Hast du auch Sahne da?«, fragte sie mit vollem Mund.

Sue lächelte. »Ist es so schlimm?«, fragte sie mitfühlend und löffelte ihrer Tochter einen dicken Klecks Sahne auf den Teller.

Kurz sah Avery auf. »Frag lieber nicht«, warnte sie ihre Mutter und tupfte das nächste Stück Kuchen in die Sahne.

Sue legte den Kopf schief. »Deine Laune hat nicht zufällig mit Mason King zu tun?«, forschte Sue weiter.

Avery hob ruckartig den Kopf. »Woher weißt du das?«

Sue lachte leise. »Mütter haben so was im Gespür.« Sie ordnete den Karottenkuchen in der Auslage neu an. »Und außerdem haben mir heute Morgen gleich mehrere Leute von dem Tanzabend erzählt.«

Avery verdrehte die Augen. Genau das hatte sie befürchtet.

»Wer hat eigentlich gewonnen?«, versuchte sie das eigentliche Thema zu umschiffen.

Sue grinste. Ihr entging offenbar nichts. »Frank Smith und seine Schwester. Genau wie im Jahr zuvor.«

Avery verzog das Gesicht. »Das wird Todd aber nicht gefallen. Er hat doch so eifrig mit Miss Crofton geübt.«

»Hast du auch getanzt?«, fragte Sue beiläufig.

»Ich wollte zuerst nicht, aber … aber Mason kann sehr überzeugend sein.« Avery spürte, wie ihr das Blut in die Wangen stieg.

»Es ist schön zu sehen, dass du wieder unter Menschen gehst.« Sue tat so, als bemerke sie Averys Verlegenheit nicht. »Aber ich frage mich, warum du dann heute so schlecht gelaunt bist.«

Avery sammelte mit der Fingerspitze die letzten Krümel vom Teller und stecke sie sich in den Mund.

»Ich glaube, mir geht das alles zu schnell. Ich muss erst mal wieder mit mir selbst klarkommen, ehe ich … mich wieder auf jemanden einlassen sollte.« Sie fühlte sich unter Sues mütterlichem Blick unwohl. »Und ein Cowboy aus Littletree scheint mir auch nicht die beste Wahl.«

Sue zuckte mit den Schultern und setzte sich Avery gegenüber an den Tresen. »Die Kings sind eine anständige Familie. Ich wüsste nichts, was gegen Mason spricht.«

»O Mom, bitte!«, stöhnte Avery. »Dad tobt, weil sich Carrie mit Aaron eingelassen hat. Anständige Familie hin oder her.«

Sue schüttelte den Kopf. »Nein, so ist das nicht. Dein Dad mag Aaron sogar ganz gerne. Wir haben nur Bedenken, dass Carrie vor lauter Liebe an nichts anderes mehr denkt, schließlich soll sie ja schon bald aufs College. Aber ich glaube schon, dass die beiden es ernst miteinander meinen.«

Avery rollte mit den Augen. »So ernst es gut aussehende Jungs eben meinen, oder?«

»Ich glaube, du irrst dich. Aaron scheint sehr verliebt zu sein. Da Carrie ja immer noch nicht das Haus verlassen darf, kommt er jetzt jeden Abend vorbei und fragt deinen Vater, ob er mit ihr für die Schule lernen darf. Sie sitzen dann ganz brav im Wohnzimmer über ihre Schulbücher gebeugt und himmeln sich an.«

Avery musste lachen. Das passte wirklich gar nicht in das Bild, dass sie von den beiden hatte.

»Wenn Aaron so ein Engel ist, dann ist ja wohl ziemlich klar, wer von den beiden Kings das schwarze Schaf ist.«

»Und wenn das so klar ist, Kind, warum gehst du dann mit dem schwarzen Schaf aus?«, stichelte Sue weiter.

»Weil er verdammt gut küssen kann«, gab Avery lachend zu und schlug sich verlegen die Hand vor den Mund.

Auch Sue lachte. »Lass das besser nicht deinen Vater hören, sonst wird es bei uns im Wohnzimmer etwas eng.«

»Keine Sorge, Mom. Ich glaube, nach dem gestrigen Abend hat sich das mit dem Küssen erledigt.«

»Warum? Was ist passiert? Er war doch hoffentlich nicht unhöflich?«

»Nein, nein. Er war …« Avery zuckte unsicher mit den Schultern. »Er war toll. Aber diese blöde Rodeo-Reiterei macht mich ganz wahnsinnig.« Sie schüttelte den Kopf. »Ich finde es schrecklich!«

»Es ist sein Beruf. Er verdient gut mit den Rodeos. Seine Mutter wird nicht müde, das zu betonen.«

Avery rollte mit den Augen. »Klar. Sie ist ja superstolz auf ihren heldenhaften Sohn!«

»Warum auch nicht? Er betreibt einen harten Sport – und ist dabei noch einer der Besten des Landes. Welche Mutter wäre da nicht stolz?«

»Sie sollte sich lieber Sorgen um seine Sicherheit machen!«

»Oh, das tut sie bestimmt. Aber ebenso, wie dein Vater und ich dich bei deinem Umzug nach Seattle unterstützt haben, obwohl wir große Angst hatten, dass du in einer solchen Stadt unter die Räder kommst, geben auch die Kings ihrem Sohn Rückhalt.«

»Toll, dass du dich so solidarisch mit ihnen zeigst, Mom.« Avery leerte ihre Teetasse und schob das Geschirr von sich. »Und da wunderst du dich über meine Laune …«

»Deine Laune hat ganz offensichtlich nichts mit mir zu tun, Avery!«, sagte Sue streng und räumte das Geschirr ab. »Du bist verliebt, hast aber nicht den Mut, dich zu öffnen. Das kann dir nach der Sache mit Phil keiner verübeln. Aber wenn dir das so eine Laune macht, solltest du mal darüber nachdenken, ob du den richtigen Weg eingeschlagen hast.«

»Willst du vielleicht, dass ich mich auf Mason einlasse, mich verliebe, mein Herz verschenke – und dann bricht er sich bei einem Sturz das Genick? In meinem Job hätte ich Mason als Risikoanlage bezeichnet und weder Geld noch Zeit in ihn investiert.«

Sue schüttelte entschieden den Kopf. »Das ist Unsinn, Avery. Natürlich will ich das nicht! Und deinen Job hab ich noch nie verstanden, aber Mason King wäre nicht der erste Mann, der für die Liebe Opfer bringt.« Sie unterbrach ihre Rede, um die Bauarbeiter abzukassieren. Höflich nahm sie den Geldschein entgegen und gab das Wechselgeld heraus. »Schönen Tag noch!«, rief sie den Gästen nach, ehe sie sich wieder Avery zuwandte. »Jedenfalls wird er sein Leben nicht für ein Mädchen umkrempeln, das nicht zu ihm steht, das ist sicher.«

Avery schwieg. Sie stand auf, schob den Hocker ordentlich an den Tresen, fuhr sich durch die Haare und wickelte sich den Schal um den Hals, ehe sie in den Mantel schlüpfte.

»Deine Haare sind richtig schick«, sagte Sue und fasste sich dabei selbst an die Dauerwelle. »Du siehst aus wie Charlize Theron.«

Avery lachte. »Lass das die arme Charlize besser nicht hören! Sonst kriegt sie eine Depression!«

»Wie kann man nur immer so negativ sein?«, schimpfte Sue und schlug mit dem Zipfel des Geschirrtuchs nach ihrer Tochter. »Und jetzt geh endlich, denn du vertreibst meine Gäste!«

»Sehr freundlich, Mom!« Avery tat gespielt entrüstet.

»Ja, so bin ich – ach, und Avery«, Sue beugte sich etwas über den Tresen, »vielleicht rufst du ja wirklich Phil einmal an – er wird langsam lästig.«

Avery schnitt eine Grimasse. »Ja, ich weiß. Vorhin, als ich das erste Mal seit Langem mein Handy angeschaltet habe, wurden mir zweiundzwanzig verpasste Anrufe angezeigt. Du weißt ja, dass ich oben in der Station keinen Empfang habe.«

»Na, dann würde ich vorschlagen, du kümmerst dich mal um deinen Kram, Schatz. Nicht, dass du noch dein sehnlich erwartetes Jobangebot verpasst, weil du dich in den Bergen verschanzt.«

»Kümmere dich um deinen Kram«, äffte Avery ihre Mutter nach und starrte auf ihr Handydisplay. Zweiundzwanzig verpasste Anrufe. Sie wollte nach Hause fahren, saß schon im Auto, aber vielleicht musste sie wirklich endlich anfangen, ihre Vergangenheit abzuschließen, um sich darüber klarzuwerden, was sie eigentlich wollte. Warum hatte sie Phil nicht schon längst angerufen? Aus Angst? Weil er ihr wehgetan hatte? Oder weil sie wusste, dass sie ihm keine Vorwürfe mehr machen konnte, nun, nachdem sie sich wieder mit Mason eingelassen hatte? Warum wollte sie nicht, dass er davon erfuhr? Vor Jahren, als sie Phil gerade kennengelernt hatte, hatten sie auch über ihre früheren Beziehungen geredet. Damals hatte sie ihm von der peinlichen Wette erzählt. Für wie naiv würde er sie halten, wenn er wüsste, dass …

Vielleicht war sie ja wirklich naiv! Oder vielleicht würde er denken, dass sie in all den Jahren nicht aufgehört hatte, Mason zu lieben. Doch das war natürlich Unsinn! Von Liebe konnte sie ja selbst jetzt nicht sprechen – höchstens von einer Jugendschwärmerei, die neu entflammt war. Aber würde Phil ihr das glauben? Und glaubte sie das überhaupt selbst?

Noch immer schwebte ihr Finger zögernd über Phils Nummer.

Sie atmete tief durch, wartete, bis die Müllabfuhr vor ihrem Auto krachend die Tonne gelehrt hatte und weiterfuhr, und drückte dann auf wählen.

»Es geschehen noch Wunder!«, meldete sich Phil bereits nach dem zweiten Klingeln.

»Wie bitte?«

»Ich habe schon nicht mehr mit deinem Rückruf gerechnet.« Phil klang gehetzt.

»Ich habe hier nicht überall Netz«, rechtfertigte sich Avery und sah auf die Uhr. Phil musste eigentlich im Büro sein.

»Ich hatte schon befürchtet, nach Littletree kommen zu

müssen, um die Sache zu klären. Sehr nett, dass du mir den Weg ersparst.«

»Um Himmels willen – bleib bloß, wo du bist. Ich … ich will dich wirklich nicht sehen!« Avery wurde heiß. Sie spürte, wie seine dahingesagten Worte sie in Panik versetzten.

»Sei doch nicht immer noch böse. Wir sind doch beide erwachsen. Können wir nicht normal miteinander umgehen?«

Avery verzog das Gesicht. Sich von Phil wie ein Kind rügen zu lassen, fühlte sich mies an. »Klar. Aber das bedeutet ja noch lange nicht, dass ich Lust verspüre, dich zu sehen.«

»Du klingst besser als bei unserem letzten Telefonat. Kommst du langsam wieder auf die Beine?«

»Und du klingst gestresst«, überging Avery seine Frage.

Phil lachte. »Ja, könnte man so sagen. Ich sitze gerade an einem Mega-Deal. Mir steht buchstäblich der Schweiß auf der Stirn.«

Avery konnte ihn direkt vor sich sehen. Das große, gläserne Büro, gut klimatisiert, und doch brannte die Luft, wenn die Broker sich neueste Börseninfos von Tisch zu Tisch zuriefen oder Ausdrucke weiterreichten. Seine Krawatte hatte er sicher schon abgenommen und wie immer achtlos auf dem Tisch neben dem Stapel Aktienkurse herumliegen. Das Headset im Ohr, den Blick konzentriert auf den Diagrammen am Monitor. Bestimmt kniff er die Lippen zu einer schmalen Linie zusammen – das tat er immer, wenn er angespannt war.

Avery lehnte sich im Sitz zurück, und es kam ihr vor, als fühlte sie den kühlen Luftstrom der Klimaanlage an ihrem ehemaligen Schreibtisch – nicht weit von seinem entfernt.

»Um wie viel geht es denn?« Sie spürte ein Kribbeln in den Fingerspitzen und versuchte, sich die Wirtschaftsnews der letzten Tage in Erinnerung zu rufen.

»Zweihundertfünfzig Millionen.«

Avery stieß beeindruckt einen Pfiff aus. »Nicht gerade

Kleingeld«, gab sie zu und überlegte, an welcher Aktie Phil mit so einer Summe interessiert sein könnte. »Kaufst du oder verkaufst du?«, fragte sie ernst.

Wieder lachte Phil leise. »Du bist nicht mehr im Geschäft«, erinnerte er sie und Avery hörte seine Tastatur im Hintergrund klackern. »Aber gut, ich geb dir einen Tipp.«

»Einen Tipp? Falls eure Leitung abgehört wird, klingt das ganz schön nach Insiderhandel«, scherzte Avery und ging im Geiste immer noch die Liste möglicher Investitionen durch.

»Es ist nur dann Insiderhandel, wenn du nach unserem Gespräch Aktien kaufst – oder verkaufst. Außerdem bin ich kein Insider bei ACF.«

Avery schlug sich auf die Stirn. »Natürlich! ACF! Setzt du auf long?«, fragte sie und ärgerte sich über sich selbst, weil sie seit einer Ewigkeit keine Wirtschaftsnachrichten mehr verfolgt hatte.

»Was hättest du getan?«, forderte Phil sie heraus.

Avery überlegte. »ACF, stabiler Mediengigant, neuer Besitzer, der die Aktie in den letzten Monaten hat steigen lassen. Beinahe zu spät, jetzt für so eine Summe einzusteigen.« Sie trommelte mit den Fingern aufs Lenkrad. »Andererseits planen sie, ihre Nachrichtensparte auszubauen, was zwar weniger Werbeeinnahmen bringt, aber mehr Seriosität. Könnte beides zur Folge haben – Wertverlust oder Anstieg.«

»So weit richtig«, lobte Phil.

»Aber kein Grund für eine Investition«, überlegte Avery laut. »Also, was weißt du, was ich nicht weiß?«

»Es existiert ein Foto, auf dem der Leiter von ACF mit mehreren Prostituierten …«

Avery schlug sich auf den Oberschenkel. »Du setzt zweihundertfünfzig Millionen auf short!«, rief sie aufgeregt. »Du erwartest einen kurzzeitigen Kursabfall als Reaktion auf die zu erwartende schlechte Presse!«

Phil lachte anerkennend. »Richtig! Das Unternehmen ist abgesehen von dem anzunehmenden Skandal mehr als stabil. Ich verkaufe gerade teuer und kaufe dann günstig zurück.«

Averys Herz hämmerte vor Aufregung. »Verdammt, Phil, das ist eine Riesennummer!«, jubelte sie.

»Und du hast es immer noch drauf!«, gab er zurück. »Du solltest zurück nach Seattle kommen! Dein Nachfolger ist ein Amateur, der jeden Trend verschläft.«

Die Freude, die Avery eben noch über ihre richtige Vermutung verspürt hatte, verflüchtigte sich so schnell, wie sie gekommen war. Es fühlte sich an, als wäre ein Kübel Eiswasser über ihr ausgegossen worden.

»Ich wurde ersetzt, Phil«, erinnerte sie ihn nüchtern. »Im Büro – und in unserer Beziehung. Ich habe mit beidem abgeschlossen.«

Phil räusperte sich. »Komm schon, das war jetzt nicht … ist ja auch egal. Es hat sich nur gerade wie in alten Zeiten angefühlt. Als wir gemeinsam die Finanzmärkte gerockt haben.«

Avery schluckte den Kloß hinunter, der ihr plötzlich im Hals steckte. Sie sah aus der Seitenscheibe ihres Wagens und beobachtete das verschlafene Leben in Littletree. Es würde nicht mehr lange dauern, bis der Schnee auch dieses bisschen noch zum Erliegen bringen würde. Es war kein Vergleich mit ihrem früheren Leben. Und doch konnte sie sich nicht entscheiden, in welchem Leben sie glücklicher war.

»Ich hatte einige Vorstellungsgespräche«, gestand sie ihm, denn tatsächlich hatte es sich gerade gut angefühlt, ihrem alten Job nachzuhängen. »Vielleicht komme ich wirklich zurück nach Seattle.«

»Das ist toll. Wirklich toll, Avery. Wenn … wenn ich helfen kann, gib Bescheid. Du kennst unsere Kontakte. Ich könnte einige Anrufe machen, wenn du magst.«

»Nein, nein. Danke.« Avery schüttelte den Kopf, auch

wenn er das nicht sehen konnte. »Ich … ich will sehen, ob ich es nicht allein schaffe.«

»Wo hast du dich denn beworben?«

Avery zögerte, es ihm zu sagen. Wenn sie den Job nicht bekommen würde, käme sie sich ihm gegenüber blöd vor.

»Avery? Bist du noch dran?«

»Was? Ja. Klar. Schlechtes Netz hier. Ich … ich habe mich bei der Infinity Bank beworben.«

»Die haben einen großen Investmentbereich«, stimmte er ihr zu. »Allerdings bist du größere Player gewohnt. Du wirst dich dort langweilen.«

»Für den Anfang wird es gehen. Karriere ist … mir nicht mehr so wichtig wie früher. Meine Prioritäten haben sich … irgendwie verschoben.«

Sie suchte die Straße nach dem Plakat ab, das das morgige Rodeo ankündigte. Als sie gleich drei davon nebeneinander am Gartenzaun der Hendersons erblickte, lächelte sie. Wie zu erwarten, zeigte es Mason mit seinem strahlenden Lächeln auf einem bockenden Pferd.

»Avery? Ich hör dich überhaupt nicht. Du hast echt ein beschissenes Netz!«

»Ja.« Sie seufzte und wandte sich von dem Poster ab. »Vielleicht sollten wir mal darüber sprechen, weshalb hast du angerufen Phil? Ich habe ja auch nicht ewig Zeit.«

Wieder räusperte sich Phil. Der Moment des Einklangs war vorüber. »Ich möchte die Wohnung untervermieten – dazu brauche ich deine Unterschrift. Du stehst noch als Mieter mit im Vertrag.«

»Du gibst die Wohnung auf?«, fragte Avery irritiert. Schließlich befand sich das Appartement in bester Lage.

»Ich bin eh kaum zu Hause. Du … weißt schon.«

Avery ging ein Licht auf, und sie kam sich mit einem Mal dämlich vor. »Die Sekretärin!«

»Was soll ich sagen …« Zumindest klang er reuig.

»Kannst du Mom den Vertrag ins Café mailen? Dann unterzeichne ich ihn und schicke ihn zurück.«

»Gib mir doch deine Mailadresse«, schlug er vor.

Avery lachte. »Phil, ich … ich habe hier nicht mal einen Computer!« Sie konnte ihn beinahe sehen, wie er ungläubig den Kopf schüttelte.

»Was in aller Welt hält dich dann dort?«

Averys Blick glitt erneut zu den Postern. Sie lächelte gequält.

»Das ist eine gute Frage«, murmelte sie.

Kapitel 22

»Das Kingshome-Rodeo wird immer beliebter«, erklärte Aaron und wedelte mit der Teilnehmerliste. »Es sind jetzt über vierzig Anmeldungen. Und du weißt, dass sich viele noch spontan entscheiden, sich vor den Zuschauern lächerlich zu machen.« Er schlurfte mit müden Schritten durch den Stall zu Mason, der vier schwere Eisenstangen über seine Schulter wuchtete.

»Geh aus dem Weg«, brummte Mason. »Wer hat denn so viele Anmeldungen angenommen?«, fragte er schlecht gelaunt. Er hatte keine Lust, seine sorgfältig trainierten Pferde zu überlasten.

»Das war ich. Ich wusste nicht, dass du eine Begrenzung haben wolltest.«

»Wir haben ja auch nur begrenzt Pferde.«

Er schob sich an seinem Bruder vorbei hinaus aus dem Stall. Die Stangen waren schwer, aber er war beinahe fertig damit, die Rodeo-Fläche abzugrenzen. Einige Kuhtreiber seines Vaters gingen ihm dabei zur Hand.

Aaron beschleunigte seine Schritte, um ihm hinterherzukommen. »Ich weiß – und ich hab das vielleicht nicht richtig bedacht, aber du weißt ja selbst, dass viele der Teilnehmer hier aus der Gegend sind – und keine Ahnung haben. Sobald das Tor aufschwingt, machen die den Abflug.« Er eilte neben Mason her. »Sollte für die Pferde also kein Problem sein.«

Mason brummte eine unverständliche Antwort. Er wusste, dass Aaron damit gar nicht so falschlag, aber er brauchte ein Ventil für seine schlechte Laune. Die gesamte Veranstaltung ging ihm auf die Nerven.

»Ist ja jetzt eh schon zu spät. Abendanmeldungen nehmen wir aber keine mehr an, verstanden?«

Aaron nickte und notierte das auf dem Ausdruck.

Mason legte die Stangen ab und wischte sich den Schweiß aus dem Nacken. Trotz der winterlichen Kälte trieb ihm die Bewegung den Schweiß auf die Stirn. Die Wolken, die über den Berggipfeln der Rockys hingen, würden den ersten Schnee bringen. Der Boden unter seinen Füßen war gefroren, was schlecht war, denn sie mussten ihn aufhacken und lockern, um die Stürze zu mildern.

»Du kümmerst dich darum, dass keiner ohne Protektor-Weste antritt. Jeder, der aufsitzt, trägt so ein Ding.« Er griff sich den schweren Hammer und klopfte die erste Stange in die entsprechende Verstrebung der Einzäunung. »Fehlt mir gerade noch, dass sich hier einer das Kreuz bricht.«

»Was ist denn mit dir heute los? Hab ich dir was getan?« Aaron kniff verärgert die Augen zusammen. »Du maulst mich in einer Tour an.«

»Du nervst!«, gab Mason knapp zurück und bückte sich nach der nächsten Stange. »Ich will hier fertig werden!«

Aaron hob abwehrend die Hände. »Toll!«, ätzte er. »Dann lass ich dich deinen Scheiß besser allein machen.«

Mason stellte die Strebe auf und stützte sich darauf ab. Er schob sich den Hut vom Kopf und blickte seinen Atemwölkchen hinterher.

»Bleib hier!«, rief er seinen Bruder milder zurück. »Tut mir leid!« Er streifte die Lederhandschuhe ab und rieb sich übers

Gesicht. Dann fuhr er sich müde durch die Haare. »Lass uns kurz besprechen, was noch ansteht.«

Aaron zögerte. Er klopfte sich eine Zigarette aus der Schachtel und steckte sie an. Ehe er Mason wieder ansah, blies er kunstvolle Kringel in die Luft.

»Das klappt im Winter besser.«

»Aaron!«

»Ich weiß, was zu tun ist«, murrte der. »Startnummern vorbereiten, die Plätze für die Punktrichter bestuhlen, die Fässer in die Bar schaffen und Vaters Männer als Bullfighter einteilen. Du musst mir keinen Vortrag halten.«

Mason kniff die Lippen zusammen. »Ist nicht dein erstes Rodeo«, erkannte er.

Aaron nickte. »Ich weiß. Und diesmal reite ich mit. Ich habe mir Startnummer siebenundzwanzig verpasst.«

»Vergiss es!« Mason war entschlossen. »Du kannst dich als Bullfighter austoben, wenn du magst, aber abwerfen lässt du dich nicht!«

Aaron schnippte wütend die Kippe weg. »Ich hab trainiert!«, wiedersprach er. »Ich will nicht nur den Babysitter für alle anderen spielen!«

»Ein Bullfighter ist kein Babysitter! Er sorgt für die Sicherheit der Teilnehmer, indem er das bockende Pferd vom abgeworfenen Reiter trennt. Wenn ein Bullfighter schläft, wird es für die Reiter gefährlich. Das ist ein anspruchsvoller Job.«

»Dann mach du ihn doch!«, rief Aaron und stapfte davon.

Mason schlüpfte wieder in die Handschuhe und sah seinem Bruder nach. Er bückte sich nach der letzten Strebe und versuchte durch gleichmäßiges Atmen seine geprellte Seite zu entlasten. Aaron wusste ja nicht, worauf er sich einließ. Ein Pferd unter Wettkampfbedingungen zu reiten, war etwas vollkommen anderes als beim Einzeltraining hier auf der Farm. Die Spannung der Zuschauer, das Geschrei und der Applaus würden die Tiere nervös machen und den Reiter ablenken. Und er wusste nur zu gut, was passieren konnte, wenn man abgelenkt war.

Avery stieg bei ihren Eltern in der Einfahrt aus dem Auto. Das Nachmittagsprogramm des Kingshome-Rodeos schien den Geräuschen nach schon in vollem Gange. Sie bückte sich nach Charly, der ihr um die Beine schlich und rostrote Haare an ihrer Jeans hinterließ. Sie hob ihn hoch und kraulte sein Kinn.

»Na du? Hast du gar keine Angst, dass dich einer dieser Möchtegern-Cowboys zureiten will?«

»Redest du öfter mit dem Kater?«, fragte Carrie von der Veranda aus. Avery hatte sie gar nicht bemerkt, wie sie da so zusammengekauert auf der Hollywoodschaukel saß.

Sie setzte Charly ab und ging die Stufen hinauf auf die Veranda. Carrie rückte beiseite und Avery setzte sich neben sie. Die Ketten, an denen Flynn die Schaukel schon vor vielen Jahren an die Decke gehängt hatte, quietschten.

»Hält sie uns beide aus?«, fragte Avery misstrauisch und blickte nach oben.

»Keine Sorge. Mom und Dad sitzen fast jeden Abend hier.«

»Na dann …« Sie war nicht überzeugt.

»Kommst du zum Essen?«, fragte Carrie und zog sich den Schal bis unter die vor Kälte gerötete Nasenspitze.

»Nein. Ich gehe zum Rodeo.« Avery lachte verschämt.

Carrie sprang auf. »Echt? Du gehst zu den Kings? Oh, wie geil!«

»Das hatte ich zumindest vor. Jetzt bin ich mir nicht mehr so sicher, ob das eine gute Idee ist.«

»Vielleicht lässt Dad mich dann ja auch mit«, sprudelte Carrie weiter.

»Oh nein! Vergiss es! Das letzte Mal, als ich für dich die Verantwortung übernommen habe, musste ich dich aus den

Büschen zerren und du warst wochenlang böse auf mich!«

»Oh Avery, bitte!« Sie legte die Hände flehend aneinander. »Ich schwöre, ich mach keinen Unsinn. Ich hab echt was dazugelernt. Aber Aaron will heute sein erstes Rodeo reiten, und ich *muss* ihn anfeuern!«

Avery verdrehte die Augen. Der Cowboycharme zog offenbar in dem Alter noch. Das musste an den Hormonen liegen.

»Na schön, wenn Dad es dir erlaubt, nehme ich dich mit. Aber ich warte nicht ewig, bis du dich zurechtgemacht hast!«, drohte sie, auch wenn sie beinahe froh um den Aufschub war.

»Danke, Avery!« Carrie warf sich auf sie und drückte feuchte Küsse in ihr Gesicht. »Ich verspreche, du wirst es nicht bereuen!«

»Ich bereue es jetzt schon!«, sagte Avery lachend und schob ihre Schwester von sich. »Falls es dir nicht aufgefallen ist, ich hab mich geschminkt und du verschmierst alles!«

Carrie lachte. »Das ist mir wirklich nicht aufgefallen! Du könntest ruhig deine Augen etwas mehr betonen.«

»Geh fragen, oder ich mach mich allein auf den Weg!«, unterbrach Avery die Belehrung.

»Schon gut – warte kurz!«

Die Tür knallte hinter Carrie zu, und wenig später folgte ein gellender Schrei. Avery stutzte. Sie wollte gerade aufstehen und nachsehen, ob etwas passiert war, als ihr Vater herauskam. Er schloss bedächtig den Reißverschluss seiner Jacke und setzte sich ächzend neben sie. Die Kette quietschte gefährlich.

»Du solltest die Aufhängung mal erneuern«, schlug Avery ängstlich vor und beäugte die in die Jahre gekommene Konstruktion.

Flynn legte seinen Arm um Averys Schultern und zog sie an sich. »Deine Mom hat verfügt, dass ich nichts mehr reparieren darf«, erklärte er mit einem amüsierten Unterton in der

Stimme. »Sie sagt, sie lässt sich sonst scheiden und sucht sich einen Mann mit zwei linken Händen.«

Avery lachte und knuffte ihrem Vater in die Seite. »Was hast du gemacht, dass sie so eine Drohung ausstößt?«

Er machte ein unschuldiges Gesicht. »Ich fand die Bodenbretter im hinteren Schuppen etwas morsch«, erzählte er grinsend. »Also hab ich sie entfernt und neue zugeschnitten – leider etwas zu kurz. Ich musste noch mal welche besorgen, aber weil schon Samstagabend war, hab ich das auf Montag verschoben. Und am Montag hatte sich dann schon ein ganzes Rudel Frettchen eingenistet und deine Mutter zu Tode erschreckt, als sie einen Topf mit eingekochten Gurken herausholen wollte.«

»Oh Gott, Dad!« Avery bog sich vor Lachen. »Was denkst du, wie sich erst die armen Frettchen erschreckt haben müssen!«

Die Umarmung ihres Vaters vertrieb die Kälte aus Averys Körper und sie schloss verträumt die Augen.

»Ich sollte das Rodeo sausen lassen und hier bei euch bleiben«, flüsterte sie. »Hinzugehen ist ohnehin keine gute Idee.«

Flynn zuckte mit den Schultern. »Manchmal sind schlechte Ideen doch immer noch die besten.«

Avery lächelte ihn an. »Lässt du Carrie mit?«

Er nickte zögernd. »Ja, aber auch das könnte eine schlechte Idee sein.«

»Denkst du, es schneit heute noch?«, fragte Carrie und rieb die Hände aneinander.

Der kurze Fußmarsch bis zur Farm hatte ausgereicht, Averys Füße in Eisklumpen zu verwandeln, und sie bereute mit jedem Schritt in Richtung der Arena ihren Entschluss herzukommen.

»Kalt genug ist es jedenfalls.«

»Ja, aber ich denke, zwischen all den Zuschauern ist es wärmer«, überlegte Carrie und reckte den Hals, um sich einen

Überblick zu verschaffen. »Komm, wir quetschen uns da drüben durch, damit wir auch was sehen!«

Sie griff nach Averys Hand und zog sie mit sich durch die Menge. Es wimmelte von karierten Flanellhemden und Cowboyhüten, Stiefeln und Caps. Alltagskleidung suchte man hier offenbar vergeblich. Ein Junge mit einigen Lassos um die Schulter rannte Carrie beinahe um, und sie stieß einen Fluch aus.

»Da vorne am Zaun ist noch Platz!«, rief sie und deutete vor sich.

Schnaubend folgte Avery ihr, auch wenn sie nicht gerade scharf darauf war, das Treiben so aus der Nähe zu sehen.

»Siehst du Aaron irgendwo?«, rief Carrie über den Beifall hinweg, den sich ein Cowboy durch eine besonders gute Leistung im Calf Roping verdient hatte. Sie kletterte auf die unterste Metallstrebe, um besser sehen zu können.

»Komm da runter!« Avery sah sich besorgt um. Vor ihnen auf der Wettkampffläche ritten drei Männer mit roten Westen auf Pferden umher. Offenbar sorgten sie für Ordnung auf dem Platz.

Ein Gong ertönte und ein Metalltor schlug auf. Ein Kalb stürmte in die Arena, gefolgt von einem lassoschwingenden Mann auf seinem Pferd. Er warf die Schlinge um den Hals des Kalbs, glitt im selben Moment aus dem Sattel und rannte zu dem Kalb, das er zum Stehen gebracht hatte. Mit einem geübten Griff wuchtete er das Kalb auf die Seite und fesselte Vorder- und Hinterlauf mit einem Seil, das er bis dahin zwischen die Zähne geklemmt hatte. Dann riss er den Arm nach oben und die Uhr hielt an.

Das Ganze hatte gerade mal sieben Sekunden gedauert, aber er schien nicht hundertprozentig zufrieden mit seiner Leistung, denn er riss sich den Hut vom Kopf und schlug sich damit auf den Schenkel.

»Aaron ist echt gut im Calf Roping«, erklärte Carrie stolz

und suchte weiter die Menge nach ihrem Liebsten ab. Da sie nicht fündig wurde, wandte sie sich an den Zuschauer neben sich: »Wissen Sie, ob Aaron King schon an der Reihe war?«

»Die Kings laufen außer Konkurrenz. Sie schließen den Wettkampf ab.«

Avery rollte mit den Augen. War ja fast schon klar gewesen, dass der Lokalheld Mason King sich gar nicht erst mit allen anderen zu messen brauchte. Warum machte er dann überhaupt mit? Brauchte sein Ego den Triumph über diese Landeier? Brauchte er den Kick so dringend?

Durch die Lautsprecher scholl eine Durchsage. In der Disziplin Calf Roping waren nun alle Teilnehmer an der Reihe gewesen.

Carrie zupfte hektisch an Averys grüngrauem Mantel. »Sicher kommt dann gleich Aaron!«

Carries Anspannung übertrug sich auch auf Avery, und sie ertappte sich dabei, wie sie sich auf die Zehenspitzen stellte, um zu sehen, was da bei den Startboxen vor sich ging.

Noch ehe das Metallgatter aufschwang, jubelten die Leute. Avery hielt die Luft an. Staub flirrte im Licht der Scheinwerfer und der Geruch von Pferden hüllte sie ein. Sie fühlte sich schwindelig, und der jubelnde Zuschauer neben ihr rammte ihr unachtsam den Ellbogen gegen die Schulter. Sie fasste nach dem Gatter und hielt sich fest. Ihr Herz raste und sie schwitzte unter ihrem Mantel.

»Aaron!«, kreischte Carrie und hüpfte auf das Gatter, als ihr Freund dem Kalb hinterher in die Arena preschte. Mit einer fließenden Bewegung warf er das Lasso um den Kalbskopf und glitt aus dem Sattel. Avery staunte, mit welcher Leichtigkeit er das Kalb zu Fall brachte und wie schnell er ihm die Beine band.

Carries Jubelruf drang ihr bis ins Mark und sie atmete geräuschvoll aus.

»6,7 Sekunden!«, schrie sie. »Avery, siehst du, wie schnell er war? Oh mein Gott, ich …«

»Ist ja gut!« Avery lachte erleichtert. Niemand hatte sich verletzt. Und auch wenn sie den Wirbel um die ganze Sache nicht verstand, musste sie zugeben, dass Aaron keine schlechte Figur gemacht hatte. »Beruhige dich!« Sie legte Carrie die Hand an die Schulter, war aber nicht sicher, ob die Worte nicht auch ihr selbst galten.

»Jetzt kommt Mason, oder?«, hakte Carrie bei ihrem Nebenmann nach. Der zuckte mit den Schultern und spuckt eine Ladung Kautabak-Saft aus.

Avery verzog angeekelt das Gesicht, als Carrie hektisch einen Schritt von ihm wegtrat.

»Ich denke, dass jetzt Mason kommt«, vermutete Carrie erneut und kniff die Augen zu Schlitzen zusammen. »Oder …? Warte mal, den da drüben kenn ich. Das ist dieser … ähm …« Sie kratzte sich am Kopf. »Mir fällt der Name nicht ein, aber Aaron hat ihn mir auf der Party als Masons Agenten vorgestellt.« Sie drehte sich grinsend zu Avery um. »Wo der ist, ist Mason sicher nicht weit.«

»Mason!«

Als er hörte, wie jemand seinen Namen rief, spuckte er das Tau, das er fürs Calf Roping bereits zwischen den Zähnen hatte, aus und wandte sich um. Die braune Stute unter ihm tänzelte nervös, als er abwartend die Zügel straffte.

»Verdammt, Cody! Was machst du denn hier? Ich dachte, du bist in Vegas?«

Masons ohnehin schlechte Laune sank ins Bodenlose. Nach der letzten Auseinandersetzung mit seinem Freund und Agenten war er froh gewesen, ihn erst mal nicht sehen zu müssen. Zu viel ging ihm durch den Kopf – und er fühlte sich von Cody bedrängt.

Das schien dem aber gar nicht aufzufallen, denn er kam breit grinsend auf Mason zu und klopfte ihm kameradschaftlich auf die Schultern.

»Yes! Vegas, Baby!«, rief er und rieb sich zufrieden die Hände. »Die Finals können kommen! Ich hab alles vorbereitet und uns in ein Mega-Luxushotel eingebucht! Coors Beer zahlt das, wenn du ihr Logo auf deiner Jacke trägst – eine neue Jacke von ihnen gesponsert, versteht sich!« Cody schlug sich stolz auf die Brust.

Mason wusste, er wartete auf eine Reaktion. Auf ein Lob – aber irgendwie wollte ihm das nicht so recht über die Zunge kommen. Er wusste selbst nicht, warum.

»Gibt's eigentlich noch einen Zentimeter an meiner Kleidung, die nicht mit Werbung zugepflastert ist?«, fragte er bissig, aber Cody schien auch das nicht zu bemerken.

»Keine Sorge, ich bin dabei, das zu verhindern! Der Rubel rollt, Mason – es läuft super!« Er nahm Mason die Zügel aus der Hand. »Wenn du nur aufhörst, dich bei so lächerlichen Disziplinen wie Kälberfesseln zu verletzen.« Er schaute Mason streng an. »Steig ab und überlass das den Anfängern. Ich hab dir eine Überraschung mitgebracht.«

Ärger kochte in Mason hoch. Er riss die Zügel an sich und funkelte Cody warnend an.

»Du verstehst echt überhaupt nichts!«, murrte er und gab den Helfern an der Box das Zeichen, sich bereitzumachen. »Ich bin nicht dein Goldesel! Ich mach, was ich will – wann ich es will! Und jetzt lass mich in Ruhe, denn ich muss ein Kalb fesseln!«

Er nahm das Tau in den Mund, gab das Zeichen und das Gatter sprang auf.

Wie immer, wenn er einem Pferd die Fersen in die Flanken grub, blendete er alles um sich herum aus. Er spürte die Bewegung des Pferdes kaum, als es hinter dem Kalb hersetzte. Er hob das Lasso in einer Bewegung, die ihm so vertraut war, dass er sie vollkommen unbewusst machte, und es legte sich in einer perfekten Schlinge um den Hals des Kälbchens. Noch ehe das Seil zwischen Kalb und Sattel gespannt war, hatte er es auch schon erreicht. Er schmeckte das Seil zwischen seinen Zähnen, fühlte das struppige Fell des kleinen Braunen, als er es hob und umlegte. Er war so fokussiert, dass er das Herz des Tieres in dessen Brust klopfen sah, dass er seinen Atem in der kalten Luft bemerkte, während er das Tau um Vorder- und Hinterlauf schlang. Die vielen Hufabdrücke in der Erde ließen die Arena wie ein schäumendes Meer aussehen, und für einen kurzen Moment überkam ihn die Angst. Er schloss die Augen, um die Wellen nicht über sich zusammenschlagen zu sehen. Dann riss er die Hand hoch und mit einem Surren stoppte die Uhr. Das Tosen der Menge klang wie das Brechen der Wellen, die er gerade noch gefürchtet hatte. Mit zitternden Knien stand er auf und hob automatisch jubelnd die Hände über den Kopf. Sein Blick streifte die Uhr: 6,2 Sekunden. Bestzeit an diesem Abend.

Und trotzdem fühlte er sich verloren.

»Mason! Mason! Mason!«, skandierten die Zuschauer, als er mit pochendem Kopf die Arena verließ. Was war nur mit ihm los?

»Gratulation!«, rief ihm Aaron entgegen und streckte ihm zugleich die Zunge heraus. »Du hättest mich ja ruhig gewinnen lassen können«, meckerte er. »Schließlich ist Carrie hier – ich hätte gern Eindruck auf sie gemacht.«

Mason schob sich den Stetson auf den Rücken und runzelte die Stirn.

»Ich dachte, sie hat für die nächsten hundert Jahre Hausarrest?«

Aaron grinste. »Dachte ich auch. Aber vermutlich macht ihr Vater eine Ausnahme, denn sie hat wieder mal ihre Schwester als Anstandsdame dabei.«

Überrascht blieb Mason stehen.

»Avery ist hier?«

»Sie steht dort drüben neben Carrie.« Aaron deutete in die

seitliche Zuschauermenge. »Ganz vorne am Gatter.«

Über die Köpfe einiger Teilnehmer hinweg, die dabei waren, ihre Plätze auf den Rücken der Rodeo-Pferde einzunehmen, erblickte er sie. Ihre kurzen blonden Haare stachen aus der Menge der Hüte um sie herum hervor, fast so sehr wie die rote Mähne ihrer Schwester. Sie sah nicht so aus, als ob sie sich richtig wohlfühlte.

Freude wallte in Mason auf, denn er hatte nicht damit gerechnet, sie hier zu sehen. Stand sie schon länger da? Hatte sie ihn beim Calf Roping beobachtet? Und wenn ja, was hatte sie dabei empfunden?

Er wollte zu ihr gehen, fragen, ob sie ihre Meinung geändert hatte … ob sie ihn – und alles, was ihn ausmachte – so akzeptieren konnte, wie er war. Ob sie auch glaubte, dass da etwas Besonderes zwischen ihnen war.

»Mason! Kommst du?«, riss Aaron ihn aus seinen Grübeleien. »Das Rodeo fängt an.«

Mason zögerte. Sein Blick hing immer noch an Averys Lippen. Der Drang, sie zu küssen, war beinahe übermächtig.

»Mason!« Aaron boxte ihm grob gegen die Schulter. »Es geht los!« Dann stürmte er davon, denn obwohl jeder der Teilnehmer eine Startnummer zugeteilt bekommen hatte, herrschte im Bereich hinter den Startboxen Chaos.

Mason seufzte, kehrte Avery den Rücken und mischte sich ins Gedränge.

»Brock – du kommst, soweit ich weiß, erst nach Levi Staffer dran. Mach mal Platz, damit es nicht zu Verzögerungen kommt«, wies er den Metzgersjungen zurecht, der zitternd wie Espenlaub seinem ersten Rodeo-Ritt entgegensah. »Und hol dir unbedingt noch eine Protektor-Weste. Ohne lassen dich meine Leute nicht aufsitzen.« Er schob sich an zwei weiteren Teilnehmern vorbei und winkte einen der Arbeiter seines Vaters heran, der bereits auf seinem Pferd in der Arena saß und Scherze mit den Zuschauern machte. Die Bullfighter waren bei Bronc-Rides, also Pferde-Rodeos, meistens entspannt – anders, als wenn sie sich zwischen einen wütenden Bullen und den Cowboy werfen mussten.

»Ich übernehme dein Pferd!«, wies Mason den Bullfighter an und kletterte über das Gatter. Das war der einfachste Weg, sich Avery in diesem Gedränge zu nähern. Er übernahm auch die rote Weste und dankte dem Bullfighter mit einem Nicken, als er abstieg und Mason die Zügel reichte.

Zwei weitere Aufpasser saßen lässig auf ihren Pferden, bereit, den Teilnehmern helfend zur Hand zu gehen. Mason blickte hinüber zu Avery. Der Applaus schwoll an, denn der erste Reiter wurde durch die Lautsprecher angekündigt. Ein gehetzter Ausdruck trat auf ihr Gesicht, und er spürte ihre Angst.

Averys Herzschlag hatte ausgesetzt, als sie Mason beim Kälberfesseln beobachtet hatte. Es war so schnell gegangen, und doch hatte sie jede seiner fließenden Bewegungen inhaliert. Sie konnte nicht anders, als von seiner Leistung beeindruckt zu sein, und zugleich machte ihr das eine Heidenangst. Er hatte sie nicht wahrgenommen, das wusste sie. Hatte vermutlich überhaupt nichts wahrgenommen außer seiner Aufgabe. Mit plötzlicher Klarheit erkannte sie, dass es keinen Mason King ohne diesen Sport gab. Dass es genauso war, wie er gesagt hatte. Es war sein Leben.

Und nun klammerte sie sich Halt suchend an die eiskalte Einzäunung und versuchte zu verstehen, was das für sie und ihr Herz bedeutete. Denn sie hatte es offensichtlich an diesen lebensmüden Cowboy verloren.

Sie sah entsetzt zu, wie ein Junge, den sie gelegentlich mit seinen Freunden im Café gesehen hatte, versuchte, seinem Leben auf einem dieser bockenden Pferde ein Ende zu setzen. Das Gatter war gerade erst aufgegangen, und schon segelte er in hohem Bogen durch die Luft. Ein Raunen ging durch die Zuschauer, als er hart auf dem frostigen Boden aufschlug, während das Pferd nur wenige Meter weiter sich wieder beruhigt zu haben schien.

Ihr Puls raste und sie konnte nicht verstehen, warum Carrie sich jubelnd übers Gatter lehnte.

Der Junge war inzwischen wieder auf den Beinen und humpelte mit einem Grinsen vom Platz, das von Ohr zu Ohr reichte. Er hatte sich dreieinhalb Sekunden oben gehalten.

»So ein Schwachsinn!«, murmelte Avery und ärgerte sich, als einer der Bullfighter mit seinem Gaul genau vor ihr zum Stehen kam. Dabei würde es kaum einer der Teilnehmer bis in ihre Nähe schaffen.

Sie hob den Blick und verschluckte sich, als sie das Leuchten in Masons bernsteinfarbenen Augen erkannte.

»Du bist gekommen«, stellte er unnötigerweise fest.

»Ja, aber ich wollte gerade wieder gehen.« Averys Puls flog nur so dahin. Er sah gut aus. So als wäre er genau da, wo er sein wollte – und vermutlich auch sein sollte. Das Bild war absolut stimmig. Nur sie selbst passte nicht hinein.

»Das wirst du schön bleiben lassen«, erklärte er grinsend und deutete auf das Lasso an seinem Sattelknauf. »Sonst sehe ich mich gezwungen, dich zurückzuholen. Ich weiß nicht, ob du es gesehen hast, aber ich brauch so im Durchschnitt sechs Sekunden, um damit etwas einzufangen und flachzulegen.«

Avery schüttelte, irritiert über seine plötzliche Nähe, den Kopf. Auf der anderen Seite wurde die nächste Startbox geöffnet und ein rothaariger Mann wurde auf dem Pferderücken in die Arena katapultiert. Sein Rücken schien aus Gummi, so bog er sich beim Aufbäumen des Pferdes.

»Solltest du nicht …«, stotterte sie und deutete auf den nun durch die Luft segelnden Reiter, »solltest du ihm nicht irgendwie …«

Ein Bullfighter half ihm auf, während der andere das Pferd wegführte. Mason winkte ab.

»Die schaffen das auch ohne mich. Ist ja alles ganz harmlos.«

»Harmlos? Hast du gesehen, wie der eben den Boden geküsst hat?« Avery zitterte allein vom Zuschauen.

»Ich glaub nicht, dass er sich was gebrochen hat«, gab Mason unbeeindruckt zurück. »Und deshalb reden wir jetzt auch nicht mehr von ihm, sondern davon, was du hier machst.« Er lenkte sein Pferd näher ans Gatter und beugte sich weiter zu Avery herunter. »Ich dachte, du wolltest nicht kommen.« Sein Blick schien sie zu durchdringen und sie fühlte sich unwohl.

»Ja, das … wollte ich auch nicht. Aber …« Avery nahm ihren Mut zusammen und sah ihn an. »Aber ich wollte der Sache mit uns zumindest eine Chance geben. Deshalb bin ich hier.« Sie sah sich um und schüttelte den Kopf über sich selbst. »Ich mag Rodeos nicht. Ich finde das … unverantwortlich. Aber dich mag ich dummerweise trotzdem.«

Mason lachte und beugte sich unter Carries neugierigem Blick zu Avery übers Gatter. Er drückte ihr seinen Hut auf den Kopf, umfasste mit einer Hand ihren Nacken und zog sie zu einem Kuss zu sich heran.

»Dummerweise?«, hakte er grinsend nach, ohne sie loszulassen.

Avery nickte. »Ja, geplant war das so nicht, das kannst du mir glauben!«

Mason war ergriffen von ihrer Offenheit. Er wusste, wie schwer es ihr fiel, sich und anderen ihre Gefühle einzugestehen. Zärtlichkeit wallte in ihm auf, und er wünschte, die Zeit würde anhalten. Dies war nicht der rechte Ort für all das, was er ihr sagen wollte.

»Dann bin ich ja mal froh, dass du gelegentlich von deinen Plänen abweichst«, gab er deshalb nur zurück und küsste sie noch einmal, bis Carries begeisterter Ruf ihn aufhorchen ließ.

»Aaron!«, schrie sie.

Mason glaubte, sich verhört zu haben. Er wandte sich um und sah, wie sein Bruder mit zugegeben gut gesetzten Marks auf dem Rücken seines besten Trainingspferdes in die Arena preschte, obwohl er ihm die Teilnahme strikt verboten hatte.

»Dieser Idiot!«, schimpfte Mason. »Trägt nicht mal eine Schutzweste!«

Er riss sein Pferd am Zügel herum und schlug ihm die Fersen in die Flanken, trieb es mit dem Zügel links und rechts zusätzlich an und bedeutete zugleich den anderen Bullfightern, Aarons Pferd zu stoppen. Sie kesselten es ein und Mason zog seinen Bruder aus dem Sattel, sodass der hinter ihm über dem Pferderücken hing.

»Was soll der Scheiß?«, schrie Aaron zornig und ließ sich vom Pferd gleiten, noch ehe es stand. Er riss sich den Hut vom Kopf und schlug sich wütend auf den Schenkel. Dann rannte er mit einem mörderischen Gesichtsausdruck hinter Mason her.

»Du hast mich voll blamiert!«, warf er ihm vor, als sein Bruder hinter den Startboxen ebenfalls abstieg.

»Blamiert?«, echote der nicht minder zornig. »Ich hatte dir verboten mitzureiten!«

»Du hast kein Recht, mir irgendwas zu verbieten! Du hast in meinem Alter schon Bullen geritten, also reg dich ab!«

»Ich hatte im Gegensatz zu dir in diesem Alter auch schon Grips in der Birne! Wen wolltest du denn mit deinem Mut beeindrucken, als du ohne Protektoren diesen Ritt gemacht hast?« Mason knuffte seinem Bruder mit der Faust gegen die Brust. »Wolltest du vor Carrie den Helden spielen?«

Aaron rieb sich die Stelle und ballte die Fäuste. »Diese Frage kann ich ja wohl zurückgeben! Hast du meinen Ritt gestört, weil du fürchtest, nicht der Einzige in der Familie zu sein, der Talent hat, oder wolltest du dich vor Carries Schwester als Helden hinstellen? Hat auf jeden Fall gut geklappt!«, ätzte er. »Bin nicht verletzt, und wen schert schon, ob ich mit diesem Ritt mehr Punkte kassiert hätte als du? Schließlich bist du neulich im Dreck gelandet – und nicht ich!«

»Das ist Blödsinn!« Wie konnte sein Bruder so etwas nur denken? Aber noch ehe er das richtigstellen konnte, bekam Aaron von Cody Schützenhilfe.

»Guter Ritt, Aaron!«, rief Cody und stürmte auf die beiden zu. »Richtig gut, bis dein Bruder …«

»Da siehst du es, Mason! Ich hätte gewinnen können!«

»Du hättest dir auch das Kreuz brechen können. Ich hab dir heute Morgen noch erklärt, dass niemand ohne Protektoren reitet. Denkst du, das gilt nicht für dich?«

»Na komm«, versuchte Cody alle zu beschwichtigen. »Du sitzt selbst oft genug nur im Hemd im Sattel.«

»Ich bin ein Profi!«

»Aaron könnte auch einer werden«, erklärte Cody grinsend und schlug dem Jungen auf die Schultern. »Wir könnten einen Sponsor suchen und ihn in der nächsten Saison in die Qualifikationskämpfe schicken. Der Junge bringt uns …«

Mason holte aus und schlug Cody die Faust ins Gesicht.

»Halt dich von ihm fern!«, drohte er, als sein Agent stöhnend zu Boden ging. »Ich meine es ernst, Cody!«

Der rieb sich die Wange und rappelte sich fluchend auf. »Du Arschloch!«, spie er aus. »Was zum Teufel ist eigentlich mit dir los? Drehst wohl langsam durch!«

Mason schnaubte und rieb sich die Knöchel. »Ist ja kein Wunder, bei dem Zirkus hier! Diese ganze Scheiße« – er machte eine Handbewegung, die alles um sie herum mit einschloss – »ich sag dir, wie es ist, Cody, ich hab bald keinen Bock mehr auf diesen Mist!«

»Und du glaubst, das interessiert mich?« Cody klopfte sich die Erde von der Hose. Aus seiner Nase lief Blut, das er achtlos wegwischte. »Ob du grad mal Bock hast oder nicht, geht mir am Arsch vorbei!« Er lachte. »Du hast Verträge unterschrieben und Geld kassiert.«

»Und wenn ich aussteigen will?« Mason kniff die Lippen zusammen.

»Du kannst nicht aussteigen, wenn du das Geld für deine Pferdezucht zusammenbekommen willst!«, erinnerte ihn Cody gehässig.

So hart es war, Cody hatte recht. Die Farm warf zwar gute Gewinne ab, aber er wollte sich zudem etwas Eigenes erschaffen. Sein Werbevertrag lief noch über ein Jahr. Trotzdem wiederholte er seine Frage:

»Was, wenn ich aussteigen will?«

»Aussteigen? Du willst aussteigen?«, schrie Cody beinahe hysterisch, und in seinen Augen lag ein wahnsinniger Glanz. »Der einzige Weg aus den Verträgen ist, wenn sie dich in einem Leichensack vom Platz tragen!«

Als Mason sich frustriert abwandte, fiel sein Blick auf Avery, die zusammen mit ihrer Schwester nur ein Stück abseits stand. Betroffen hielt sie seinen Hut zwischen den Händen.

»Jetzt siehst du, welche Wahl ich habe«, murrte er, griff sich den Stetson und stapfte davon.

Kapitel 23

Avery füllte gerade die Futtermischung in die Näpfe von Todds Hasenställen, als Masons roter Pick-up in den Hof rollte. Sie sah ihm zu, wie er ausstieg, füllte aber erst noch Wasser auf, ehe sie den Käfig schloss und ihm entgegenging.

Anders als sonst sah er recht mitgenommen aus. Er verbarg seine Augen hinter einer dunklen Sonnenbrille und hatte den Hut tief in die Stirn gezogen. Ein dunkler Bartschatten schimmerte auf seinen Wangen.

»Hi!«, grüßte sie ihn, unsicher, wie es nach seinem gestrigen Abgang nun weitergehen würde. Sie deutete auf die Stufen, die zu ihrer Wohnung hinaufführten. »Willst du dich setzen?«

Er nickte und nahm die Brille ab. Matt ließ er sich neben ihr nieder. Seine Stiefel waren staubig und seine Jeans unten ausgefranst. Er legte das Gesicht in die Hände und schwieg.

»Was war da gestern los?«, fragte Avery vorsichtig und berührte seinen Rücken. Sie spürte das Zucken seiner Schultern mehr, als dass sie es sah.

»Ich bin ausgeflippt.« Er klang nicht so, als täte es ihm leid.

»Warum? Was war denn los?«

Mason hob den Kopf, blickte aber abwesend auf seine Schuhspitzen. »Cody ist mein Freund. Ich war immer froh, ihn an meiner Seite zu haben. Er hat viel für meine Karriere getan. Mir gute Verträge möglich gemacht.«

»Cody? War das der, den du geschlagen hast?«

Mason sah sie erstmals an. »Ich bin sonst nicht so. Ich … prügle mich nicht.« Er rieb sich verschämt über die Bartstoppeln. »Das … musst du mir glauben.«

»Ich weiß.« Avery lächelte ihn tröstend an und fasste nach seinen Händen. Sie strich zärtlich über den aufgeschürften Fingerknöchel. »Willst du darüber reden, was passiert ist?«

»Du hast es doch gehört. Ich habe keine Wahl – und das hat mich wütend gemacht.«

Avery kniff die Lippen zusammen. »Da steckt doch mehr dahinter, Mason. Du kanntest doch deine Verträge. Codys Antwort wird dich demnach nicht wirklich überrascht haben, oder?«

Mason schüttelte den Kopf. »Ich kann nicht aussteigen … selbst, wenn ich es wollte.«

»Ich weiß.« Avery stand auf und kniete sich vor ihn, damit er sie ansehen musste. »Du weißt, dass es mir nicht gefällt, dass du so nah am Abgrund lebst. Ich habe Angst, dass du mich, wenn du fällst, mit hinabziehst.« Sie suchte in seinen goldenen Augen nach Verständnis. »Andererseits würde ich wohl lieber mit dir fallen, als allein zurückzubleiben. Deswegen war ich gestern da. Ich …« Sie zuckte unsicher mit den Schultern. »Ich nehme den Abgrund in Kauf, wenn du versprichst, mich zu halten, falls wir fallen.«

Ein kleines Lächeln spielte um Masons Lippen, als er sich nach vorne neigte, um sie zu küssen. Es war ein scheuer Kuss.

»Warum der Sinneswandel?«

Avery verzog das Gesicht. Sie suchte nach Worten.

»Weißt du, ich … habe mich lange nicht mehr akzeptiert gefühlt.« Sie fuhr sich demonstrativ durch die kurzen Haare. »Die Kranke ohne Haare. Die Frau ohne Job, bei der nicht mal ihr Freund bleiben wollte … das war ich in meinen Augen. Und zwar beinahe ein Jahr lang.« Sie zögerte, aber Mason ließ ihr Zeit, sich zu fassen. »Dabei wollte ich im Grunde doch nur so akzeptiert werden, wie ich eben war.«

»Ich habe dich nie so gesehen«, flüsterte Mason und zog sie auf seinen Schoß.

»Ja, ich weiß. Ich dachte es aber bei dem Apfelfest.« Sie winkte ab. »Na, jedenfalls habe ich mich gefragt, ob ich dich nicht auch so akzeptieren muss, wie du eben bist.«

Er grinste. »Das wäre in der Tat hilfreich.«

»Idiot!« Sie stieß ihm den Ellbogen in die Seite und er zuckte zusammen. Seine Prellung war noch immer nicht verheilt. »Oh! Entschuldige, ich …«

Mit einem Kuss brachte er sie zum Schweigen und umfing ihre Arme mit seinen. »Ich halte dich besser fest«, erklärte er und drückte sie an sich. »Also, was wolltest du sagen? Du akzeptierst meinen Sport? War es das?«

»Na, so in etwa.« Avery lachte glücklich und schmiegte sich an ihn. »Aber an diesem Abgrund ist wirklich kein Platz für noch mehr Leute«, erklärte sie entschieden. »Du musst versuchen, Aaron und Carrie da fernzuhalten.«

Mason nickte nachdenklich. »Weißt du, Avery, oft, wenn ich in den letzten Jahren auf einen Bullen gestiegen bin, habe ich diesen Abgrund, von dem du immer sprichst, noch nicht mal als solchen erkannt. Ich sah nur die Kante, aber nicht, wie tief es hinunterging. Vielleicht hab ich auch gedacht, ich könnte fliegen, ich weiß es nicht, aber … aber ich will nicht, dass Aaron ebenso blind an diesem Abgrund steht. Vater würde es nicht überleben, sollte Aaron etwas passieren.«

»Warum denkst du, dass es ihm bei dir nicht ebenso geht?«

»Ich hab mich nie gefragt, was das alles für andere bedeutet«, gestand er und blickte in die Ferne. Der Ort lag unter ihnen und der Himmel hatte eine blaugraue Abendfärbung angenommen, als die ersten Schneeflocken leise auf sie herabrieselten.

Avery lachte, als eine davon ihren Nacken traf. Sie streckte die Arme aus und hob ihr Gesicht dem Himmel entgegen.

»Und was machen wir jetzt?«, fragte sie und schloss die Augen. Kleine Eiskristalle schmolzen auf ihren Wangen und ihren Lippen und bildeten einen prickelnden Gegensatz zu Masons warmer Umarmung.

Sein Lachen weckte die Schmetterlinge in ihrem Bauch, als er sie mühelos hochhob und die Stufen hinauftrug.

»Am Abgrund ist alles intensiver, Avery«, flüsterte er. »Lass uns herausfinden, wie intensiv.«

Avery saß im Café und blätterte durch den Wirtschaftsteil der Zeitung. Sie fühlte sich wohl dabei, denn obwohl es überraschende Meldungen zu entdecken gab, wandelte sie hierbei auf vertrautem Terrain. Sie konnte nicht leugnen, dass ihr das kleine Spielchen mit Phil am Telefon Spaß gemacht hatte. Vielleicht konnte er ja wirklich seine Beziehungen spielen lassen …

Sie hob den Blick und beobachtete ihre Mutter, die hinter der Theke zusammen mit Rosie über irgendetwas lachte. Die beiden Frauen arbeiteten nicht nur zusammen, sie waren auch Freundinnen. In ihrem alten Job mit dem Aktienhandel waren alle Mitarbeiter nur Konkurrenten gewesen. Im dauernden Kampf um den Jahresbonus. Auf der ständigen Jagd nach dem besten Deal. Sie nagte an ihrer Lippe. Wäre der neue Job in der Bank für sie auch zugleich der beste Deal, den sie machen konnte? Oder gab es vielversprechende Alternativen?

Nachdenklich schloss Avery die Zeitung und schlürfte den Schaum von ihrer Tasse mit heißer Schokolade. Die bittere Süße zerging ihr auf der Zunge und entlockte ihr ein zufriedenes Seufzen. Vermisste sie ihren Job? Diese Frage stellte sie sich seit dem Telefonat mit Phil häufig. Aber zu einem richtigen Ergebnis kam sie nicht. Sie hatte es wirklich geliebt, dass jeder Tag wie ein Pokerspiel gewesen war. Dass sie mit einem Klick regelrechte Vermögen transferiert hatte. Aber die Arbeit mit den Tieren erfüllte sie auf eine ganz andere Weise. Sie gab ihrem Leben einen Sinn. Wenn sie abends eine Blase an den Händen hatte, weil sie so viel Mist geschaufelt hatte, war das befriedigender, als das Vermögen eines Unbekannten vergrößert zu haben.

Sie lächelte in sich hinein. Die Unbekannten würden das sicher anders sehen.

Im Moment gefiel ihr das Leben, in das sie hineingestolpert war, ganz gut. Aber wollte sie sich wirklich auf Dauer an Littletree binden? Eine Beziehung mit Mason King würde das unweigerlich einschließen.

Aber war es für solche Überlegungen nicht ohnehin schon zu spät? Führte sie nicht längst eine Beziehung mit ihm? Zumindest fühlte es sich so an, als er das Café betrat und sich suchend umsah. Als er sie erblickte, lächelte er.

»Hi!« Er kam zu ihr und beugte sich zu einem Kuss zu ihr herunter. Dann grüßte er Sue und Rosie und zog sich einen Stuhl heraus.

»Du bist spät dran«, bemerkte Avery und deutete auf die Uhr an der Wand.

»Jep, ich weiß. Tut mir leid, aber rate, wem ich in die Arme gelaufen bin?«

»Keine Ahnung.«

Mason grinste breit. »Lee-Anne und Anthony.«

Avery zog die Brauen hoch.

»Und wie du dir vielleicht denken kannst«, fuhr Mason fort, »haben die inzwischen gehört, dass wir zusammen auf dem Tanzfest waren. Anthonys Vater war wohl auch beim Rodeo und hat gesehen, wie ich dir meinen Hut aufgesetzt habe.«

Avery rollte mit den Augen. »Mir war ja klar, dass wir das nicht verheimlichen können, aber gerade die beiden müssen nicht unbedingt wissen, was zwischen uns läuft!«

Mason lachte und zwinkerte ihr zu. »Ich glaube, sie haben bereits eine sehr genaue Vorstellung davon, denn Anthony hat mir gleich erklärt, dass ich das Geld für meine damals beglichenen Wettschulden heute keinesfalls mehr zurückfordern könnte. Das sei verjährt.«

Avery musste schmunzeln. »Du Armer! Jetzt hast du dich ganz umsonst mit mir eingelassen!«, scherzte sie und legte ihm vertraut die Hand auf den Schenkel.

»Es hat sich durchaus gelohnt, das kannst du mir glauben«, versicherte Mason ihr ernst und küsste sie ungeniert. »Auch ohne den Wetteinsatz.«

Um die Röte, die sein Kuss ihr in die Wangen getrieben hatte, zu verbergen, hob sie die Tasse an die Lippen und schielte hinüber zum Tresen. Rosie und Sue versuchten nicht mal so zu tun, als würden sie sie nicht beobachten. Beide grinsten.

»Wollen wir los?«, fragte Avery und schlürfte den letzten Schluck Schokolade aus der Tasse.

»Bist du sicher, dass du mitkommen willst? Das wird ein anstrengender Ritt. Wir können uns auch später bei dir treffen.«

Avery freute sich über seine Fürsorglichkeit, aber sie hatte sich entschieden. Sie wollte mehr über die Rinderzucht der Kings erfahren. Sie sah ihrem Cowboy in die Augen und lächelte. Vielleicht konnte sie bei der Gelegenheit auch mehr über ihn erfahren. Denn obwohl sie sich seit dem Rodeo vor einer Woche jeden Tag gesehen und die Nächte miteinander verbracht hatten, spürte sie, dass ihn etwas beschäftigte, das er vor ihr verbarg.

»Ich will mitkommen«, erklärte sie deshalb entschieden. »Ich freue mich darauf, mit dir allein in die Berge zu reiten.«

»In den Bergen liegt Schnee«, erinnerte er sie grinsend.

Avery ließ sich nicht abschrecken. Sie griff seine Hand und zog ihn mit zur Tür. »Wenn ich mich recht erinnere, gibt es

Schutzhütten – die recht gemütlich sein können«, flüsterte sie.

Wenig später half Mason Avery auf der Farm seines Vaters in den Sattel einer hellbraunen Stute.

»Die ist aber nicht zufällig für Rodeos gezüchtet, oder?«, fragte sie unsicher und krallte sich ängstlich am Sattelknauf fest.

Mason legte ihr beschwichtigend die Hand auf den Oberschenkel. Er wollte nicht, dass sie sich Sorgen machte. »Quatsch! Die ist ein ganz braves Mädchen. Viel zu faul, um auszuschlagen.«

»Also kein solches Wildpferd?«

Er lächelte und schwang sich in den Sattel seines eigenen Wallachs. Dann lenkte er ihn neben Avery.

»Auch die Rodeo-Pferde sind keine Wildpferde«, erklärte er, als sie nebeneinander antrabten. »Sie sind von klein auf daran gewöhnt, Reiter zu tragen. Aber man beginnt bei ihnen früh damit, sie fürs Bocken und Aufsteigen zu belohnen, sodass sie das ganz freiwillig machen.«

»Und der Lendengurt? Ich weiß, dass er in der American League kaum eingesetzt wird, aber warum verzichtet man dann nicht ganz darauf?«

Es gefiel Mason, dass sie Interesse an seiner Leidenschaft zeigte. »Das ist nicht so einfach. An sich ist der Lendengurt für die Pferde kein Problem. Er ist mit Lammfell gepolstert und gepudert und soll im Idealfall nur verhindern, dass übermotivierte Pferde zu schnell werden. Es ist gefährlich für den Reiter, wenn er bei hohem Tempo aus dem Sattel geschleudert wird. Der Gurt behindert das Angaloppieren, und die Pferde beschränken sich aufs Aufsteigen und im besten Fall einen Spin. Der bringt besonders viele Punkte, wenn man ihn sitzt – sprich, sich nicht abwerfen lässt.«

Avery nickte. »Aha. Und wie viele Punkte bekomme ich, wenn ich bis heute Abend im Sattel bleibe?«

Mason entging der verführerische Unterton in ihrer Stimme nicht, darum drängte er den Wallach näher an die Stute.

»Für diesen Fall hab ich mir schon was ausgedacht«, raunte er und lachte. »Es beginnt damit, dass ich herausfinden werde, was genau du alles unter diesem Berg an Klamotten trägst.«

Avery lachte und lüpfte leicht den Kragen ihres Mantels. »Hast du nicht vorhin selbst gesagt, dass Schnee liegt? Meinst du, ich will mir meinen Allerwertesten abfrieren?«

Mason legte den Kopf schief. »So eingepackt, wie du bist, wird das ganz sicher nicht passieren. Du musst nicht mal fürchten, dass dich ein Bär frisst. Bis der sich durch diese hundert Lagen Stoff gebissen hätte, wäre er verhungert.«

Avery blieb das Lachen im Hals stecken. »An die Bären hatte ich ja gar nicht mehr gedacht.«

Sie schauderte und lenkte nun ihrerseits ihr Pferd dicht an Mason heran. »Denkst du, wir werden einem begegnen?«

Mason zuckte mit den Schultern. »Die meisten Bären haben sich weiter oben in die Berge zurückgezogen. Sie suchen sich eine Höhle zum Überwintern. Aber wir sollten dennoch aufmerksam sein.« Er klopfte an seinen Sattel, wo ein Gewehr im Halfter steckte.

Eine Weile ritten sie schweigend nebeneinander immer weiter den Pfad hinauf, den die Pferde der Viehtreiber während des Sommers in den Boden gestampft hatten. Der Wind pfiff ihnen kalt um die Ohren, aber Avery fand es dennoch schön. Mason sah aus, als wäre er mit dem Pferd verschmolzen, so leicht hielt er sich im Sattel, während sie bereits jetzt jeden Muskel in ihrem Körper spürte.

»Ist alles okay?« Mason schien zu merken, dass sie sich etwas schwertat, und nahm Tempo heraus.

»Ja, ich komme klar«, versicherte Avery ihm. »Aber sag mal …« Sie deutete nach vorne. »Warum betreibt ihr eigentlich diesen Aufwand?«

Mason runzelte die Stirn und ließ die Zügel locker. Im Schritttempo wartete er, bis Avery wieder auf gleicher Höhe mit ihm ritt.

»Welchen Aufwand meinst du?«

»Na, die Kühe in die Berge zu treiben. Warum lasst ihr sie nicht im Tal grasen?«

»Unser Rindfleisch zählt zum besten Fleisch des Landes. Wir haben bei Weitem nicht genug Rinder, um es mit den Mega-Konzernen in Texas aufnehmen zu können, aber unser Fleisch ist dafür auch keine Massenware. Wir füttern keine Silage, haben keine Maststationen, wo das Futter sogar auf Körpertemperatur vorgewärmt wird, damit das Rind bei der Verdauung ja keine Kalorien verbraucht. Wir verzichten vollkommen auf Hormone.« Avery lächelte, denn der Stolz in Masons Stimme war unverkennbar.

»Wenn Rinder nur Gras fressen, wird das Fleisch gleichmäßig marmoriert und bildet keine Oberflächenfettschicht. Dadurch ist es viel zarter als das von Mastvieh.«

Avery nickte. Der Pfad wurde steiniger und mit jedem Höhenmeter, den sie zurücklegten, wurde es kälter.

»Aber könntet ihr nicht auch unten Weideland pachten?«

Mason lächelte sie an. »Könnten wir. Aber ich teile die Meinung meines Vaters, dass Agrarland, das für Erntemaschinen zugänglich ist, Lebensmittel für Menschen hervorbringen sollte. Würden wir nicht so viele Anbauflächen für Getreide nur dazu nutzen, um Futter für unser Schlachtvieh zu züchten, sähe es mit dem Welthunger anders aus.« Er zwinkerte. »Ich hoffe, das mit dem Welthunger klingt jetzt nicht nach der Rede einer Miss-America-Anwärterin«, scherzte er.

Avery lachte nicht. Sie sah ihn ernst an. »Nein, tut es nicht. Ich wusste nicht, dass …«

»Dass ich ein guter Mensch bin?«, zog er sie auf.

Diesmal lachte sie doch. »Bist du das denn? Klang für mich

eher so, als wäre dein Vater der Heilige.«

»Also, ein Heiliger bin ich definitiv nicht. Seit ich dich im Café abgeholt habe, habe ich verdammt sündige Gedanken.«

Avery lachte glücklich und ließ ihr Pferd schneller gehen. Sie ritt ihm davon und rief über die Schulter: »Dann lass uns ganz schnell den Elektrozaun auf eurer Bergweide ausbessern, und dann reiten wir zur Jagdhütte.«

»Die Jagdhütte hat es dir angetan, oder?«, foppte er sie und eilte ihr nach.

»Die Hütte nicht!«, rief Avery atemlos. »Aber der nackte Cowboy darin!«

Kapitel 24

Avery saß auf einem Heuballen und beobachtete Mason bei seinem Training. Aarons kritische Rufe schallten durch den ehemaligen Kuhstall und machten Mason auf seine Fehler aufmerksam. Fehler, die ihr überhaupt nicht auffielen. Ihr war kalt, obwohl es im Stall deutlich wärmer war als draußen. Der Winter war in Littletree angekommen, und eine dreißig Zentimeter dicke Schneeschicht lag über der Stadt. Sie hatte beinahe eine Stunde mit dem Wagen von der Station bis hierher gebraucht.

Sie blies sich in die Hände, um ihre kalten Fingerspitzen anzuwärmen, und sah Mason zu, wie er sich das Rope um die Finger wickelte.

Das Pferd unter ihm in der Box ließ diese Prozedur geduldig schon zum vierten Mal über sich ergehen. Es war beinahe geduldiger als Avery selbst. Sie bekam so langsam Frostbeulen, und sie fühlte sich ohnehin seit Tagen etwas erschöpft.

Zuerst hatte sie angenommen, der Ritt in die Berge und die zweistündige Reparatur des Zauns in der eisigen Kälte wären der Grund dafür, aber das lag nun schon beinahe zwei Wochen zurück, und sie kam doch nicht wieder so richtig auf die Beine. Sie war müde und abgeschlagen. Und das Wetter tat sein Übriges, ihr Wohlbefinden zu dämpfen. Zum ersten Mal, seit sie den Job in der Wildtierstation angenommen hatte, ertrug sie die Abgeschiedenheit nur schwer. Die vereisten Straßen machten jede Fahrt hinauf zu einer riskanten Tour, und sie blieb so oft es ging über Nacht bei Mason. Er bewohnte ein Blockhaus neben dem Farmhaus der Kings; er hatte es von seiner ersten großen Siegprämie bauen lassen, und Avery spürte in jedem Raum, wie sehr er mit dem Rodeo-Sport verbunden war. Überall hingen Bilder, Trophäen und Medaillen an den Wänden. Es war eine echte Männerbude, aber Avery fühlte sich sehr wohl darin, sicher und geborgen. Die dicken Blockbohlen vermittelten das Gefühl von Unverwüstbarkeit und Wärme, das Holz verströmte einen behaglichen Duft, und der große Kaminofen im Wohnzimmer lud dazu ein, die Nächte davor auf dem Sofa zu verbringen.

Ihr gefiel das sehr, und wenn es nach ihr gegangen wäre, hätte es immer so weitergehen können. Aber ihre ungewohnte Schwäche bohrte sich mit jedem Tag, der verstrich, wie ein Stachel in ihr Fleisch. Sie wusste, sie sollte einen Arzt aufsuchen.

Avery kniff die Lippen zusammen und betrachtete ihre zitternden Finger. Irgendetwas setzte ihr zu, und sie hatte Angst, dem nachzugehen.

»Wie fandest du den Ritt?«, frage Mason unvermittelt.

Er lenkte das Pferd, das ihn eben noch abzuwerfen versucht hatte, entspannt ans Gatter. Dann glitt er aus dem Sattel und schlang die Zügel um den Pfosten. Atemlos kam er zu ihr und ließ sich stöhnend neben sie auf den Heuballen fallen.

»Und? Wie war ich?«, wiederholte er seine Frage.

Avery lächelte. »Ich … ich hab etwas vor mich hingeträumt«, gestand sie und zuckte mit den Schultern. »Aber ich nehme an, du warst toll.«

Er lachte und küsste sie. »Das kommt hin.« Dann runzelte er die Stirn und musterte sie besorgt. »Was ist los? Geht es dir nicht gut? Hast du Hunger? Ist dir kalt?« Er zog seine Handschuhe aus und griff nach ihren Fingern. »Du bist eisig!«, stellte er fest und rieb ihre Hände. »Warum gehst du nicht schon mal rein? Ich muss leider noch eine Weile weitermachen, aber du musst wirklich nicht die ganze Zeit hier in der Kälte sitzen.«

Avery zwang sich zu einem Lächeln. »Und du fällst mir auch nicht runter, wenn ich dich nicht im Auge habe?«

Mason grinste. »Das hab ich nicht vor. Außerdem habe ich im letzten Jahr an mehr als hundert Rodeos teilgenommen und bin dabei nicht einmal abgeworfen worden.« Er zwinkerte. »Zumindest nicht innerhalb von acht Sekunden.«

»Sehr beruhigend.« Avery küsste ihn und drückte seine Hand. »Du solltest eine Protektorweste tragen, wie du es beim Rodeo von den anderen auch verlangt hast. Dann wäre mir wohler.«

Mason schüttelte lachend den Kopf. »Die Westen engen mich ein. Ich weiß, wie man sich abrollt, ohne sich zu verletzen – und meine Pferde sind hervorragend trainiert. Sobald sie mich abgeworfen haben, beruhigen sie sich sofort. Das hast du ja gesehen. Ich trage die Westen nur bei Wettkämpfen, weil es da Vorschrift ist. Aber besser reiten kann ich ohne sie.«

»Könntest du trotzdem versuchen, ohne Knochenbrüche zu mir zu kommen, wenn du fertig bist?«

»Ich werde es versuchen. Und jetzt geh, ehe du dir einen Schnupfen holst.«

Er zog sie mit sich hoch und drückte sie zum Abschied noch einmal an sich, ehe er sie entschlossen auf den Ausgang zuschob.

»Mach dir einen Tee!«, rief er ihr nach und wandte sich dann zu Aaron um. »Und von dir will ich nichts hören!«, warnte er ihn und kratzte sich am Kinn. »Ich weiß selbst, dass meine Marks bei diesem Ritt miserabel waren.«

Aaron grinste und führte die Stute zurück in die Startbox. »Soll ich dir zeigen, wie es richtig geht, Bruder?«, fragte er frech und ging in Deckung, denn Masons Blick verhieß nichts Gutes.

»Vielleicht stelle ich mich absichtlich so blöd an, um dir deine Verabredung mit Carrie zu verderben. Oder erwartet sie dich heute gar nicht?«

Aaron reckte ihm den Mittelfinger entgegen und griff nach seinen Kippen. Nach kurzem Zögern schüttelte er den Kopf und steckte die Schachtel wieder weg.

»Wir wollen uns später schon noch treffen, aber ... aber sie ist zurzeit nicht so gut drauf. Sie macht sich Sorgen um Avery.«

Mason kletterte auf die Gitter der Startbox, stieg aber noch nicht auf den Pferderücken. »Avery geht es gut. Sie ist etwas blass, aber sie sagt, dass alles in Ordnung ist«, sagte er zögernd.

Aaron steckte die Daumen in die Gürtelschlaufen, so wie Mason es auch immer tat. »Ihre Familie ist jedenfalls beunruhigt, weil es ihr seit Tagen nicht gut geht. Carrie sagt, sie hat abgenommen.«

Dem konnte Mason nicht widersprechen. Avery klagte über Appetitlosigkeit, und wenn er sie abends im Arm hielt, spürte er, wie mager sie war. Beinahe so zerbrechlich wie am Tag des Apfelfestes.

Er schlug sich mit dem Lederzügel in die Handfläche und kniff die Lippen zusammen. »Weißt du was, wir machen Schluss für heute«, entschied er und warf Aaron die Zügel zu. »Wir frieren uns hier die Eier ab, obwohl wir den Nachmittag auch mit unseren Mädels verbringen könnten.«

Aaron öffnete die Startbox und führte die Stute heraus.

»Und was ist mit Vegas?«, fragte er dennoch. »Cody sagt, du sollst ...«

»Cody soll die Klappe halten! Ich bin bereit für Vegas. Mit oder ohne tägliches Training.«

Mit diesen Worten überließ er es seinem Bruder, sich um das Pferd zu kümmern. Er verließ den Stall und ging an den Paddocks vorbei über den geschotterten Hof. In seinem Blockhaus brannte Licht und Averys Silhouette bewegte sich hinter den Fenstern.

Er ging langsamer, um das Bild zu genießen. Es fühlte sich so richtig an, sie in seinem Leben zu haben. So richtig, in ein Haus zurückzukehren, in dem sie auf ihn wartete. Mit einem Mal erschien es ihm unheimlich wichtig, ihr das auch zu sagen, und er rannte los.

Als er die Haustür erreichte, raste sein Puls schneller als nach einem Bullride, denn mit der Erkenntnis, dass er Avery liebte, erwuchs auch ein Gefühl, das er bisher kaum gekannt hatte: Angst.

Avery zuckte zusammen, so schwungvoll stürmte Mason ins Haus. Sie hatte nicht so schnell mit ihm gerechnet, und der Ausdruck in seinem Gesicht erschreckte sie.

»Mason? Ist etwas passiert?«

Sie hatte die Frage noch nicht ganz gestellt, da war er schon bei ihr und grub ihr die Hände ins Haar. Sein Kuss war so stürmisch, dass sie zusammenzuckte. Er drängte sie ins Wohnzimmer, riss im Vorbeigehen die Decke vom Sofa und warf sie vor dem Kamin auf den Boden. Dann hob er Avery hoch und presste sie so fest an sich, dass ihr der Atem wegblieb.

»Mason?«, japste sie überrascht und suchte in seinen goldenen Augen nach einer Erklärung. »Was machst du?«

Ihre Blicke verschmolzen und er sank mit ihr zu Boden.

»Ich liebe dich«, flüsterte er und küsste sie wieder, mit so einer Not, als würde er sterben, täte er es nicht. Seine Hände waren überall, liebkosten sie, streichelten sie und luden sie ein, das Gleiche bei ihm zu tun.

Avery konnte nicht mehr klar denken. Sie spürte, wie er ihr den Pulli über den Kopf zog, wie sie dabei automatisch die Hände hob.

»Du willst mich jetzt lieben? Hier?«, fragte sie atemlos, als er den Pulli achtlos auf die Couch warf.

Das zärtliche Lächeln, mit dem er sie ansah, war ihr nun, nach einigen Wochen Beziehung mit ihm, vertraut. Er beugte sich über sie und drängte sie so, sich nach hinten auf die Decke fallen zu lassen.

»Ich liebe dich«, wiederholte er und seine Lippen strichen sanft über ihre. »Jetzt. Und gestern. Vielleicht schon damals, als du mit deinen langen Zöpfen meine Pferde scheu gemacht hast … aber ganz sicher morgen und an jedem kommenden Tag.« Er lächelte und zupfte an dem Shirt, das sie unter ihrem Pulli trug. »Und außerdem will ich mit dir schlafen, falls ich mich jemals durch die vielen Klamotten vorarbeiten werde.«

Avery lachte und schlang ihm die Arme um den Hals. Er verlor das Gleichgewicht und fiel auf sie. Zärtlich umfasste er ihre Wangen und küsste sie so, als wäre es das erste Mal. Seine Zunge tastete sich scheu in ihren Mund vor, neckte ihre und liebkoste sie. Er knabberte an ihrer Lippe und saugte daran, bis sie seinen Kuss hungrig erwiderte.

Sie schob ihm die Hände unters Hemd und glitt zärtlich über seine Narben.

Er sah ihr in die Augen und sie wusste, sie liebte ihn auch. Hatte es immer getan, selbst als sie versucht hatte, sich an Phils Seite das Gegenteil zu beweisen. Sie liebte ihn kompromisslos – so wie er sie.

»Ich habe Angst«, gestand Mason leise. »Plötzlich habe ich Angst vor dem Abgrund.« Er küsste sie wieder und es war wie ein Versprechen. »Aber ich werde bei dir sein und dich küssen, so wie eben, wann immer der Abgrund näher rückt.«

Eine Träne rollte über Averys Wange, denn die Schwäche, die sie seit Tagen nicht losließ, drängte in ihr Bewusstsein. Der Abgrund – war er näher, als sie dachten?

»Iss eine Kleinigkeit«, bat Mason sie am nächsten Morgen und brach ihr ein Stück von dem Muffin ab, den Sue in der Früh noch warm bei ihnen abgegeben hatte, ehe sie ins Café gefahren war.

»Ich habe keinen Hunger«, wehrte Avery ab und fasste sich an die Stirn. Sie fühlte sich warm an. Trotzdem zitterte sie vor Kälte. »Ich leg mich einfach noch 'ne Stunde ins Bett. Dann geht es sicher besser. Vielleicht bekomme ich eine Erkältung.«

Mason kniff die Lippen zusammen und sah sie ernst an.

»Wir sollten zu einem Facharzt fahren«, erklärte er. »Du kannst dich doch nicht verkriechen, wenn …«

»Wenn was?«, unterbrach Avery ihn zornig. »Wenn der Krebs zurückkommt? Ist es das, was du denkst?«

Mason zuckt die Schultern. »Ich weiß nicht, was ich denken soll. Ich weiß nur, dass es dir nicht gut geht und ich mir deshalb Sorgen mache.«

»Du klingst schon wie Phil!«, fuhr Avery ihn an. Sie wusste, es war ungerecht, ihn mit ihrem Ex zu vergleichen, aber das, was er in den Raum stellte und was sie selbst längst dachte, versetzte sie in Panik.

»Er kann kein so schlechter Kerl gewesen sein, wenn er sich Sorgen um dich gemacht hat«, gab Mason mürrisch zurück.

Avery schlug mit der flachen Hand auf den Tisch. »Ja, bis es so weit war, dass er in mir nur noch die Kranke gesehen hat. Und wenn du dir jetzt einredest, mir geht es nicht gut, wirst du mich irgendwann auch so ansehen!«

»Herrgott, Avery!« Mason fuhr sich durch die Haare. »Wann kapierst du endlich, dass ich nicht vorhabe, dich noch einmal zu enttäuschen? Wenn du krank bist, stehe ich dir bei. Wenn der Krebs zurückkommt, kämpfe ich mit dir, und wenn du nur eine Erkältung hast, dann koch ich dir Tee, bis er dir zu den Ohren wieder rauskommt. Aber was ich nicht tun werde, ist, dich zu enttäuschen.« Er kam zu ihr und nahm ihre Hände in seine. »Hast du gestern nicht zugehört?«, fragte er leise. »Ich liebe dich.«

Avery konnte nicht sprechen. Ihre Kehle war wie zugeschnürt. Sie rang die Tränen nieder, die ihr schon seit Tagen immer wieder hinter den Lidern brannten. Sollte sie Mason wirklich glauben? Konnte sie diesmal auf den Mann an ihrer Seite zählen? Egal, was kommen mochte?

Scheu sah sie ihn an. Verlegen, weil sie an ihm gezweifelt hatte – und es vielleicht sogar immer noch tat. Sie wusste, wie leicht es war, etwas zu versprechen, solange alles nur Theorie war. Aber wie viel blieb davon übrig, wenn sie sich noch einmal während einer Chemotherapie die Seele aus dem Leib kotzen würde? Noch einmal heulend vor dem Spiegel ihre Haare abrasieren würde, weil sie es nicht mehr ertrug, wie sie ihr büschelweise ausfielen? Würde er dann immer noch so entschlossen sein wie jetzt?

»Ich habe gestern Abend noch einen Termin bei meiner Ärztin Doktor Garcia in Seattle gemacht«, gestand sie flüsternd. »Aber du musst nicht mitkommen.«

»Wann müssen wir dort sein?«, fragte Mason ohne zu zögern.

»Das sind gute neun Stunden Autofahrt – du musst wirklich nicht mitkommen«, versicherte sie ihm.

»Wann hörst du endlich auf, mir zu sagen, was ich alles nicht muss, wenn ich es doch möchte?« Er küsste sie leicht auf die Wange. »Und außerdem fliegen wir. Also, wann müssen wir dort sein, damit ich uns einen passenden Flug buchen kann?«

»Am Freitag um zehn.«

Avery verspürte eine unheimliche Erleichterung in sich aufsteigen. Sie wäre auch gefahren – allein. Aber tatsächlich tat es gut, sich einfach Masons Fürsorge zu überlassen. Das nahm ihr etwas von der Angst. Sie machten nur einen kurzen Trip, um sich versichern zu lassen, dass alles okay war. Und sicher war es das.

Kapitel 25

Avery war erschöpft. Sie lehnte ihren Kopf an Masons Schulter und versuchte auf dem harten Plastikstuhl im Wartebereich des Krankenhauses eine halbwegs bequeme Position einzunehmen. Der Flug, die Taxifahrt hierher und die anschließenden Untersuchungen hatten sie erschöpft. Immer wieder schreckte sie hoch, weil sie kurzzeitig eingenickt war. Mason streichelte beruhigend ihre Hand und versicherte ihr zum hundertsten Mal, dass alles okay war.

Doch wenn alles okay wäre, wären sie ja kaum hier.

Unter halb gesenkten Lidern hervor beobachtete Avery die Schwestern in türkisfarbener Tracht, die Betten umherschoben, Patienten durch die Gänge führten oder mit Akten unter dem Arm hinter Ärzten herhasteten. Besucher kamen und gingen mit Geschenken unterm Arm oder Blumen. Ein Wagen mit Essen wurde an ihnen vorbeigeschoben und sie hörte Masons Magen knurren.

»Willst du dir einen Hotdog holen?«, bot sie an und setzte sich gähnend aufrecht, aber er schüttelte den Kopf.

»Nein, wir können essen gehen, wenn wir hier fertig sind. Oder möchtest du jetzt etwas? Dann besorg ich dir was.«

Avery schüttelte den Kopf. Sie würde keinen Bissen hinunterbringen. Der Geruch nach Krankheit, überlagert von Desinfektionsmitteln, schlug ihr zu ihrer eigentlichen Appetitlosigkeit zusätzlich auf den Magen, und die uringelbe Wandfarbe machte es auch nicht gerade besser.

»Nein, mir geht es gut«, log sie und lehnte sich wieder an Mason. Sein Aftershave war so viel angenehmer als der Krankenhausgestank, und wenn sie die Augen schloss, konnte sie sich vorstellen, wieder mit ihm in der Berghütte zu sein.

»Ruh dich aus«, flüsterte er und legte den Arm um sie.

»Avery.« Jemand rüttelte sie sanft an der Schulter. »Doktor Garcia hat jetzt die Untersuchungsergebnisse vorliegen. Wir können jetzt mit ihr sprechen«, erklärte Mason und drückte ihr die Hand.

Avery rieb sich übers Gesicht. Sie hatte Durst, aber für den Wasserspender in der Ecke waren keine Becher mehr da. Darum leckte sie sich die rissigen Lippen und versuchte durch mehrmaliges Schlucken, ihre staubtrockene Kehle zu befeuchten.

»Bist du bereit?«, hakte Mason nach, als sie keine Anstalten machte aufzustehen.

Sie nickte, obwohl sie noch immer den Impuls niederrang, davonzurennen. Sie wollte nicht hören, was ihre Ärztin zu sagen hatte.

»Avery?«

»Jaja, schon gut. Ich komme ja.« Sie atmete tief durch und nickte Mason dann zu. »Los geht's.«

Ihre Tapferkeit war nur gespielt, als sie an seiner Hand durch den Flur zu Doktor Garcias Sprechzimmer schritt. Es kostete sie Kraft, einen Fuß vor den anderen zu setzen, beinahe als führe Mason sie zum Schafott. In ihrem Kopf hämmerte nur ein Gedanke: Der Krebs – war er zurück?

Doktor Garcia erwartete sie bereits und hielt ihnen höflich die Tür auf. Die Strenge in ihrem südländischen Gesicht sollte

Avery nicht beunruhigen, das wusste sie, aber sie tat es trotzdem.

»Miss Davis«, grüßte die Ärztin und schüttelte ihr die Hand. »Wie geht es Ihnen?« Ihr lateinamerikanischer Akzent war stark ausgeprägt.

Avery zuckte unsicher mit den Schultern. »Sagen Sie es mir.«

Doktor Garcia lächelte. »Dazu kommen wir gleich. Aber ich möchte erst wissen, wie Sie sich fühlen.«

Avery sah zur Decke. Was sollte sie schon sagen? Sie blinzelte und schielte dann zu Mason hinüber. Vor ihm wollte sie nicht jammern. Wollte keine Schwächen haben. Er nickte ihr ermutigend zu.

»Ich bin erschöpft«, presste sie heraus. »Müde und erschöpft. Kraftlos.« Sie hob in einer hilflosen Geste die Hände. »Ich habe keinen Appetit und spüre, dass ich atemlos bin, sobald ich mich auch nur ein wenig bewege.«

Garcia zog ihren Stift aus der Tasche ihres weißen Arztkittels und notierte etwas in Averys Akte. Dann sah sie wieder auf. »Das dachte ich mir«, gab sie zu und tippte mit dem Stift auf die Laborwerte vor sich. »Ich habe die Ergebnisse des MRT vorliegen, ebenso Ihre Blutwerte, und ich muss sagen, ich bin regelrecht erschrocken. Ihre Werte sind katastrophal. Mich wundert, dass Sie nicht schon viel früher hergekommen sind.«

Mason spürte, wie Avery neben ihm erstarrte. Ihre Hände lagen eiskalt in seinen, und sie reagierte überhaupt nicht. Er hörte ihren Atem, ganz leise und schwach, sah aber nicht, dass sich ihre Brust hob.

»Miss Davis?«, sagte die Ärztin besorgt, und Mason hätte ihr am liebsten für ihre taktlose Art eine verpasst. Ihre Worte hatten schon ihn wie ein Schlag getroffen, da mochte er sich gar nicht ausmalen, wie es gerade in Avery aussah.

Er streichelte ihre Finger und wandte sich an sie.

»Avery«, flüsterte er. »Hörst du zu?«

Ein schwaches Nicken war die einzige Antwort, aber das schien Doktor Garcia zu genügen, denn sie zog den Befund der Werte näher zu sich heran.

»Also, Miss Davis, Ihre Blutwerte sind wirklich besorgniserregend. Ihre Schwäche, die Müdigkeit und alle anderen Symptome, die Sie beschreiben, kommen von diesem Wert!« Sie deutete mit der Kugelschreiberspitze auf eine Zahl, die Mason aus der Distanz unmöglich entziffern konnte. »Solch ein Eisenmangel ist ungewöhnlich und nicht auf die leichte Schulter zu nehmen.«

Averys Gedanken überschlugen sich. Was war los? Sie zitterte und wusste nicht mal, warum.

»Eisen…?«, stammelte sie verwirrt.

»Ein Eisenmangel, Miss Davis. Sie haben einen massiven Eisenmangel, der dazu führt, dass zu wenig rote Blutplättchen gebildet werden, die Ihre Organe mit Sauerstoff versorgen. Deshalb fühlen Sie sich so geschwächt. Bei diesen Werten ist es ein Wunder, dass Ihr Kreislauf nicht versagt hat.«

»Was ist mit dem Krebs?«, stammelte Avery. »Was ist damit?«

Doktor Garcia runzelte die Stirn und ihr Blick wurde wieder strenger. »Sie denken doch nicht, ich hätte von Ihrem Eisenwert gesprochen, wenn wir ein erneutes Tumorwachstum entdeckt hätten? Nein, das MRT war unauffällig. Von dieser Seite her sieht alles bestens aus. Sie sollten nur ein Eisenpräparat einnehmen und Ihre Ernährung auf den Mangel hin untersuchen. Solche Werte sieht man höchstens bei Vegetariern.«

Avery keuchte. Dann konnte sie nicht mehr an sich halten, und ein Schluchzen, heiß wie Lava, entrang sich ihrer zugeschnürten Kehle. Erleichterung wallte in ihr auf, und sie glaubte zu platzen, so schwoll dieses Gefühl in ihr an. Sie warf sich Mason in den Arm und weinte hemmungslos, während er ihr tröstende Worte ins Haar murmelte.

Sie war gesund! Der Krebs war nicht zurückgekehrt, um ihr Leben noch einmal zu zerstören. Sie musste nicht mehr kämpfen, musste keine Angst mehr haben – sondern nur ihren Eisenspiegel in den Griff bekommen. Das fühlte sich so unwirklich an, dass sie einfach nicht aufhören konnte zu weinen.

Mason hielt die Frau, die er liebte, in den Armen, und die leisen Worte, die er ihr zuflüsterte, ergaben keinen Sinn. Er sprach nur, um sich selbst zu beruhigen, denn die Angst, die er eben empfunden hatte, hatte sich wie Säure in sein Herz gefressen. Ein Stein, beinahe so groß wie die Rocky Mountains, fiel nun von ihm ab. Ihm war so schlecht wie damals, als ihm der Bulle das Horn in die Schulter getrieben hatte. Und wie damals vergoss er Tränen. Tränen der Angst und der Erleichterung, weil sie beide mit einem blauen Auge davongekommen waren, und Tränen der Freude. Freude, am Leben zu sein und etwas zu haben, wofür sich das auch lohnte.

»Ich hatte angenommen, Sie hätten den MRT-Bericht schon mit meinem Assistenzarzt erörtert, darum bin ich gleich auf die Blutwerte eingegangen. Entschuldigen Sie, Miss Davis, wenn ich …«

Avery lachte erleichtert. Sie schüttelte noch immer ungläubig den Kopf und wischte sich mit dem Handrücken die Tränen aus dem Gesicht.

»Alles gut!«, unterbrach sie ihre Ärztin. »Wenn ich nur nicht sterben muss …« – sie lächelte Mason glücklich an und tupfte auch ihm eine Träne von der Wange – »… oder diesen ganzen Mist noch einmal durchstehen muss, dann ist alles gut.«

Der strenge Ausdruck in Garcias Gesicht verschwand und sie schmunzelte. »Das müssen Sie nicht. Aber Sie müssen dringend dieses Eisenpräparat einnehmen.« Sie kritzelte etwas Unleserliches auf einen gelben Rezeptblock und riss das Blatt schwungvoll ab. »Zweimal täglich zwei Tabletten, zusammen mit diesen Vitamin-C-Kapseln, die bei der Eisenaufnahme helfen. Blutkontrolle in vierzehn Tagen und noch mal in sechs Wochen.« Sie lächelte. »Bis dahin sollten Sie sich deutlich besser fühlen.«

Sie reichte Avery das Rezept und steckte ihren Stift zurück in den Kittel.

Avery zitterte noch immer, als sie, das Rezept fest umklammert, an Masons Arm aus dem Krankenhaus ging. Sie fühlte sich wie neu geboren. Anders als beim letzten Mal, als sie das Krankenhaus verlassen hatte, denn damals hatte sie vor dem Nichts gestanden. Heute fühlte sie sich frei, geliebt und gebraucht. Und noch etwas war anders: Sie hatte Haare – und Mason King! Das Leben konnte doch gar nicht besser sein!

»Dort drüben ist eine Apotheke.« Sie wies Mason den Weg. »Lass uns die Medikamente holen und dann nichts wie zurück nach Hause.« Sie strahlte ihn an. »Ich denke, wir sollten eine kleine Party feiern. Meine Eltern haben sich sicher Sorgen gemacht.«

Mason drückte ihre Hand. »Nicht nur die, Avery. Auch mein Herz ist beinahe stehen geblieben.« Er blinzelte unsicher. »Ich kann nicht beschreiben, was ich gefühlt habe, es … es war in etwa so wie damals, beim Apfelfest, als ich dich gesehen habe und mit einem Mal spürte, wie knapp es war, dass ich dich verloren hätte.« Er sah in die Ferne, um sich zu fassen. »Ich wollte deine Hand nehmen und mit dir weglaufen. So schnell und weit wie möglich.« Langsam schlang er die Arme um sie. »Verdammt, Avery, verdammt!«, murmelte er gequält. »Mach mir nie wieder so eine Angst!«

Kapitel 26

Der Punsch in ihrem Glas hatte Avery eine leichte Röte auf die Wangen gezaubert. Ihr war warm vom vielen Lachen, und sie blickte glücklich in die Gesichter ihrer Familie. Flynn diskutierte am Küchentresen der Kings mit Masons Vater Levi über den bestmöglichen Transport von Schlachtvieh, und Masons Mutter erzählte Sue im Wohnzimmer kichernd eine Geschichte aus seiner Kindheit, die ihm offenbar peinlich war, denn er versuchte, sie mit mörderischen Blicken zum Schweigen zu bringen. Aaron und Carrie schienen nach einer Möglichkeit zu suchen, sich unbemerkt zurückziehen zu können.

Avery stellte ihr Glas ab und trat ans Fenster. Die dicken Schneeflocken zauberten ihr ein Lächeln ins Gesicht. Schon jetzt lag eine dicke Schneedecke über der Stadt und zwang der Bevölkerung eine Gemütlichkeit auf, die man sonst vergeblich suchte. Auf den Straßen kam man nur langsam voran, und wer keinen Grund hatte, verließ das Haus nicht. Die Scheunen und Ställe der Kings sahen aus, als wären sie mit einer dicken Zuckergussglasur überzogen und mit Glitzerstaub bestreut. Im Mondlicht funkelten die Eiskristalle wie Diamanten.

Sie legte den Kopf in den Nacken, als Mason von hinten die Hände um sie schloss.

»Wenn du einen Fluchtweg suchst, dann nimm mich mit, denn meine Mutter erzählt deiner gerade, wie ich mit drei Jahren mal in die Badewanne gepinkelt habe.«

Avery lachte und lehnte sich an seine Brust.

»Dein Glück, dass ich davon erst jetzt erfahre, sonst hätte ich mich nie auf dich eingelassen!«, scherzte sie.

»Was?« Mason tat entsetzt. »Da kümmere ich mich so gut um dich, und du würdest mich trotzdem wegen so einer kleinen Pinkelpanne abservieren?«

»Keine Sorge, du hast mich inzwischen von deinen Qualitäten überzeugt.«

Avery nahm nun seit einer Woche die Eisentabletten und fühlte sich tatsächlich schon besser. Das lag vermutlich vor allem an Masons liebevoller Pflege. Er behandelte sie wie ein rohes Ei und nahm ihr jede Arbeit ab. Er hatte Carrie und Aaron dazu verdonnert, nach der Schule ihre Arbeit in der Wildtierstation zu übernehmen, und entgegen aller Erwartungen war Todd mit der Leistung der beiden sehr zufrieden.

Mason zog sie sanft an sich und sein Atem kitzelte ihre Haut.

»Welche Qualitäten meinst du denn da im Besonderen?«, fragte er heiser und streichelte ihren Po.

Avery schlug ihm leicht auf die Finger und schaute sich um, aber niemand nahm von ihnen Notiz.

»DAS meinte ich jedenfalls nicht«, stellte sie klar.

»Habe ich noch andere Qualitäten?«, neckte er sie und knabberte an ihrem Ohrläppchen.

Sie drehte sich zu ihm um und sah ihn an. »Du hast zu mir gehalten«, flüsterte sie ernst. »Du hast mich wirklich überrascht, Mason. Ich dachte lange Zeit, du wärst ein …«

»Idiot?«, half er ihr grinsend auf die Sprünge.

»Richtig. Aber … ich lag falsch. Ich weiß nicht, warum du Rodeos so liebst. Ich weiß nicht, wie ich damit leben soll, dass du dich derart in Gefahr begibst, dass du offenbar nicht zu schätzen weißt, was Gesundheit bedeutet. Ich weiß nur, dass ich dich liebe.«

Masons Augen funkelten, und er warf einen kurzen Blick über die Schulter. Alle waren beschäftigt und saßen gut gelaunt auf dem Sofa vor dem Feuer. Darum nahm er Avery an der Hand und zog sie mit sich in den Flur und aus dem Haus.

»Was machst du?«, fragte sie und schlang sich die Arme um den Körper, denn die Nachtluft war eisig.

»Vertrau mir und komm!«, sagte Mason und schob sie weiter, aber Avery entwand sich ihm.

»Ich kann nicht!«, rief sie. »Ich hab nur Socken an!«

Mason lachte und hob sie hoch, als würde sie nichts wiegen.

»Umso besser«, raunte er und küsste sie, während er sie durch den tiefen Schnee trug. »Dann kannst du mir nicht entkommen.«

»Was hast du vor?«, fragte Avery bibbernd und presste sich vor Kälte an ihn.

»Ich will dir was zeigen«, sagte er geheimnisvoll und trug sie bis in den Stall.

Dort lehnte er sich gegen die Tür und sperrte das Schneetreiben aus. Es war viel weniger kalt als erwartet, und die leisen Bewegungen der Tiere in den Boxen nahmen dem dunklen Stall seine Unheimlichkeit.

Mason machte eine spärliche Beleuchtung an, die gerade so ausreichte, die Gänge zu erhellen. Dann kam er zu Avery zurück und führte sie an den Köpfen der Pferde vorbei, die neugierig ihre Nasen aus den Boxen reckten.

An der vorletzten Box blieb er stehen und schnalzte mit der Zunge, bis eine braune Stute ihm die Nüstern in die Hand drückte.

»Das hier ist Knife«, erklärte er stolz. »Sie ist mein bestes Rodeo-Pferd.«

»Sie ist wunderschön«, sagte Avery.

Mason strich Knife über die Blesse, nahm sich einen Halfter von der Wand und öffnete den Verschlag. »Ich möchte, dass du sie spürst.« Behutsam legte er ihr den Halfter an und befestigte die Zügel. Dann führte er sie zu Avery in den Gang. Ohne große Erklärung hob er sie auf Knifes Rücken. Das Pferd tänzelte, blieb aber ruhig.

»Sie wirft mich doch hoffentlich nicht ab?« Die Angst war deutlich in Averys Stimme zu vernehmen, aber Mason lächelte beruhigend. Mit einem Satz schwang er sich hinter ihr auf Knife. Wieder tänzelte das Pferd, fasste sich aber schnell wieder. Mason redete ihm gut zu und tätschelte beruhigend seine Schenkel.

»Beug dich nach vorne«, flüsterte er. »Spür sie. Suche eine Verbindung.« Er umfasste von hinten ihre Taille und gab ihr Halt. Er spürte ihr Frösteln.

»Gleich wird dir wärmer«, versprach er und strich ihr zärtlich über die Gänsehaut, die sich auf ihren Armen ausgebreitet hatte. Er umfing sie von hinten und spendete ihr so etwas von seiner Körperwärme.

»Du sagst, du kannst mich noch immer nicht verstehen.« Mason klang nicht beleidigt. »Ich möchte aber, dass du es verstehst.« Seine Hände glitten auf ihre Hüften und pressten sie gegen den Pferderücken. »So ein Ritt ist vergleichbar mit Sex.«

Avery schnappte nach Luft, konnte sich aber dem Zauber in seiner Stimme nicht entziehen.

»In den schmalen Paddocks der Startbox, wenn du dich dem Pferd oder Bullen näherst, ist es wie bei der Verführung. Man tastet sich sehr langsam heran, versucht zu ergründen, was der andere mag. Welche Berührung er zulässt. Man versucht durch Berührung Vertrauen aufzubauen.« Er führte ihre Hände über Knifes Fell, den Hals des Pferdes hinauf und langsam wieder hinunter. »Sämtliche Sinne sind geschärft, der Körper kribbelt erwartungsvoll und du weißt, es wird ein leidenschaftliches Spiel.« Mason ließ seine Hände über Averys Taille bis auf ihre Oberschenkel wandern. Dort verharrte er und presste sie zärtlich gegen Knifes Flanken. »Verschmelzen«, flüsterte er. »Ich stelle mir immer vor, ich würde mit dem Tier verschmelzen.«

Avery spürte seinen Herzschlag in ihrem Rücken, so nah war er ihr. Sie schloss die Augen und ließ sich von seinen Worten mitnehmen.

»Wenn sich die Box öffnet und das Pferd oder der Bulle diesen ersten Satz in den Circuit macht ... dieser Moment, in dem du weißt, jetzt beginnt das Spiel ... es ist beinahe vergleichbar mit dem Glücksgefühl, wenn ich in dich eintauche«, raunte er und ließ seine Hände auf die Innenseiten von Averys Schenkeln wandern. »Dann ist dein gesamtes Können gefragt. Du musst die Zügel festhalten, aber nicht zu fest. Du musst jeder Bewegung entgegenkommen, jeden harten Stoß abfangen und ahnen, was als Nächstes kommt. Du musst dich fallen lassen und zugleich beherrschen.«

Knife tänzelte, als spürte sie, wovon Mason sprach, und er nahm die Zügel kürzer.

»Siehst du?«, flüsterte er und bog sich nach hinten, wobei er Avery mit sich nahm. »Mit jeder Sekunde des Spiels wächst die Spannung. Man nimmt nichts mehr um sich herum wahr, spürt nur die Atmung, den Herzschlag und den Moment, auf den alles hinsteuert.«

Er reichte ihr die Zügel. Ängstlich umklammerte sie sie, als Mason Knife die Fersen in die Flanken grub.

Sie stieg auf die Hinterläufe und schlug mit den Hufen aus. Avery hing keuchend in Masons Armen, gestützt von seiner starken Brust, bis Knife zurück auf alle viere ging.

Mason lachte, und sofort hatte er das Pferd wieder unter Kontrolle. Er hob seine Fingerspitzen an Averys Kehle und fühlte zufrieden ihren rasenden Puls, ihr Zittern.

»Spürst du, wie das Leben durch deine Adern pumpt?«

Avery nickte. Sie konnte nicht sprechen, denn sie bestand nur aus Empfindungen. Sie hatte das Gefühl, ihn endlich zu verstehen, endlich zu ahnen, was ihn ausmachte, und zugleich die Furcht, alles, was sie liebte, dabei zu verlieren …

Mason küsste ihren Hals, ihren Nacken, und seine Zunge zog eine heiße Linie zu ihrem Ohr.

»Das Spiel läuft, du schwitzt, du fieberst der Erlösung entgegen und willst doch, dass es niemals endet. Du spürst, wenn der Moment gekommen ist, wenn das Spiel gewonnen ist. Dann tauchst du auf, wirst dir bewusst, wie dankbar du bist, und es tut beinahe weh, wenn du dich dann lösen musst.«

Mason küsste Averys Nacken und ließ sich dann widerstrebend von Knifes Rücken gleiten. Er führte die Stute zurück in die Box und nahm ihr das Halfter ab, ehe er sich wieder Avery zuwandte.

Gespannt beobachtete Avery jede von Masons Bewegungen. Sein Haar schimmerte im sanften Licht der Lampe, das aus dem Gang in die Box fiel. Die Jeans hing ihm tief auf den Hüften, und Avery sehnte sich danach, ihre Finger über seinen muskulösen Bauch streichen zu lassen. Als er sich endlich zu ihr umdrehte, musste sie schlucken. In seinen Augen glomm ein Feuer, das sie zu verzehren schien. Er streckte die Arme nach ihr aus und sie ließ sich erwartungsvoll vom Pferd zu ihm herabgleiten.

»Ich verstehe dich«, flüsterte sie, als sein Blick ihren suchte. »Ich weiß, dass Rodeos dein Leben sind, und ich kann nicht leugnen, dass … mit dir … mit dieser Furcht im Nacken alles intensiver ist.«

Mason führte sie wortlos aus der Box.

»Vertrau mir einfach«, bat er sie heiser und hob sie hoch, stemmte sie mit dem Rücken gegen die Stallwand. »Ich weiß, was ich tue.«

Avery umklammerte seine Hüften mit ihren Schenkeln. Leidenschaftlich fuhr sie ihm durchs Haar und küsste ihn, krallte ihre Fingernägel in seine Schultern, als er sie von sich schob, um ihre Hose zu öffnen. Sie spürte seine Männlichkeit an ihrem Bauch und wusste, dass sie in diesem Moment dasselbe empfanden. Verlangen loderte in seinem Blick, und seine Hände setzten das ihre in Brand. Nie hatte sie etwas Vergleichbares gefühlt, nie etwas so sehr gewollt wie diesen Cowboy. Ihr Herz schlug nur für ihn, und sie konnte nicht länger warten.

»Das tue ich!«, keuchte sie und drängt sich an ihn. »Ich vertraue dir!«

Kapitel 27

Der Tiefschnee erschwerte das Abladen der Futtersäcke und Mason schwitzte in seinem Mantel. Sein Vater ächzte bei jeder Bewegung und Aaron gab sich die größte Mühe, sich so wenig wie möglich zu beteiligen.

»Du solltest eine Pause machen!«, rief Mason seinem Vater zu und wuchtete sich dabei den nächsten der vierzig Kilo schweren Säcke auf die Schulter.

»Früher hab ich das mit links gemacht«, stöhnte Levi und kratzte sich am Bart. Er atmete durch und betrachtete dabei missmutig die Palette mit Futtersäcken, die noch unangetastet war. »Der Lieferant hätte ja ruhig etwas näher an die Scheune heranfahren können!«, schimpfte er.

»Wir sollten über ein Silo nachdenken«, schlug Mason vor und lud seine Last in der Futterscheune ab.

Levi klopfte sich den Schnee von der Hose und wartete, bis Mason in Hörweite zurück war, ehe er antwortete.

»Du weißt, dass ich von Kraftfutter nichts halte. Wir verfüttern Gras – und Heu. Schon diese paar Sack regen mich auf, aber die Jungtiere der letzten Wochen haben ja kein frisches Gras mehr gesehen – schlimm genug, dass wir diesen Mist jetzt brauchen! Aber ein ganzes Silo voll davon stell ich mir nicht auf den Hof!«

Er wollte sich erneut nach einem der Säcke bücken, aber Mason hielt ihn auf.

»Lass mich das machen«, erklärte er streng und dirigierte Levi zur Seite.

»Denkst du, ich bin zu alt, mich um meinen Kram zu kümmern?«, murrte der, ließ aber seinem Sohn den Vortritt.

Mason grinste. »Ja, das denke ich. Hol lieber Aaron, dass er mit anpackt.«

»Wenn du nicht da bist, muss ich's auch alleine machen«, gab Levi zurück und suchte mit den Augen die Farm nach seinem Jüngsten ab. Die Fußspuren im Schnee ließen erahnen, dass der die Flucht ergriffen hatte.

Mason schwieg. Den unausgesprochenen Vorwurf hatte er vernommen, und mit einem Mal war ihm die Schlepperei willkommen. Er wuchtete sich den nächsten Sack auf und trug ihn in die Scheune.

Es war kein Geheimnis, dass Levi ihn hier brauchte. Aber er hatte Verpflichtungen. Es war bereits Dezember und die National Finals standen quasi vor der Tür. Er hatte keine Wahl, konnte nicht einfach Farmer sein, auch wenn ihm in den letzten Monaten immer öfter bewusst wurde, dass seine Zukunft so aussah. Gerade Avery ließ ihn sich wünschen, dieses Nomadenleben eines Rodeo-Cowboys aufzugeben und stattdessen jeden Abend mit ihr hier vor dem Kamin zu liegen.

Seit der Nacht im Stall sprach sie nicht mehr von den Wettkämpfen. Es schien, als hätte sie es akzeptiert. Aber warum fühlte er sich dann nicht besser? Warum sah er nicht mit Freude den Finals entgegen, bei denen er seinen Titel verteidigen konnte und dank Codys Hartnäckigkeit neue Sponsoren gewinnen würde?

Er lud den Sack auf den Stapel in der Ecke und wischte sich den Schweiß von der Stirn. An Cody wollte er jetzt lieber nicht denken. Seinen langjährigen Freund zu entlassen, brachte er nicht über sich. Aber mittlerweile kam Wut in ihm auf, wenn er sich überlegte, seit wie vielen Jahren Cody Geld mit ihm machte. Beinahe, als wäre er sein Zuhälter. Mason verzog das Gesicht. Der Vergleich gefiel ihm nicht, auch wenn er den Nagel auf den Kopf traf.

Als er schlecht gelaunt zurück in den Hof ging, kam ihm Levi erneut mit einem Sack entgegen. Mason kniff verärgert die Lippen zusammen und verstellte ihm den Weg. Das Letzte, was er jetzt noch brauchen konnte, war ein Streit mit seinem Vater.

»Du hörst jetzt auf!«, verlangte er harsch. »Du musst hier keinem etwas beweisen. Ich weiß, ich bin nicht immer hier. Aber ich bin *jetzt* hier! Also lass mich das machen!«

Er nahm seinem Vater den Sack ab und stapfte zur Futterscheune, aber Levi war sturer als gedacht. Er rief ihm nach: »Und wo wirst du morgen sein? Wenn ich mich jetzt zur Ruhe setze, muss ich morgen Arbeiter hierfür bezahlen!«

Mason blieb stehen, wandte sich aber nicht um.

»Das klären wir nach den Finals, Vater!«, sagte er und erledigte dann schweigend die Arbeit.

Als er zurückkam, war Levi verschwunden und von Aaron noch immer keine Spur zu sehen.

»Na toll!«, fluchte Mason mit Blick auf die gut zwanzig Sack Kraftfutter. Das würde Muskelkater geben – und damit ließe sich nur schwer trainieren. Aber das musste er, wenn er auch nur eine Chance haben wollte, den Titel zu halten.

Am Abend konnte Mason kaum noch einen Knochen rühren. Er lag auf dem Sofa wie in einem Krankenbett.

»Kann ich dir irgendwie helfen?«, fragte Avery mitfühlend und setzte sich zu ihm.

Mason verzog das Gesicht. »Ich werde alt!«, klagte er. »Verdammt, und dabei wollte ich das echt noch etwas aufschieben!«

Avery lachte und küsste ihn sanft. »Ich freue mich aufs Altwerden – weil das bedeutet, dass man lange genug lebt, um alt zu werden.«

Mason lächelte und legte seinen Arm um sie. »Mein Vater wird alt. Ich habe das heute wieder bemerkt. Und er auch. Seine Laune war übel, vermutlich, weil er das genauso wenig wahrhaben will wie ich.«

»Für meinen Vater ist die Untätigkeit nach seinem Bandscheibenvorfall auch schrecklich. Ich bin froh, dass ich hier bin und nach ihm sehen kann. In Seattle habe ich das alles überhaupt nicht mitbekommen. Selbst Carrie läuft wieder mehr in der Spur, seit ich in der Nähe bin.«

»Du meinst also, wir sollten sesshaft werden?«

Der Gedanke, so verlockend er war, erinnerte Avery an ihr gestriges Herzklopfen. An den Zweispalt ihrer Gefühle, dem sie sich seitdem gegenübersah. Mit zitternden Fingern hatte sie das Schreiben der Bank in Seattle geöffnet und mit angehaltenem Atem die Zeilen überflogen. Seither schien sich ihr Herzschlag nicht wieder normalisiert zu haben.

Masons fragender Blick riss Avery aus ihren Erinnerungen und zwang sie zu einer Antwort.

»Wie das klingt! Als wären wir ein altes Ehepaar!«, sagte Avery und erwiderte sein Grinsen.

»Es ist kaum zu glauben, aber ich könnte mir Schlimmeres vorstellen«, gab er lachend zu und klopfte Avery sanft auf den Hintern. »Du kannst gut mit Tieren umgehen – das wäre ein klarer Vorteil für meine Pferdezucht. Außerdem mag ich dich recht gerne.«

»So ein Pech, denn ich heirate keinen Rodeo-Cowboy!«, erklärte Avery schmunzelnd und versuchte sich ihre widersprüchlichen Gefühle nicht anmerken zu lassen. Sie schob sich neben ihn auf die Couch, was ihm ein gequältes Stöhnen entlockte.

»Sollen wir wetten?«, fragte Mason und rollte sich ächzend auf sie.

Avery japste nach Luft. »Gott, bist du schwer! Und ich dachte, du wettest nicht mehr!« Sie stemmte sich gegen seine Brust, aber er gab keinen Millimeter nach.

»Das ist Muskelmasse«, stellte er klar und küsste sie hart. »Und über die Wette sprechen wir noch mal, wenn wir Vegas hinter uns gebracht haben, okay?«

»Du willst also wirklich, dass ich mit dir nach Las Vegas komme?«

Bisher hatten sie das Thema ganz bewusst umschifft, aber nach dem heutigen Nachmittag wollte Mason Klarheit.

»Jep. Ich will, dass du mitkommst. Du solltest mein Team kennenlernen. Mit Cody hattest du ja schon mal das Vergnügen, aber da sind noch andere, die mit mir zusammenarbeiten.«

Er sah die Zweifel in ihren grünen Augen und küsste ihre Schläfe. »Es ist mein Leben, Avery. Komm mit und sei ein Teil davon.«

»Vielleicht sollten wir doch lieber sesshaft werden«, scherzte sie, und Mason spürte, wie sie mit sich rang. »Na schön«, stimmte sie schließlich zu. »Ich begleite dich. Aber ich sag dir gleich, dass ich dich nicht in so einer Elvis-Kapelle heiraten werde, nur weil wir zufällig in Vegas sind!«

Mason lachte. »Keine Sorge, wenn wir heiraten, will ich unbedingt Anthony einladen, schließlich hätte ich dich ohne seine dämliche Wette nie angesprochen. Du warst so ziemlich das einzige Mädchen, vor dem ich Ehrfurcht hatte.«

»Ehrfurcht?«

Er grinste schief. »Jep. Sich eventuell einen Korb bei dem Mädel zu holen, auf das man wirklich steht, schreckt doch mehr ab, als man denkt.«

Avery lachte laut und schüttelte ungläubig den Kopf.

»Du hast keine Angst, dich von einem Bullen mit beinahe einer Tonne Körpergewicht auf die Hörner nehmen zu lassen, aber vor einem Korb von mir hattest du Angst? Das glaub ich dir nicht!«

»Deine Zurückweisung hätte mir mehr wehgetan als jede Verletzung, die ich im Laufe der Jahre kassiert habe.«

Avery schlang ihm die Arme um den Hals und kicherte. »Dann hast du ja echt Glück, dass ich dich damals nicht zurückgewiesen habe.«

Mason legte den Kopf schief und musterte sie ernst.

»Hast du es eigentlich damals schon gespürt?«, fragte er leise und küsste dabei ihren Hals.

»Was meinst du?«

»Dass ich dich liebe. Dass ich schon damals Hals über Kopf in dich verschossen war?«

Avery dachte nach und grinste. »Nein. Ich war wohl zu sehr damit beschäftigt, unsterblich in dich verliebt zu sein, als dass mir das aufgefallen wäre.«

»Trotzdem hast du mir keine Zeit für Erklärungen gelassen und bist einfach nach Seattle gegangen.«

Avery schwieg. Er hatte ja keine Ahnung, wie schwer ihr das gefallen war. Und wie unbedingt sie seiner Nähe hatte entkommen müssen, weil sie genau gewusst hatte, dass ihr Herz für immer ihm gehören würde.

Mason schloss seine Arme fest um sie und sah ihr tief in die Augen. »Ich werde dich nicht noch einmal gehen lassen, Avery Davis – egal, ob du mich in einer Evis-Kapelle heiratest oder nicht!«

Bei seinen Worten überkam Avery ein schlechtes Gewissen. Er wollte sie nie wieder gehen lassen? Und was würde dann aus ihrem neuen Job in der Bank? Sie dachte an die Zusage, die sie gestern mit der Post erhalten hatte. Sie konnte direkt nach dem Jahreswechsel anfangen.

Mit aller Kraft, die in ihr steckte, schlang sie Mason die Arme um den Hals, beinahe, als wolle sie sich dieses Gefühl für immer einprägen. Seinen Duft, seine Wärme, seinen Atem auf ihrer Haut. Sie würde ihn vermissen – in Seattle.

Kapitel 28

Vor zwei Tagen waren sie in Las Vegas angekommen, und Avery erlebte Mason von einer ihr bisher unbekannten Seite. Obwohl sie ihn schon vorher auf der Kings-Farm hatte trainieren sehen, beeindruckte es sie, wie professionell er zwischen all den anderen Cowboys wirkte. Er verkaufte am ersten Tag mehrere seiner Broncos, die er von klein auf für den Rodeo-Sport trainiert hatte, kümmerte sich um die Sicherheit im Circuit, nachdem ihm beim Aufbau der Paddocks etwas Ungewöhnliches aufgefallen war, und besah sich jedes einzelne Pferd und jeden Bullen, die für das Turnier eingeplant waren.

Das alles kostete Zeit, und Avery begann so allmählich, sich zu langweilen. Selbst Aaron, der dabei war, um Mason zu unterstützen, lümmelte müde auf der Zuschauertribüne herum. Die war heute noch verlassen, denn die National Finals begannen erst morgen.

Trotzdem schien es Avery, als wären alle Teilnehmer längst hier. Testosteron schwängerte die Luft und sie hätte lachen können, für wie toll sich manche der Cowboys hielten. Dabei war es noch nicht lange her, da hatte sich Mason bei seiner Heimkehr nach Littletree genauso feiern lassen. Irgendetwas – vermutlich seine Fähigkeit als Liebhaber, dachte Avery grinsend – blendete sie derart, dass sie ihn inzwischen mit anderen Augen sah.

Gerade in diesem Moment zum Beispiel kam er auf einem bockenden, weißen Wallach in den Circuit geprescht, die Fersen über den Schultern des Tieres schwebend, während er mit der abgespreizten Hand versuchte, das Gleichgewicht auf dem beeindruckenden Tier zu halten. Sofort sprangen einige seiner Kollegen auf die Gatter und feuerten ihn an.

»Da ist Cody!«, meinte Aaron und deutet auf die gegenüberliegende Tribüne. »Und der Typ neben ihm ist der Marketingchef von Wrangler. Die beobachten Mason genau«, erklärte er ihr.

Avery kniff die Augen zusammen, um besser sehen zu können.

»Dieser Cody mag mich nicht besonders«, gestand sie Aaron. »Mason und ich sind ihm in den letzten Tagen ein paarmal begegnet, aber er schneidet mich. Ich weiß gar nicht, warum.«

Aaron legte seine Stiefel auf die Lehne des Sitzes vor sich und zuckte mit den Schultern.

»Er ist sehr ehrgeizig und hat glaube ich ganz gerne die Kontrolle über Mason. Dass du jetzt da mitmischst, wird ihm nicht so passen.«

Mason beendete seinen Ritt und ließ sich lässig vom noch immer bockenden Pferd gleiten, als eine Reiterin im gestreckten Galopp in den Circuit preschte. Die Bullfighter hatten zu tun, Masons Bronc in dem dadurch entstandenen Chaos einzufangen.

Avery rumpelte erschrocken auf. Sah die denn nicht, dass Mason direkt vor ihr stand? Offenbar nicht, denn sie hieb ihrem Pferd die Zügel auf den Hals und trieb es mit den Fersen weiter an. Ihr langes goldbraunes Haar peitschte hinter ihr durch die Luft wie ein Banner.

Auch Aaron sprang auf und riss sich den Cowboyhut vom Kopf.

»Leck mich am Arsch, dieses Weib hat echt Nerven!«, fluchte er und ging näher an die Gatter.

»Kennst du sie?«, schrie Avery zitternd hinter ihm her, als die Reiterin eine enge Wende um Mason herum vollführte und sich genauso schnell wieder von ihm entfernte, wie sie gekommen war. Doch zum Durchatmen blieb Avery keine Zeit, denn schon hatte diese Verrückte das andere Hallenende wieder erreicht, wendete sie ihr Pferd erneut beinahe auf der Stelle und wiederholte ihren halsbrecherischen Ritt in Masons Richtung.

Der schüttelte den Kopf, hob aber die Arme, als wisse er genau, was sie da tat.

»Wer zum Teufel ist das?«, rief Avery und rüttelte Aaron am Arm, da der gebannt die Show verfolgte.

»Das ist Becky Prescott«, erklärte er beiläufig. »Sie ist beinahe so was wie eine Legende. Hat in den letzten vier Jahren jedes Calf Roping gewonnen und bei den Barrels die Messlatte hochgelegt.« Er pfiff durch die Finger, als sie nur Millimeter von Mason entfernt erneut einen Haken schlug und einmal im Kreis um ihn herumgaloppierte. Dreck wirbelte auf, und sie beugte sich zur Seite, um Mason den Hut vom Kopf zu nehmen, ehe sie schließlich ihr Pferd zum Stehen brachte.

»Sie ist der Hammer!«

Das fanden offenbar alle, denn die Kerle am Gatter jubelten ihr zu und pfiffen laut vor Bewunderung, auch wenn die Frau selbst dem kaum Beachtung schenkte. Mason reichte ihr die Hand und Avery fluchte. Sie hätte zu gern gehört, was die beiden sagten, denn diese Becky lachte herzlich und ließ sich an Masons Körper entlang aus dem Sattel gleiten. Dabei drückte sie ihm einen Kuss auf die Wange.

»Was …?« Averys Knie wollten noch immer nicht aufhören zu zittern, und die vertraute Umarmung die sie gerade beobachtete, trug auch nicht dazu bei, ihr inneres Gleichgewicht wiederherzustellen.

Aaron verzog das Gesicht und sah Avery mitfühlend an.

»Becky war in den letzten Jahren immer wieder Masons … Freundin«, erklärte er und fuhr sich verlegen durchs Haar. »Sie kennen sich echt schon lange, aber …«

Avery wusste, er wollte sie irgendwie beschwichtigen.

»Also, die zwei sind nicht …«

»Schon okay!«, unterbrach Avery sein Gestotter. Ihr Puls raste und ihre Hände schwitzten, während sie jede von Masons Bewegungen verfolgte. Er lachte über etwas, das Becky gesagt hatte, und sah sie bewundernd an.

Hatte er Avery jemals so angesehen? Sie wusste es nicht, aber ihn so vertraut mit einer anderen zu sehen, tat weh.

Am liebsten wäre sie weggerannt und hätte sich irgendwo in einem dunklen Loch vergraben. Alle Selbstzweifel waren mit einem Schlag zurück. Was wollte sie überhaupt hier? Das war nicht ihre Welt und würde es auch niemals sein. Sie brauchte Sicherheit. Sie hätte besser zu Hause bleiben und ihre Koffer für Seattle packen sollen!

Eifersüchtig betrachtete Avery die wallende Mähne ihrer Konkurrentin und fasste sich dabei unbewusst an den eigenen Kopf.

Wie konnte sie mit ihrem kurzen Haar und ohne die nötige Begeisterung für Masons Sport die Richtige für ihn sein? Passte dieses sexy Cowgirl nicht viel besser zu ihm?

Mit mehr Mitgefühl, als sie ihm zugetraut hätte, berührte Aaron Avery am Arm.

»Mach dir um Becky keine Sorgen.« Er fischte sich eine Zigarette aus der Schachtel und steckte sie an. »Das mit den beiden ist nichts Ernstes.«

»Es sieht aber ganz so aus, als hätten sie sich viel zu sagen«, brummte Avery und beobachtete, wie Becky mit Mason ins Gespräch vertieft ihr Pferd am Zügel aus dem Circuit führte.

Aaron zuckte mit den Schultern. »Wie gesagt, sie kennen

sich schon lange. Aber sagen wir so … sie schont gern ihre Pferde und reitet lieber Cowboys. Sie … legt sich nicht fest.«

Avery spürte, wie ihr das Blut in die Wangen stieg. Sie kam sich total bescheuert vor, ausgerechnet mit Masons halbstarkem Bruder über dessen Exfreundin zu reden.

»Hätte Mason denn gern gehabt, dass sie sich festlegt?«, fragte sie und versuchte dabei vergeblich, das Bild von Mason und Becky aus ihrem Kopf zu bringen.

»Fuck, Avery!«, fluchte Aaron. »Was fragst du mich das? Ich hab keine Ahnung, ich weiß nur, dass Mason dich mit ganz anderen Augen ansieht. Jeder von euch beiden hat eine Vergangenheit, oder nicht?« Er nahm einen tiefen Zug von seiner Kippe und atmete dann gemächlich aus.

»Weise Worte für einen Kerl, der das Nachbarsmädchen abfüllt, um bei ihr landen zu können«, warf Avery ihm wütend vor.

Aaron kniff die Lippen zusammen und hob abwehrend die Hände.

»Vorsicht, Avery! Du schießt gerade ziemlich tief«, sagte er. »Ich hab dir nichts getan, okay? Und außerdem meine ich es mit Carrie total ernst. Ich würde sie nie drängen oder irgendeine Situation ausnutzen – nur, damit du es weißt! Das mit dem Alk war dumm. Das weiß ich jetzt.«

»Tut mir leid«, flüsterte Avery und schüttelte den Kopf. »Ich … ich wollte nicht …«

Aaron grinste und legte ihr den Arm um die Schultern. »Na komm, wir gehen Mason suchen. Sicher will er dir dieses Teufelsweib vorstellen.« Er dirigierte sie von der Tribüne in den hinteren Bereich der Paddocks.

»Auf keinen Fall!« Avery leistete Widerstand. »Mason hat diese Becky bis jetzt mit keinem Wort erwähnt – da geh ich doch jetzt nicht hin und drängele mich dazwischen!«

»Sei kein Baby!« Aaron grinste. »Außerdem solltest du wirklich dein Revier markieren.«

Avery riss sich los und stemmte die Hände in die Hüften. »Das mach ich nicht!«, rief sie. »Wenn Mason diesem Weib …«

»Wenn ich was?«, unterbrach Masons Stimme hinter ihr ihren Wutausbruch und sie wirbelte erschrocken herum.

Neben ihm stand Becky. Eine echte Ostküstenschönheit, deren Bluse so weit aufgeknöpft war, dass die Spitzenbordüre ihres schwarzen BHs deutlich zu sehen war. Die Jeans saß an ihren Oberschenkeln, als wäre sie ihre zweite Haut, und der Gürtel mit dem Lasso daran betonte ihre schlanke Taille. Avery hätte schreien können, so perfekt war diese Frau!

»Was?«, stammelte sie irritiert, da Mason und Becky sie erwartungsvoll ansahen.

»Hast du nicht gerade über mich gesprochen?«, fragte Mason und kam zu ihr. Er umfasste ihr Gesicht und küsste sie zärtlich. »Ich wollte dir Becky vorstellen«, erklärte er lässig, als bemerke er ihren inneren Aufruhr gar nicht. Dabei ruhte sein Blick tief in ihren Augen, als versuche er ihr irgendetwas zu sagen.

Avery blinzelte. Sein Kuss hinterließ eine Sehnsucht auf ihren Lippen, die ihr Angst machte. Angst, dass diese Becky ihr nehmen könnte, was sie so dringend brauchte.

Lächelnd schob Mason sie vor sich und umarmte von hinten ihre Schultern. Er lehnte sein Kinn an Averys Schultern und drückte ihr einen sanften Kuss in die Halsbeuge.

»Becky, das ist meine Freundin, Avery Davis.«

Becky schien überrascht, denn sie hob die Augenbrauen und lachte.

»*Die* Avery Davis?«, fragte sie und reichte ihr freundlich die Hand.

Perplex ließ Avery zu, dass die Schönheit ihr die Hand schüttelte. Kannte sie sie etwa? Verwirrt blickte sie zu Mason, der grinsend den Kopf schief legte.

»Jep. Das ist meine Avery«, bestätigte er.

Becky schien sich zu freuen und sie lächelte Avery freundschaftlich an.

»Gratuliere, Mason. Dann muss ich ja diesmal keine Angst haben, dass Tornado dich zermalmt!« Sie zwinkerte Aaron zu und streichelte dann ihr Pferd am Hals. »War schön, euch zu treffen. Wir könnten ja morgen nach dem Wettkampf in der Bar zusammen was trinken«, schlug sie vor und begann wie nebenbei, ihr Haar zu einem langen Zopf zu flechten. »Ich muss weiter. Ich hab gehört, der Marketingboss von Wrangler sucht neue Talente. Mal sehen, über was für Talente *er* so verfügt«, scherzte sie zweideutig und zupfte ihre Bluse am Ausschnitt zurecht. Dann sah sie Avery noch einmal an.

»Schön, dich kennenzulernen, Avery. Und sei immer schön nett zu Mason. Der fällt nämlich vom Pferd, sobald er Kummer hat.«

»Es war ein Bulle, Becky!«, verbesserte Mason sie, obwohl sie bereits im Begriff war weiterzugehen.

»Was war denn das?«, fragte Avery vollkommen verwirrt und sah Becky nach, wie sie mit wiegenden Hüften davonging.

Mason grinste und fasste nach ihrer Hand. »Becky weiß, wie man eine gute Show hinlegt«, erklärte er. »Sie ist eine … Bekannte von früher.«

Aaron prustete und hielt sich die Hand vor den Mund.

Avery biss die Zähne zusammen. »Eine Bekannte?«, fragte sie sarkastisch und verschränkte die Arme vor der Brust. »Eine Bekannte, die gern Cowboys reitet?«

Mason warf Aaron einen finsteren Blick zu, den der mit einem Schulterzucken abtat. »Ich hab Avery erzählt, dass du mal was mit ihr hattest«, gab er freimütig zu.

Mason brummte einen Fluch und trat drohend auf Aaron zu. »Wie jeder andere vermutlich auch!«, verteidigte er sich und sah Avery entschuldigend an. »Das hatte echt nichts zu bedeuten.«

»Ist mir egal, mit wem du mal was hattest!«, gab sie zurück. »Aber ich frage mich, warum du mir nie von ihr erzählt hast – wo ich ihr ja offenbar schon etwas sage. Wie kommt das?«

»Ja, Bruderherz, wie kommt das?«, stichelte Aaron grinsend, ging aber sicherheitshalber in Deckung.

»Halt die Klappe, Aaron!«, warnte Mason ernst und wandte sich an Avery.

»Ich habe dir nichts von ihr erzählt, weil ich nicht an sie gedacht habe. Sie bedeutet mir nichts.«

»Aaron sagt, du kennst sie schon lange – so bedeutungslos kann das dann doch gar nicht sein.«

Mason fuhr sich durchs Haar. »Sie liebt Rodeos – genau wie ich. Wir sind uns immer wieder über den Weg gelaufen, haben uns immer gut verstanden, irgendwann ist es dann eben passiert. Aber ich lass mich eigentlich nicht auf Frauen ein, die so wenig wählerisch sind wie Becky.«

»Und uneigentlich?«

Mason verzog verlegen das Gesicht. »Du klingst eifersüchtig«, stellte er fest und erntete dafür von Avery einen Hieb mit dem Ellbogen.

»Ich bin nicht eifersüchtig! Ich will nur wissen, warum diese Tussi mich kennt!«

Mason schüttelte den Kopf. Dann nahm er Avery an der Hand und zog sie mit sich an den Rand der Tribüne. Er drückte sie gegen die Wand und hielt sie so gefangen. Sein Blick suchte ihren.

»Sie kennt dich, weil ich ihr von dir erzählt habe«, erklärte er leise. »Als mich der Bulle aufgespießt hat, lag ich lange flach. Ich wollte wieder trainieren, aber die Schulter hat mir Probleme gemacht. Am Rand eines kleinen Turniers sind wir uns wiederbegegnet, und sie wollte meine Verletzung sehen – hat sich vermutlich kaputtgelacht über meine Niederlage.« Er kreiste mit den Schultern, als spürte er noch immer den Schmerz von damals. »Ich weiß nicht, warum, aber ich habe ihr erzählt, was mich bei meinem Ritt auf Tornado abgelenkt hat.«

»Und was war das?«

»Du. Am Tag vor dem Ritt hatte ich erfahren, dass du an Krebs erkrankt bist. Ich wusste, ich hätte nicht reiten sollen, denn ich konnte an nichts anderes denken. Meine Gedanken kreisten nur um dich, und mir wurde klar, dass … dass ich vermutlich sehr viel mehr für dich gefühlt habe, als ich mir selbst eingestanden hatte.«

Avery war sprachlos.

»Und jetzt sei nicht böse, weil ich vergessen habe, dir von Becky zu erzählen. Sie ist einfach nicht wichtig.«

Er neigte seinen Kopf und fuhr mit seinen Lippen über ihre. »Nur eine ganz besondere Frau kann mich so ablenken, dass ich selbst, wenn ich auf einem tonnenschweren Bullen sitze, in Gedanken bei ihr bin.«

»Gibst du gerade mir die Schuld an deinem Sturz?«, fragte Avery lachend. Masons Worte machten ihr Herz wieder leicht. Sie sah ihm in die Augen und wusste, sie konnte ihm vertrauen.

Er streichelte ihre Wange und lächelte sie zärtlich an.

»Wenn ich so darüber nachdenke … dann ja, dann ist das wohl deine Schuld gewesen.«

Avery stellte sich auf die Zehenspitzen und küsste ihn. Sie schlang ihm die Arme um den Hals und drängte sich an ihn. »Wenn du so leicht abzulenken bist, dann sollte ich dir aber wirklich nicht erlauben, weiterhin an diesen gefährlichen Veranstaltungen teilzunehmen.«

Mason lachte und grub seine Hände in ihr Haar. »Ich glaube, ich muss dich bis zum Wettkampf auf andere Gedanken bringen, denn dieses Gespräch führen wir definitiv nicht schon wieder.«

Kapitel 29

Die Menge jubelte ihm zu. Stolz stieg Mason King auf die Streben der schmalen Paddocks und hob seinen Hut. Der Applaus donnerte in seinen Ohren und die Stimme des Stadionsprechers, die blechern aus den Lautsprechern drang, verschmolz mit den eindringlichen Anweisungen seines Freundes und Agenten Cody Morris, der wie immer glaubte, besser zu wissen, wie man einen Bullen ritt.

Die euphorischen Schreie der Zuschauer trieben seinen Puls an. Die große Digitaluhr, die in der Mitte über dem Rodeo-Circuit hing, zeigte, dass ihm noch zwei Minuten blieben. Zwei Minuten für die Bullfighter im Circuit, um die Menge mit Scherzen anzuheizen.

Zwei Minuten für ihn, um sich auf die beinahe tausend Kilo reine, wütende Muskelmasse unter ihm vorzubereiten.

Sein Blick glitt über die aufgeheizte Menge zu der einzigen Person, die ihm unter all den Menschen ins Auge fiel. Zu der einzigen Person, die nicht jubelte. Ihr versteinertes Gesicht, ihre grünen, vor Angst geweiteten Augen und ihre bebenden Lippen standen im krassen Gegensatz zu den anderen Besuchern. Ihre Blicke trafen sich und Mason kniff die Lippen zusammen. Er tippte sich an den Hut, dann wandte er sich ab.

Eine Minute und siebenundzwanzig Sekunden vor seinem Ritt war Ablenkung das Letzte, was er brauchen konnte.

Cody schien das genauso zu sehen, denn er rüttelte Mason am Arm. »Steig auf, Mann!«, verlangte er ungeduldig und reichte ihm das Bullrope. Mason zögerte. Sein Blick suchte noch einmal nach den angstvollen Augen, aber sie waren verschwunden. Ein blau-weißes Pittys-Beer-Banner wurde dort nun für Masons Rivalen geschwenkt.

»Mason! Verdammt! Setz deinen Arsch endlich auf das Vieh! Der Sportmarketing-Chef von Wrangler steht dort drüben bei den Preisrichtern und beobachtet dich!« Cody boxte ihm an die Schulter und drückte ihm energisch das Rope in die Hand.

Mason stieß ihn beiseite. »Lass mich in Ruhe!«, brummte er, stieg aber widerwillig auf die nächst tiefere Stahlstrebe. Tornado hieß der Bulle unter ihm, und Mason wusste, warum. Keiner anderer der preisgekrönten Rodeo-Bullen tobte wie er durch die Arena. Kaum einer hatte eine vergleichbare Zerstörungswut. Und nur er hatte Mason tatsächlich schon einmal auf die Hörner genommen.

Unbewusst fasste Mason sich an die Schulter, wo das Horn ihm durch den Rücken ins Fleisch gedrungen war. Noch immer spürte er, wie er aufgespießt worden war. Noch immer hörte er das Geräusch, als seine Knochen brachen und seine Haut durchbohrt wurde. Er hörte das Trampeln der Hufe, gefährlich dicht an seinem Ohr, das Krachen, als er beim Abgang auf dem Boden aufschlug.

Aber nicht nur er hatte Spuren davongetragen. Nach dem Vorfall waren Tornados Hörner beschnitten worden und stellten heute längst nicht mehr solch eine große Gefahr dar. Ihr letztes Zusammentreffen war nicht gut ausgegangen – und hatte beide gezeichnet.

Das war Alltag in diesem Sport. Nichts, worüber er viel nachdachte. Nur in den wenigen Sekunden vor einem Ritt kamen diese Erinnerungen hoch.

Mason blinzelte und versuchte, sich auf seinen Herzschlag zu konzentrieren, als er sich Stück für Stück auf Tornados Rücken senkte. Seine Hände in den ledernen Handschuhen schwitzten, genau wie der schnaubende Bulle. Seine Hitze drang Mason durch die Jeans und staute sich unter seinen ledernen Caps. Es war, als verschmolz er mit dem Tier.

Entschlossen, einen guten Ritt hinzulegen, wickelte er sich das Rope einmal fest um die Hand. Er riss probehalber daran und wickelte es neu. Dieser Ritt war entscheidend. Es ging um alles.

»Du musst dieses Vieh heute kleinkriegen! Diesmal zeigst du ihm, wer sein verdammter Meister ist! Ich hab tausend Dollar auf dich gesetzt, mein Freund! Tausend Dollar!«

Cody redete auf ihn ein, aber Mason blendete alles aus. Es gab nur noch ihn und den Bullen. Ihn und Tornado. Den starken Nacken des Tiers vor Augen probierte er erneut, ob er genug Halt fand. Zufrieden rutschte so nahe wie möglich an das Rope. Er presste sich regelrecht an den Bullen, versuchte, so viel Haftfläche wie möglich zu finden, grub seine Fersen in die Flanken. Cody trat zurück und Mason warf einen Blick auf die Anzeige der Uhr.

Noch sieben Sekunden. Er hörte den Stadionsprecher seinen Namen aufrufen. Hörte wie aus weiter Ferne zu, als der ihn den Titelverteidiger nannte. Den Bullenbezwinger, den Mann für Morris Mechanics.

Cody neben ihm klatschte, als der großzügige Sponsor genannt wurde, und feuerte Mason lauthals an.

Noch vier Sekunden.

Kaum ein Augenblick – und doch viel zu viel Zeit, wenn ein zorniger Bulle unter einem tänzelte. Das Tier spürte die Spannung, genau wie Mason. Er konnte fühlen, wie die Muskeln des Bullen hart wurden. Wie er den Kopf senkte und die Flanken anspannte. Die beiden Kerle am Gatter nickten ihm zu und Mason hob die Hand.

Er war bereit.

Die Uhr zählte herunter und Masons Herzschlag verlangsamte sich. Er hielt die Luft an. Ihn beherrschte nur noch ein Gedanke: der Gedanke an die Frau mit den grünen Augen.

Avery Davis hatte sein Leben auf den Kopf gestellt, sein Herz gestohlen und seine Prioritäten verschoben. Er liebte sie – und deshalb würde dies sein letzter Ritt werden. Er würde aufhören, denn tief in seinem Inneren fürchtete er nun zum ersten Mal den Abgrund. Er würde aufhören – für Avery. Er konnte es kaum erwarten, ihr das zu sagen.

Das Tor schwang auf und Tornado flog förmlich aus der Box. Der Ruck an Masons Arm war gewaltig, und ein heißer Schmerz schoss ihm in die angeschlagene Schulter. Er spürte jeden Wirbel in seinem Rücken, als die Wucht von Tornados nächstem Satz seinen Körper wie eine Gummipuppe verbog. Er riss den Arm nach oben, um die Bewegung auszugleichen. Die Muskeln in seinen Beinen brannten, so sehr presste er sich an den Rumpf des Bullen.

Mason hörte die Schreie der Zuschauer. Er roch den beißenden Schweiß des Tiers unter sich, vermischt mit seinem eigenen, und das Blut rauschte ihm in den Ohren. Das Adrenalin beflügelte ihn und er schloss die Augen, um sich dem Gefühl des Triumphs zu überlassen. Der Bulle beutelte ihn mit aller Kraft, und doch beherrschte er ihn, indem er sich eisern oben hielt. Er spürte seine Hand nicht mehr, so sehr schnitt ihm das Rope das Blut ab, aber er wusste, die Uhr tickte für ihn. Er hob den Kopf und ließ seinen Blick über die jubelnde Menge schweifen. Er entdeckte Cody, der grölend die Fäuste in die Luft riss, sah Aaron, der angespannt, aber stolz seinen Ritt verfolgte, und dann sah er sie:

Freude durchzuckte ihn, als er erkannte, dass Avery hier war, um ihn reiten zu sehen. Es machte ihn stolz, auch wenn die Angst ihm aus ihren grünen Augen unverhohlen entgegenblickte. Sie presste sich die Hand vor den Mund, und er wusste, dass sie den Atem anhielt, genau, wie er selbst es tat. Er liebte sie – und das galt es nun zu beweisen.

Eine wilde Drehung des Bullen riss erneut an seiner Schulter und beim anschließenden Spinn verloren seine Schenkel beinahe den Halt. Mason schnappte nach Luft und schloss die Augen. »Vertrau mir«, hatte er ihr gesagt. »Ich weiß, was ich tue.« Aber wusste er das wirklich? Millisekunden vergingen, in denen er seine Karriere vor seinem geistigen Auge Revue passieren ließ. Millisekunden, die ihm vorkamen wie Stunden. Vier Sekunden zeigte die Uhr an. Zu wenig, um den Titel zu verteidigen. Zu wenig für einen Werbedeal mit Wrangler. Zu wenig selbst für die Sponsoren, die ihm bis hierhin unterstützt hatten.

Seine Finger um das Rope erschlafften und beim nächsten Buckeln kippte er nach vorne über den Kopf des Bullen. Tornado riss den Nacken nach oben und hieb ihm die abgesägten Hörner in den Rumpf, ehe er in hohem Bogen durch die Luft wirbelte.

Mason sah die Bullfighter aus dem Augenwinkel herbeieilen. Dann schlug er auf dem Boden auf und Tornado rollte sich schnaufend über ihn hinweg. Kraftlos riss Mason die Arme über den Kopf, um sich zu schützen, aber die donnernden Hufe des Bullen waren stärker. Er spürte, wie sein Handgelenk brach, ehe die massige Kraft ihn am Kopf traf. Sein Schrei ging im Hupen der Stadionuhr unter. Acht Sekunden waren um – und es wurde dunkel um Mason.

»Lasst mich durch!« Avery stieß die Leute vor sich grob beiseite. Eine eisige Klaue krallte sich um ihr Herz und drückte ihr dabei den Atem ab. »Geh aus dem Weg!«, schrie sie und drängte weiter. Sie musste zu ihm!

Versteinert vor Schreck hatte sie beobachtet, wie der Bulle ihn zerquetscht und getreten hatte. Wie allen anderen war ihr ein gepeinigtes Keuchen entwichen, als der Huf Mason am Kopf getroffen hatte. Die Bullfighter hatten mehrmals vergeblich versucht, das tobende Tier von ihm wegzulocken, und immer mehr Tritte waren auf den reglosen Reiter niedergegangen.

Erst als sie ihn aus dem Circuit getragen hatten, war Avery wieder zu sich gekommen. Sie musste zu ihm – verstand das denn keiner? Alle versperrten ihr neugierig den Weg, reckten die Hälse und steckten tuschelnd die Köpfe zusammen, dabei wollte sie doch nur durch!

»Mason!«, kreischte sie, als sie ihn auf einer Trage der Rettungskräfte liegen sah.

Ein Ellbogen traf sie in die Rippen, als sie sich rücksichtslos weiterschob. Es war, wie gegen den Strom zu schwimmen. Obwohl sie ihre ganze Kraft einsetzte, kam sie kaum voran.

»Lasst sie durch, ihr Pisser!«, brüllte Aaron hinter ihr und schob sie weiter. »Macht Platz!«

Avery spürte, dass auch Aarons Hände zitterten. Sie sah ihn an – der einzige Strohhalm in diesem Strudel der Angst.

»Na komm!«, rief er und drückte ihre eisigen Finger. Dann schob er einen Gaffer beiseite und hob Avery über die Absperrung.

Sie rannte an Masons Seite, aber ein Notarzt stieß sie zurück.

»Er ist nicht bei Bewusstsein. Wir schaffen ihn in die Klinik!« Dann wandte er sich an die Sanitäter. »Los, los. Worauf wartet ihr?«

Avery krallte sich an die Trage, denn sie wagte es nicht, Mason selbst zu berühren. Sie wollte ihn küssen, berühren, sich vergewissern, dass es ihm gut ging, und zugleich wollte sie ihn schlagen, weil er ihr das antat. Weil er ihre schlimmsten Befürchtungen wahrmachte, und dabei hatte er ihr immer versichert, genau zu wissen, was er tat!

»Du bist ein Lügner!«, keuchte sie verzweifelt.

Aus seiner Hand ragten blutige Knochen, und eine ungesund aussehende Beule an der Schulter krampfte ihr den Magen zusammen. Aber das Schlimmste von allem war sein Gesicht. Obwohl einer der Sanitäter ihm zur Stillung der Blutung einen Mulltupfer an die Schläfe presste, war der Abdruck des Hufs von der Stirn bis zum Jochbein deutlich zu erkennen. Die Augenbraue war aufgeplatzt und das Blut lief ihm ins halb geöffnete Auge.

»Lassen Sie los!«, fuhr der Notarzt Avery an und packte ihre Hand, damit die Sanitäter ihre Arbeit machen konnten.

Avery spürte nichts mehr. Die Welt drehte sich viel zu schnell und alles verwischte ihr vor den Augen. Sie spürte die Tränen, die heiß wie Feuer über ihre Wangen rannen, und die Galle, die sich in ihrem Mund sammelte. Ihre Knie zitterten und sie musste sich an dem Arzt festhalten, um nicht zu fallen.

»Avery!« Aaron berührte ihre Schulter, aber sie spürte es kaum. Nichts hatte mehr Bestand. Sie selbst am allerwenigsten.

»Was zur Hölle war das?« Der Ruf durchschnitt die Stille und Avery wurde grob zur Seite gestoßen. Sie stürzte auf die Knie. Der Arzt neben ihr protestierte und wollte ihr aufhelfen, aber Avery schüttelte ihn irritiert ab. Sie hob den Blick, um zu verstehen, was da gerade geschah.

Cody hatte Aaron am Kragen gepackt und ihn gegen die Tribünenrückwand gestoßen.

»Dein Bruder macht wohl Scherze!«, kreischte er hysterisch und schlug Aaron mit der Faust in den Magen. »Was für ein beschissener Ritt! Lächerliche vier Sekunden!?!« Codys Gesicht war blutrot und eine Ader auf seiner Stirn trat hervor. »Vier verschissene Sekunden? Will der mich verarschen? Diese Nummer kostet mich tausend Dollar!«

Avery sah, wie Aaron sämtliches Blut aus dem Gesicht wich. Weiß wie die Planken der Tribüne hinter ihm stand er da und starrte Cody entgeistert an.

»Tausend Dollar, verdammt!«

Aaron ballte die Fäuste und schlug zu. Überrascht ging Cody zu Boden, und Avery hätte beinahe gelacht, als ein Grunzen wie das eines Schweins seiner Kehle entwich. Stattdessen übergab sie sich neben Cody auf den Boden, als Aaron versuchte, ihr aufzuhelfen.

Die Knöchel seiner Hand waren blutig und er spuckte Cody verächtlich auf die Stiefel.

»Schieb dir deine tausend Dollar sonst wohin, du Arsch!«, fluchte er und fasste Avery unter den Armen. »Und nur, damit du's weißt, Cody: Ich werde Mason sagen, wie unheimlich besorgt du um sein Wohlergehen warst, wenn er zu sich kommt!«

Cody verzog verächtlich die blutende Lippe und rutschte im Dreck ein Stück zurück, um Aarons Reichweite zu entkommen. »Dazu müsste er diesen Scheiß erst mal überleben!«, sagte er gehässig.

Kapitel 30

Traurig betrachtete Avery die wenigen Pappkartons und den abgewetzten Koffer in ihrem Kofferraum. Ihr Leben in einigen Schachteln. Als sie vor gut einem halben Jahr nach Littletree gekommen war, hatte sie gerne alles hinter sich gelassen. Heute fiel ihr der Abschied schwer.

Sie sah die Stufen zu ihrer kleinen, behaglichen Wohnung über Todds Ställen hinauf und Wehmut überkam sie. Die Arbeit hier hatte ihr neuen Mut gemacht, hatte sie gestärkt und ihr das Gefühl gegeben, dass das Leben einen Sinn hatte.

»Und, Mädel, hast du alles eingepackt?«, fragte Todd und legte ihr freundlich die Hand auf den Rücken.

Avery hob den Blick und lächelte den alten Wildhüter dankbar an. »Fast. Carrie und Aaron helfen mir noch, die Vorhänge abzumachen. Dann hab ich alles und du kannst deinen Neffen einziehen lassen.«

Todd lachte und rieb sich den Bart. »Ich weiß noch nicht, ob ich den Bengel nicht lieber unten im Stall schlafen lasse. Seine Mutter sagt, er muss das Arbeiten erst noch lernen – und Ordnung ist ein Fremdwort für ihn. Er wird nie so fleißig sein wie du. Bist du wirklich sicher, dass du gehen willst?«

Avery schmunzelte. Sie selbst hatte hier oben zu Beginn

auch kaum etwas erreicht. Es hatte Tage gedauert, bis sie sich an die körperliche Anstrengung gewöhnt hatte. Trotzdem hatte Todd immer Geduld mit ihr gehabt. Sein Neffe würde es also nicht zu schwer haben, egal, wie streng Todd jetzt klingen mochte.

»Ja, das bin ich. Ich muss nach vorne schauen. Und dein Neffe wird sich hier schon einleben«, sagte sie. »Die Tiere machen es einem leicht.«

Sie schloss den Kofferraumdeckel und lehnte sich dagegen. Der Himmel über den schneebedeckten Gipfeln der Rocky Mountains leuchtete azurblau in der Frühlingssonne und das Schmelzwasser ließ die felsigen Hänge wie Quecksilber glänzen.

Die Aussicht würde ihr fehlen. Ebenso wie die Tiere. Darum hakte sie sich bei Todd ein und schlenderte mit ihm in den Stall. An der ersten leeren Box blieb sie stehen und atmete tief den vertrauten Heuduft ein.

»Was Bambi wohl gerade macht?«, überlegte sie laut und schloss die Augen. Sie sah das verwundete Kitz noch einmal vor sich. Erinnerte sich an ihre zitternden Hände, als sie das Bein verbunden hatte. Erinnerte sich an Masons Augen und das Funkeln darin.

»Was machst du?«, hatte sie gefragt.

»Ich warte. Und du?«

»Du musst nicht warten. Sicher hast du noch etwas anderes …«

»Ich bleibe, bis ich weiß, dass es trinkt.«

»Das kann Stunden dauern. Oder sollen wir es doch wecken?«

Lächelnd hatte er sich den Hut vom Kopf geschoben.

»Nein. Wir warten, bis es aufwacht. Ich habe Zeit. Und du?«

Avery schluckte. Zeit war kostbar. Das hatte sie damals, trotz ihrer Krankheit, noch gar nicht richtig erkannt.

»Alles gut, Mädel?«, fragte Todd und sah sie besorgt an.

Avery zwang sich zu einem Lächeln. »Mir geht's gut, Todd. Aber ich fürchte … ich muss los. Carrie und Aaron werden bestimmt schon gefahren sein. Levi braucht heute dringend noch Aarons Hilfe mit den Rindern.«

Todd nickte. »Hab gerade gehört, wie sie losgefahren sind«, stimme er ihr zu. »Und bei den Kings wird jetzt jede helfende Hand gebraucht, seit Mason …«

Avery atmete tief ein und trat einige Schritte zurück. Sie schluckte hart, ehe sie Todd in die Augen sah.

»Ja. Ohne Mason ist die Farm für Levi kaum noch zu meistern. Aaron gibt sein Bestes, das muss man zugeben, aber in der Nacht nach dem Sturz ist auch Levi um Jahre gealtert.«

»Für jeden von uns war das ein Schock«, sagte Todd betroffen und rieb sich den Bart. »Ich halt dich nicht länger auf, Mädel, aber Abschiede fallen mir schwer, darum steig jetzt in dein Auto und fahr, ehe mir altem Einsiedler noch die Tränen kommen.«

»Das ist kein Abschied«, flüsterte Avery mit zitternden Lippen. »Das ist ein Neuanfang.« Sie blinzelte die Träne fort, die ihr in den Wimpern hing. »Ein weiterer Neuanfang.«

Die tief stehende Frühlingssonne blendete Avery, als sie von der Mainroad in Littletree abbog. Zum Glück herrschte kaum Verkehr, denn sie hatte es nicht eilig. Sie kurbelte das Fenster runter und genoss den Wind, der ihr durchs Haar fuhr. Sie lachte und strich sich die beinahe kinnlangen Strähnen hinters Ohr. Sie passierte das Haus ihrer Eltern im Schritttempo, denn Charly, der auf der Fahrbahn in der Sonne gedöst hatte, machte nur gemächlich Platz. Die Farm der Kings kam näher und Averys Herz schlug schneller. Sie fuhr an den ersten Koppeln vorbei und beobachtete die Cowboys. Sie trieben die Kälber zusammen, um sie zu markieren, ehe sie alle in wenigen Tagen auf die Bergweide getrieben werden würden.

Avery parkte ihr Auto am Straßenrand und stieg aus. Das Schmelzwasser aus den Bergen verwandelte hier im Tal die Böden in Sumpfland, und ihre Stiefel versanken bis zum Absatz im Schlamm. Trotzdem ging sie weiter bis zum Gatter.

Sie schüttelte den Kopf, als sie im Gegenlicht die Silhouette eines Mannes ausmachte, der wie sie nur Zuschauer war. Sie strich sich die Haare hinters Ohr und lächelte, als sie ihn erreichte.

»Wie lange stehst du schon hier?«, fragte sie und berührte ihn am Arm.

Mit einem Lächeln, das Avery die Schuhe auszog, wandte Mason sich zu ihr um.

»Viel zu lange.« Er hob die Krücke an und verzog das Gesicht. »Aber ich fürchte, ich komm ohne Hilfe nicht allein zurück in mein Bett.«

Avery gluckste amüsiert. Sie neigte sich vorsichtig auf Zehenspitzen und küsste ihn. Dabei ließ sie ihre Hände durch sein kurz rasiertes Haar gleiten und berührte nur sanft die Narbe, die dort deutlich zu spüren war.

»Hast du Schmerzen?«, fragte sie und sah ihm besorgt in die goldenen Augen.

»Jep. Aber jetzt bist du ja hier.«

»Soll ich dich zum Haus begleiten?«

Mason lächelte, lehnte die Krücke gegen das Gatter und zog Avery in seine Arme, darauf bedacht, seine eingebundene Hand nicht zu belasten.

»Später. Lass uns einfach noch eine Weile hier stehen.«

Er lehnte sich an sie und umschlang sie von hinten mit den Armen. Sein Atem kitzelte Averys Hals und sie schiegte sich genüsslich an ihn.

»Ich bin seit heute raus aus den Verträgen«, flüsterte Mason nach einer Weile und Avery drehte leicht den Kopf, um ihn ansehen zu können.

»Ich kann noch immer nicht glauben, was du getan hast!«, erklärte sie leise und mit einer Spur von Bitterkeit. »Du hättest sterben können!«

Mason schwieg. Er beobachtete den Mitarbeiter seines Vaters, wie der das Kalb in das enge Paddock drängte, wo ihm die Brandmarke der Kings gesetzt wurde.

»Ich wollte nicht länger am Abgrund stehen«, murmelte er. »Und du hast Cody ja gehört, als er gesagt hat, dass ich nur im Leichensack aus den Verträgen komme.«

Avery schnaubte. »In einem Leichensack kommt man aus so ziemlich jeder Sache raus!«

Mason strich ihr beruhigend über die Arme. »Zum Glück hatte Cody unrecht«, scherzte er. »Ein verletzungsbedingter Ausfall von mehr als zwölf Wochen reicht den Sponsoren auch aus, sich aus ihren Verpflichtungen zu lösen – und damit habe ich dann auch keine Verträge mehr einzuhalten.«

Avery ärgerte es, wie leichtfertig er darüber sprach, was passiert war.

»Du bist ein Risiko eingegangen, das du nicht hast einschätzen können.«

Mason drehte sie um und zwang sie, ihn anzusehen.

»Ich wusste genau, was ich tat. Ich hatte den Ritt unter Kontrolle. Hätte den Titel mit Leichtigkeit verteidigt«, beschwor er sie. »Aber du hast so oft vom Abgrund gesprochen. Davon, zu fallen. Ich wollte nicht warten, bis es so weit kommt. Ich habe mich für den geplanten Sprung entschieden, denn jetzt stehen wir nicht länger oben an der Klippe. Wir sind unten … und auf den Füßen gelandet. Alles, wovor du Angst hattest, liegt nun hinter uns.«

Avery kniff die Lippen zusammen. »Du bist nicht auf den Füßen gelandet, Mason! Du hattest eine ausgekugelte Schulter, ein gebrochenes Handgelenk, ein kaputtes Knie und zwei gebrochene Rippen. Von den Prellungen am Jochbein und der Hüfte ganz zu schweigen!«

»Du hast gesagt, Rodeo-Cowboys werden nicht alt«, erinnerte er sie. »Ich weiß, dass ich ein Risiko eingegangen bin, Avery. Aber ich wollte eine Zukunft mit dir. Wollte nicht länger durchs Land ziehen und Wettkämpfe austragen, die mir nichts mehr bedeuten, seit du an meiner Seite bist. Das Rodeo war mein Leben – bis ich dank dir wirklich eines hatte.«

Er presste sie an sich und ließ seine Hände von ihrer Hüfte nach oben wandern.

»Du hättest es mir vorher sagen können!«

Mason lachte, umfasste ihr Gesicht und wickelte sich eine ihrer Haarsträhnen um die Finger. »Als hättest du mir jemals deinen Segen gegeben.«

»Hätte ich nicht! Aber ich hätte es dir ausgeredet!«

»Ich weiß, dass du nicht so gut bist im Vergeben, Avery. Du bist ein stures, nachtragendes Ding. Und du hältst mich für einen Idioten. Damit kann ich leben, wenn du nur nicht aufhörst, mich trotz meiner Fehler zu lieben.«

»Wer sagt, dass ich dich liebe?«, flüsterte sie nun sanfter und berührte seine eingebundene Hand.

Mason küsste sie und in seinen Augen lag dieser ganz besondere Glanz. »Du hast deinen Traumjob in Seattle sausen lassen und ziehst bei mir ein.«

Avery schmunzelte. »Du verlangst keine Miete«, gab sie zwinkernd zurück und umfasste seinen Po mit den Händen.

»Das siehst du falsch, Avery«, erklärte er ernst. »Ich verlange nur von meiner Ehefrau keine Miete. Dafür verlange ich von ihr, dass sie mich liebt.«

Avery kicherte und bog sich ihm entgegen, als er seine gesunde Hand unter ihr Shirt schob.

»Soll das so was wie ein Heiratsantrag sein?«, flüsterte sie und genoss seine Berührung.

Mason grinste. »Darauf kannst du wetten!«

»Ich dachte, du machst keine Wetten mehr?«, erinnerte Avery ihn glücklich.

Mason zuckte nur mit den Schultern. »Was dich angeht, werde ich wohl nie aufhören, Wetten zu machen, denn ich bin mir einfach verdammt sicher, dass es gut ausgeht!«

Avery lachte und schlang ihm die Arme um den Hals. »Na dann …« Sie küsste ihn stürmisch, auch wenn ihm das ein schmerzhaftes Keuchen entlockte. »Dann geh ich mit bei der Wette … und verdopple den Einsatz!«

»Welchen Einsatz?«

»Na, verspielen wir hier nicht gerade unsere Herzen?«

»Mein Herz hab ich längst an dich verloren, aber ich schwöre dir, Avery Davis, ich werde hart daran arbeiten, deines endgültig für mich zu gewinnen!«

28473535R00179

Printed in Poland
by Amazon Fulfillment
Poland Sp. z o.o., Wrocław